KB041168

level.15
강하고 덧없는 뉴 게임
주몬지 아오
일러스트 시라이 에이리
Grimgar of
Fantasy and Ash
Presented by Ao jyumonji / Illustration by Eiri shirai
Level. Fifteen

머리 위에 달이 떠 있다.
“빨개….”
빨간, 달.
달… 이라는 게
빨갰었나?

"여기는…."
메리가 탑을 돌아보며 중얼거렸다.
"열리지 않는 탑…."

가라앉혀.
가라앉혀라.
내 기척을.
나라는
존재를.
”

재와 환상의 그림갈 level. 15

강하고 덧없는 뉴 게임

주몬지 아오

"…눈을 뜨라(어웨이크)."

누군가의 목소리가 들린 것 같아서 눈을 떴다.

어둡다. 밤인가? 하지만 캄캄하지는 않다. 불빛이 있다.

머리 위를 올려다보니 작은 양초가 벽에 붙어 있다.

양초는 한 개가 아니다. 간격을 두고 몇 개나, 아주 저 멀리까지 줄지어 있다.

여기는 어디인 걸까?

왠지 답답하다. 벽을 만져보니 딱딱하고 울퉁불퉁하다. 어쩐지 등이 아프더라니. 이런 건 벽도, 아무것도 아니다. 그저 바위다.

혹시나 동굴이나 그런 느낌의 장소인 걸까? 동굴?

왜 동굴 같은 곳에…?

모르겠다. 짐작도 안 간다.

촛불은 상당히 위쪽에 있다. 일어서서 손을 뻗으면 닿을지도 모른다. 그 정도 높이다. 그래서 발밑도, 발밑은 고사하고 손끝조차도 잘 보이지 않는다.

귀를 기울여본다. 이 소리는 뭐지? 희미하게 들린다. 사람의 숨소리인가?

"혹시나, 누군가 있어…?"

"아… 응."

대답이, 돌아왔다.

"…응."

"어디야? 여긴…."

"냐아…."

한 사람, 이 아니다

"…저기, 이… 있어요."

"뭐, 뭐, 뭔지, 뭐… 도대체 뭘까? 이거. 좀 도와줬으면 좋겠는데…."

"숙취 같데이. 속이 안 좋구마…."

"당신, 너무 바싹 붙지 말아줄래? 냄새 나."

전부 몇 명 있는 건가? 두 명이나 세 명 정도는 아니다. 좀 더. 남자도, 여자도 있다.

"…그보다."

용기 내서 물어봤다.

"여기… 어디? 누군가… 알아?"

가까이에 있는 덩치가 큰 것 같은 남자가 "아니……"라며 고개를 저었다.

눈이 어둠에 익숙해진 건가? 점점 보이게 되었다.

"글쎄… 요. 그보다… 저기, 나… 음…. …뭐랄까…."

"어… 뭐?"

"아마도, 나… 쿠자크라고 하는데."

"아아, 이름?"

"…그런데… 기억이 안 나거든. 생각나질 않아."

"뭐가? 앗…."

쥐어뜯는 것처럼 가슴을 눌렀다. 기억이 나지 않아.

아무것도 떠올릴 수가 없어.

그렇게 된 거구나.

"…나도 그래. 하루히로… 라는 이름밖에."

나는 언제부터 여기에 있는 건가? 어째서 이런 곳에? 나 자신에 관한 일이다. 모를 리가 없다. 생각하려고, 떠올리려고 했다.

머릿속에서 뭔가가 잡힐 것 같다.

그 뭔가가, 갑자기 사라져버린다.

기억나지 않을, 리가 없다.

그런데도, 전혀, 하나도, 모르겠다.

"도대체 뭐지? 이거…."

"잠깐만."

여자 목소리가 들렸다.

"기억이, 안 나?"라고, 상당히 의아하다는 듯이 그 여자는 말했다. "언제부터? 어디서부터, 기억이 안 나?"

"어디서부터… 라니…."

끙. 신음한다. 머리가 무겁다. 안쪽이 묵직하게 쑤신다. 기묘한 통증이다.

그보다, 뇌에 통각이 있었던가?

분명히, 없는 것 같은데. 그렇다면, 이 아픔은 가짜인가?

여자의 질문에 대답을 못 하고 있노라니 대신에 덩치 큰 남자가 "아니, 그러니까"라고 입을 열었다. "이름 말고는, 모르겠는데."

"그럴 수가…." 여자는 말을 잇지 못했다.

"하긴, 이상, 하지. 나도 그렇게 생각하는데…." 덩치 큰 남자는 코를 훌쩍이더니 음… 하고 고개를 갸웃거렸다. "아무튼, 생각이 안 나니까."

"쿠자크만이 아니라, 하루도?"

하루라고 그 여자가 불러서 곧바로 "응"이라고 고개를 끄덕인 나 자신을, 그 순간에는 수상하다고 생각하지 않았다.

한 박자 늦게 위화감을 느꼈다.

그녀는 마치 나를 아는 것 같다. 적어도 그런 말투였다.

"저, 나와… 아는 사이? 라거나?"

"아는 사이 정도가 아니라…."

"힉." 비명을 흘린 것은 그녀가 아니었다. 다른 여자였다.

그쪽을 보니 한 여자가 고개를 숙이고서 자기 몸을 두 팔로 끌어안고 있었다.

황급히 눈길을 피했다. 그 여자는 옷을 입지 않았다. 어떻게 된 연유인지 나체였다.

"우왓, 이크, 큰일…."

나체의 여자를 빤히 보고 있던 쿠자크의 눈을, 반사적으로 "아, 안 돼"라며 손으로 가리고 고개를 돌리게 했다. 쿠자크도 절대로 일부러 보려던 것은 아니었고, 불가항력이랄까, 자기도 모르게 넋 놓고 보고 있었던 듯, "미, 미안, 진짜로 미안해!"라며 고개 숙여 사과하고 있다. 뭔가 입힐 만한 것이 있으면 좋겠는데. 내 옷을 벗어서 건네줘야 할지 말아야 할지 망설이고 있노라니, 누군가가 어두운 색의 외투를 나체의 여자에게 던졌다. "그거, 입으래이."

"…고, 고맙, 습니다…."

여자는 그 외투를 걸치고 약간 침착성을 되찾은 것 같았다.

어째서 전라였던 것일까? 저 모습을 보아하니 본인의 의지로 알몸이 된 것은 아닌 모양이다. 불행한 사고이긴 했지만, 이 장소는 세부까지 잘 보일 정도로 밝지는 않다. 그것을 말해줄까 생각하기도 했다. 하지만 위로가 될지 안 될지 애매해서 그만뒀다.

"일단은… 정리해본다거나 할까?"

여기에 몇 명이 있는 건가? 자기 이름밖에 기억나지 않는 사람은 몇 명이고, 기억이 있는 사람은 몇 명인 건가? 그 정도쯤은 알아두지 않으면 아무것도 시작할 수 없을지 아닐지는 모르지만, 실마리는 되겠지. 되면 좋겠다. 가능하면 되길 바란다.

"나는 하루히로. 반복하는 게 되지만, 내 이름밖에 몰라."

"아아. 나, 쿠자크임다. 하루히로와 마찬가지, 일걸."

"…시호루, 예요. 저도… 이름밖에. 어째서, 나, 알몸으로…."

"세토라다. 나도 그것밖에 떠오르지 않아."

"나는 이오. 그리고… 그러네. 모르겠어."

"고미. 기억나는 건 그것뿐이데이. 내 이름, 고미(주1)인 거 실화냐고…."

"타스케테(주2)입니다. …그것밖에 모르다니, 너무 무서워. …이름, 인 건가? 타스케테라는 게. 오히려 리얼로 살려줬으면 하는데…."

"히요, 입니다…. 히요가 말할 수 있는 건, 지금으로서는 그것뿐일까나?"

"냐아."

아무리 봐도 인간이 아닌, 고양이와 비슷하지만 고양이는 아닌 것 같은 짐승도 한 마리 섞여 있었다.

그 짐승은 인간에게 길이 든 것 같다. 그보다, 세토라를 따르는 건가?

"껌딱지처럼 달라붙어 있네."

쿠자크가 한 말처럼, 짐승은 세토라에게서 떨어지려고 하지 않았다.

"별로 싫지는 않은데…."

주1) 고미는 쓰레기라는 뜻.
주2) 타스케테는 '사람 살려' '도와줘'라는 뜻.

세토라는 고개를 갸웃거린다. 짚이는 바는 없는 모양이다. 그런 것치고는 짐승을 쓰다듬는 손길이 익숙해 보인다.

사람의 말을 알아듣지 못하는 짐승은 제쳐두고, 하루히로를 포함해서 쿠자크, 시호루, 세토라, 이오, 고미, 타스케테, 히요, 이 여덟 명은 자기 이름밖에 모른다.

예외는 한 사람뿐이었다.

"나는, 메리."

그녀만은 이름 말고도 기억이 있다.

8대1이니 이름밖에 모르는 쪽이 압도적인 다수파라는 말이 된다.

의외로 이런 것인지도 모른다. 메리는 어디까지나 예외일 뿐이고, 사람은 대개 자기 이름밖에 모르고 살아가는 것이다.

물론, 그럴 리가 없다.

이것은 명백한 이상 사태다. 기억이 없지만, 그 정도는 안다.

메리는 하루히로, 쿠자크, 시호루, 세토라를 차례로 손가락으로 가리켰다.

"당신들은 알고 있어. 동료였어."

덤으로 짐승은 냐아라고 불리는 종족으로, 역시 세토라가 기르고 있었다. 이름은 키이치라고 한다.

"나에 관해서는?" 이오가 물었다.

"당신은." 메리는 대답했다 "꽤 이름이 알려진 사람이라서, 소문은 들었어."

"나는 이름이 알려졌다. 소문이 날 만큼, 유명인…."

이오는 두 손으로 입을 가리고, 놀라는 건가? 웃음을 참는 것처럼 보이기도 했다. 기뻐하는 걸까? 기쁜 일인가?

“나는 어땠는겨?”
“나, 나, 나는?”
고미와 타스케테는 메리의 말에 따르면 이오의 동료라고 한다. 원래 그들과 면식은 없는 듯, 이름을 들어본 것뿐이라고 한다.
“내 동료라고…?” 이오는 믿을 수 없다는 듯이 몇 번이고 머리를 흔들었다. “하필이면 이 두 사람이…?”
“죄송합니다….” 타스케테는 움츠러들었다. 어쩌면 우는 건지도 모르겠다.
고미는 “그렇게 말할 건…” 비슷한 말을 구시렁구시렁 중얼대고 있지만, 화가 났다기보다는 충격을 받은 것 같았다.
참고로 이오 팀과 하루히로 팀도 관계가 없는 것은 아니었다. 듣기로는 클랜이라 불리는 다소 큰 그룹이 있고, 이오네 팀도, 하루히로네도 같은 클랜에 소속되어 있었다고 한다. 단, 서로 직접 만난 적은 없었기 때문에, 동지라거나 같은 편이라는 의식은 아주 희박한 것 같다.
메리의 말에 따르면 하루히로와 쿠자크, 시호루, 세토라, 그리고 키이치도 동료로서 같이 행동했다. 하루히로 팀은 낯선 장소로 흘러 들어가서 아주 위험한 상황을 겪었고, 운 나쁘게도 서로 엇갈리고 만 모양이다.
“나는 거기까지밖에 기억나지 않아. 그 뒤에 여러 가지 일이 있었을 거라 생각하지만.”
그리고 정신이 들어보니 여기에 있었다.
“그렇군.”
하루히로는 그렇게 중얼거리고 나서 곧바로 자문했다. 도대체 뭐가 그렇군이라는 거지?

납득이 되는 일이 하나도 없다.

기억이 없는 이상, 납득하기 위한 근거가 애초에 존재하지 않는 거니까, 납득할 수 있을 리가 없는 거지만.

그런데도 쿠자크는 어째서인지 납득해버린 모양이다.

"동료라. 동료. 동료라고." 쿠자크는 연신 끄덕였다. "듣고 보니 그런 느낌이 드네. 왠지, 바로 그거다… 라고나 할까."

그거다? 라고? 엉? 어디가?

다그쳐보고 싶어지는 한편, 동료였다고 메리가 밝혔는데도 그리 놀라지 않는 내가 있는 것도 사실이었다. 그렇기는 해도, 놀라고 싶어도 놀랄 수가 없는 것뿐인지도 모르고, 그런가, 우리는 동료였구나, 그렇다면 기억나지 않아도 지금도 동료다, 이런 식으로 순순히 받아들여지는 것도 아니다.

"그런데, 히요는 어떤가요…?" 히요가 묻는다.

"당신은…." 메리는 뭔가 말하려고 했지만, 고개를 가로저었다. "몰라. 나는."

"에이…. 히요에 관해서만 아무런 정보도 없는 건가요? 뭔가 치사하지 않아요…?"

"치사하다거나 그런 문제는 아닌 것 같은데…." 하루히로는 자기도 모르게 한마디 거들고 말았다.

"그래도, 그래도…. 치사해요…. 완전 치사예요. 히요만 아무것도 모르잖아요. 그보다, 언제까지고 여기에 있어봤자 별수 없지 않아요? 안 그래요…?"

"그야 뭐…."

하루히로도 계속 여기에 있고 싶으냐고 묻는다면, 그다지 그런 마음은 없다고 대답하는 수밖에 없을 것 같다.

여기는 터널 같은 동굴이나 그 비슷한 것인 모양이다. 명확한 근거는 없지만, 양초가 줄지어 있는 방향으로 걸어가면 뭔가 있을 것 같다.

"그럼, 갈까?"

앞서 걸어가려고 했더니 이오가 말렸다.

"기다려봐. 왜 그대가 결정권을 쥔 것 같은 형태가 되는 거지? 내가 그대가 시키는 대로 할 것 같아?"

"그럴 생각은 없었는데. 그럼 그쪽이 결정하지그래?"

"어쩔 수 없네." 이오는 짐짓 한숨을 내쉰다. "그렇게까지 말한다면, 내가 결정해줄 수도 있어."

별로 그렇게까지 말한 건 아니지만, 그 점을 지적했다가는 한바탕 시끄러워질 것 같다.

"그래서, 어떻게 할 건데?"

"가자고요."

결국 갈 거면서.

하루히로는 그렇게 생각했지만, 입 밖에 내지는 않았다. 이오는 꽤 성가신 인물 같아 가급적 다투고 싶지 않다.

그런 까닭에 하루히로는 자, 갑시다, 어서요, 어서, 이런 분위기만 자아내며 가만히 있을 생각이었는데, 어떻게 된 걸까? 이오는 전혀 움직이려고 하지 않는다.

그러다 급기야 이오가 하루히로를 재촉했다. "뭐 하고 있어?"

"뭐 하냐니?" 하루히로는 한순간 어안이 벙벙했다. "…응?"

"빨리 가라고." 이오는 턱짓을 하며 양초가 줄지어 붙어 있는 앞쪽을 가리켰다.

하루히로는 다시금 어이가 없어졌다. "…내가?"

"맞아." 이오는 태연하게 말했다. "위험할지도 모르잖아. 누군가가 총알받이가 되어야만 하는데, 그건 나는 아니지. 그대도 그렇게 생각하지?"

이오는 생글생글 웃고 있다. 자세히 보니, 아니, 자세히 보지 않아도, 열 명 중 아홉 명은 감탄할 정도로 빼어난 미모였고, 청초한 미소를 지녔으나, 그것을 무기 삼아 억지를 부리려는 의도가 뻔히 보인다. 그렇게 생각하는 것은 지나친 분석일까?

그러나 애초에 하루히로는 솔선해서 움직이려고 했었다.

그렇다는 건, 한 바퀴 빙 돌아 제자리로 온 것뿐. 그렇게 생각할 수도 있다.

게다가 자기가 앞장서는 게 왠지 자연스러운 것 같다는 느낌이 안 드는 것도 아니다. 이것도 그냥 느낌일 뿐이지만, 하루히로는 외향적이나 사교적이라거나 적극적인 인간은 아닌 것 같은데도. 아무리 생각해도 희한한 일이다.

"정말 모르겠네, 아무것도…."

하루히로가 걷기 시작하자 쿠자크가 따라왔다. 메리, 시호루, 세토라와 키이치가 그 뒤를 따르고, 이오와 고미, 타스케테, 히요는 그 뒤에 붙었다.

양초의 행렬은 언제 끝이 날지조차 알 수 없었다.

기이한 상황이다.

그러면서도 하루히로는 그리 동요하지는 않았다.

현실감을 상실한 것일까? 아니면 원래 배짱이 좋은 편인가?

단, 다른 이들도 딱히 불평하지는 않았고, 딱히 불안해하지도 않는다. 가는 방향 앞쪽에 쇠창살 같은 것이 보였는데, 다들 당황하거나 소란을 피우지 않고 침착했다.

"출구인가?"

쇠창살은 문처럼 여닫을 수 있는 것 같다. 문처럼이랄까, 바로 문이겠지.

문을 열자 그 너머는 좁고 곰팡내 나는 통로였다. 통로에는 불빛이 없다.

하루히로 일행은 한 줄로 통로를 걸어갔다.

막다른 길이 아니라는 것은 알고 있다. 끝에 계단이 있고, 그 위에서 빛이 스며들어왔기 때문이다.

어라? 하루히로는 발을 멈출 뻔했다.

멈춰 서지는 않았다. 문득, 여기에 와본 적이 있는 것 같다.

어디까지나 그저 그렇다 느끼는 것뿐이고, 기억이 되살아난 것은 아니다.

계단을 다 올라가자 거기에도 쇠창살 문이 있었다. 그 너머는 돌로 만든 방이었다.

하루히로는 약간 열려 있는 쇠창살 문에 손을 댔다. 가볍게 밀어보니 문은 끼익 소리를 내면서 더 열렸다.

그 방에는 올라가는 계단이 있었다. 책상과 의자 등 가구 종류는 하나도 보이지 않지만, 벽에 장식 선반이 붙어 있고 불이 켜진 램프 두 개가 놓여 있었다.

그러고 보니 벽에 저 거무스름한 손잡이 같은 것은 뭘까? 도구 같은 것을 걸어두는 건가? 무슨 장치를 작동시키는 레버 같은 것인지도 모른다.

하루히로는 손잡이 자체에는 손을 대지 않도록 하면서 신중하게 조사했다. 누가 시킨 것도 아닌데 의식하지 않고 그렇게 했다.

잘 보니 타스케테도 장식 선반 위를 손으로 더듬어보기도 하고, 벽을 만져보기도 하고, 두드리기도 했다.

타스케테와 눈이 마주쳤다.

유난히 긴 앞머리 사이로 보이는 타스케테의 눈동자는, 음산하게 깊숙한 곳에서 빛나고 있었다.

왠지 어색하다. 하루히로는 눈을 피했다.

"타스케테 씨도, 도적?" 메리가 중얼거리듯이 말했다.

"아아." 쿠자크는 오른손으로 왼손 손바닥을 탁 치더니 고개를 갸웃거렸다. "…도? 적? 도적? '타스케테 씨도'라니… 응? 그럼 하루히로도 도적이라는 말인가? 어? 도둑이었어?"

"그런 게 아니라…."

메리가 말하는 바에 따르면, 하루히로 일행은 아라바키아라는 나라의 의용병이라고 한다. 싸잡아서 의용병이라고 해도, 실은 여러 종류가 있다. 의용병이라 불릴 정도니까, 병사와 같은 것일까?

도적은 그중 하나다. 정찰하거나, 거기에 맞는 열쇠로 잠긴 문을 따거나, 위험한 장치가 없는지 살피거나. 물건을 훔치는 사람은 아니지만, 도둑에 가까운 기술을 이용해서 전투를 지원하는 역할을 주로 담당한다.

"나, 도적이었구나. 의용병…."

내가 의용병이라 불리는 병사였다는 것은 갑작스럽게는 믿을 수 없을 정도로 의외였다.

하지만, 생각해보면, 하루히로는 나이프 같은 짧은 검을 허리에 두 개나 차고 있다. 쿠자크와 고미는 좀 더 커다란 도검을 등에 메고 있고, 갑옷 같은 것으로 몸을 방어하는 차림이었으니, 객관적으로 보면 그들 일행은 제법 살벌해 보이는 그룹이겠지.

쿠자크는 성기사라고 하는 병과이며 시호루는 마법사, 메리는 신관이라고 한다. 이오도 신관인 모양이다.

세토라는 의용병은 아니지만, 여행 도중에 동료로 들어왔다.

고미와 타스케테는 모른다. 메리의 판단으로는, 고미는 전사나 혹은 암흑 기사가 아닐까 생각한다고 한다.

타스케테는 분명 하루히로와 같은 도적이겠지.

왠지, 전사라거나 무슨 기사, 마법사보다는 도적 쪽이 나한테 맞는 듯한 느낌이 안 드는 것도 아니다.

타스케테도, 유난히 키가 큰 쿠자크나, 기이한 상이랄까 얼굴이 험상궂고 체격이 다부진 고미의 범주에는 들어가지 않고, 어느 쪽인가 하면 하루히로 과다.

이오가 히요를 힐끗 쳐다봤다. "이 사람은?"

"흠흠." 히요는 자기를 가리켰다. "히요 말이에요?"

메리는 히요를 곁눈으로 힐끔 본다. "그 사람은…."

왠지 의미심장한 눈빛이었다.

"…그 사람이"라고 메리는 고쳐 말했다. "의용병인지 아닌지는, 나는 잘…."

히요는 에헤 하고 웃었다. "히요도 모른답니다…."

그저 장난치는 건가? 어쩌면 메리의 뭔가 있음직한 태도 때문인지도 모르지만, 뭔가를 숨기려고 하는 것 같기도 하다.

새삼 생각해보니, 머리카락을 머리 양쪽으로 묶은 히요의 머리 모양이나, 보기에도 실용적이지 않은 장식이 과다한 옷차림은, 왠지 혼자 겉도는 것 같지 않나?

"그런데"라며 히요가 올라가는 계단을 가리켰다. "저 계단으로 위로 올라갈 수 있다거나 할 것 같은데요. 자, 그럼, 어떻게 할까요…?"

1. 악몽의 연속일 줄이야

하루히로는 타스케테와 둘이서 계단을 올라가보기로 했다. 다른 사람들은 이 방에서 기다리게 하자. 그편이 움직이기 편하다. 그런 느낌이 든다.

장식 선반에 있던 램프를 하나 들고 계단을 올라가보니 다른 방으로 나왔다.

선반이 몇 개나 있다. 모든 선반에 다 물건이 빽빽하게 진열되어 있다.

나무상자나 나무통이 선반들 사이에 쌓여 있다. 큰 단지도 있다.

방 한가운데에는 커다란 책상이 놓여 있다. 책상 주위에 있는 몇 개의 나무통은 의자처럼 앉기에 적당할 것 같다.

책상 위에는 불이 켜지지 않은 램프, 낡은 종이 다발 같은 것, 양피지인지 뭔지, 나무로 된 컵인지 뭔지, 물 주전자 같은 용기 등등 잡다한 물건이 흩어져 있다.

방 한구석에 더 위로 올라가는 계단이 있었다. 그 계단 중간쯤에 인간이 걸터앉아 있다는 것을, 어째서 바로 알아차리지 못했을까?

하루히로는 뒷걸음질 치면서 동시에 단검을 뽑아 대비 태세를 갖췄다. 명백하게 오른손이 자주 쓰는 손 같은데도 왼손으로 램프를 들고 있던 것도, 자기도 모르게 그랬던 것이다.

옆을 보니 타스케테도 자세를 낮추고 공격 준비를 하고 있다. 무기를 갖고 있었다면 아마 타스케테도 하루히로와 마찬가지로 뽑아 들었을 것이다.

계단의 인간이 이쪽으로 고개를 돌렸다.

남자다.

젊지는 않다고 생각하지만, 몇 살쯤인지는 잘 모르겠다. 투구를 쓰고, 갑옷을 입고, 검을 차고 있다.

그 후로는 계단의 남자는 움직이지 않는다. 아무 말도 하지 않고 빤히 하루히로와 타스케테를 보고 있다.

"…도대체 뭐지? 무서운데…." 타스케테가 작은 목소리로 중얼거렸다.

하루히로도 동감이었다. 계단의 남자는 틀림없이 움직였으니 살아 있는 것이다. 겉모습을 보아하니 인간이겠지. 하지만, 정말로 인간일까? 확신을 가질 수 없다.

하루히로는 각오하고, "저기…"라고 말을 걸어봤다.

계단의 남자는 역시 미동도 하지 않는다. 단, 잘 보니 살짝 어깨가 오르락내리락한다.

당연한지도 모르지만, 숨을 쉬고 있는 것이다.

하루히로는 계단의 남자에게서 눈을 떼지 않고, 소곤대는 목소리로 "타스케테 씨"라고 불렀다.

"…어? 네?"

"나, 좀 시험해볼게요."

"시험한다고? 엉? 뭘…?"

"만약 무슨 일이 있으면 사람들에게 알려주세요."

"안 그러는 게 좋…." 타스케테가 가는 목소리로 하루히로를 말렸다.

그렇지, 관두는 게 좋겠지? 라고도 생각했지만, 하루히로는 이미 할 마음이 되었다. 나는 꽤 대담한 건가? 아니면 무모한 걸까? 그런 느낌은 들지 않는다. 오히려 신중한 편 아닐까?
기억은 안 나지만.
하루히로는 계단의 남자를 응시한 채로 책상으로 다가갔다.
계단의 남자는 여전히 움직이지 않는다. 아니, 남자의 눈은 하루히로를 따라가고 있다.
하루히로는 책상 위에 램프를 놓았다. 양피지를 손으로 잡아본다. 보아하니 지도 같다.
계단의 남자는 하루히로를 계속 응시하고 있다.
하루히로는 심호흡을 했다. 약간 용기가 필요했지만, 단검을 칼집에 넣었다.
계단의 남자는 아무런 반응도 보이지 않는다.
그렇다면, 이건 어떠냐? 하루히로는 지도로 보이는 양피지를 두 손으로 돌돌 말아봤다.
그래도 계단의 남자는 움직이려고 하지 않는다.
"빌려 가겠습니다, 이거." 하루히로는 말해봤다.
대답은 없다.
"빌려 갑니다." 되풀이 말하고 나서 지도를 오른손에, 램프를 왼손에 들고 뒤로 물러섰다.
하루히로는 타스케테에게 지도를 건넸다. "들어주실래요?"
"…좋아. 그런데 너, 배짱 있네…."
"없어요, 별로."
하루히로는 다시 단검을 뽑았다. 분명 나는 소심한 성격이라고 생각한다.
이번에는 책상 주위를 한 바퀴 돌아봤다. 도중에 계단으로 많이 접근해서 저절로 남자에게 가까이 가게 되었지만, 아무 일도 일어나지 않았다.

선반도 훑어봤다. 선반에는 밧줄, 악기인지 뭔지, 건조한 식물, 작은 동물의 박제, 동물의 신체 일부로 짐작되는 물체, 무슨 액체가 들어 있는 병, 작은 단지, 작은 상자, 서적 등이 있다. 같은 종류의 것은 한데 모아놓은 것처럼 보이는 걸 보니, 대충 넣은 것이 아니라 정리해놓은 것 같다.

쌓인 나무통 내용물은, 잘은 모르지만, 액체, 아마 술이나 기름 종류가 아닐까? 왠지 그런 냄새가 났다. 의자 대신으로 쓰는 나무통은 텅 빈 것 같다.

나무상자는 뚜껑을 못으로 박아놨다. 열려고 하면 못 열 것도 없겠지만, 일단은 그냥 두기로 했다.

커다란 단지에는 고기나 생선, 혹은 채소 장아찌가 들어 있다.

지금까지는 신경 쓰지 않았지만, 이 방은 꽤 천장이 높다. 손이 닿지 않는 위치에 봉이 걸려 있고, 육류 소시지 같은 것과 훈제 생선 같은 것이 매달려 있다,

"저장고, 비슷한 건가?" 하루히로는 중얼거렸다. "이만큼 있으면 한동안은 지낼 수 있을 것 같네…."

계단의 남자는 여전히 움직이지 않는다. 그저 오로지 하루히로를 쳐다보고 있다.

하루히로는 타스케테가 있는 곳으로 돌아갔다.

"…위가 더 있는 것 같은데"라고 타스케테가 말했다. "뭐가 있는 걸까…?"

"글쎄요." 하루히로는 고개를 저었다. "일단 내려갈까요?"

계단을 내려가서 모두에게 위층의 상황을 설명했다.

말하면서 하루히로는 은근히 히요의 상태를 살피고 있었다.

히요는 "헤에"라거나 "후…"라거나 "오호…"라고 말하면서, 눈을 동그랗게 뜨기도 하고, 입술을 삐죽 내밀기도 하고, 볼이 튀어나오기도 하고, 정신없이 표정이 변했다. 머리카락이나 얼굴, 목, 가슴께를 만지기도 하고, 머리를 좌우로 흔들기도 하고, 연속으로 눈을 깜빡거리기도 하고, 걸어 다니기도 하고, 가볍게 점프하기도 하는 등 손짓 발짓도 빈번하고, 게다가 오버액션이었다.

수상하다는 인상을 하루히로는 받았지만, 선입견이 있는 탓에 더욱 그렇게 생각하는 건지도 모른다.

하루히로는 상당히 히요를 의심하고 있다. 그러나, 그 의심을 말로 명확하게 표현하는 것은 어렵다. 그것과 관계가 있는지 아닌지는 모르지만, 자기가 의심을 품고 있다는 사실을 히요가 알게 하는 것은 별로 좋지 않은 것 같다고 느끼고 있었다.

한마디로 말하자면, 감, 이라고 해야 할까?

"어떻게 하지?" 하루히로는 먼저 쿠자크에게 시선을 향했다.

"나?" 쿠자크는 눈을 크게 떴다. "아니… 나는. 음…. 글쎄요…."

쿠자크에 관해서는 기억이 없는데도, 그런 대답이 돌아올 것이라고 하루히로는 간파하고 있었다.

실은 전혀 기억나지 않는 건 아닌지도 몰라. 하루히로는 그런 생각이 들기 시작했다.

예를 들면, 시호루는 자기한테 의견을 물어볼까 봐 고개를 숙이고 있는 것처럼 보이기도 하지만, 아마도 그게 아니라 그녀 나름대로 필사적으로 생각을 하는 것이다.

세토라는 벽 손잡이를 신경 쓰는 모양이다. 그녀는 두뇌가 명석하다. 기억은 없는데도, 알고 있는 것 같다.

메리는 "그러게…"라며 눈을 내리깔았는데, 그전에 한순간 히요를 봤다.

역시 메리도 히요를 수상쩍게 여기는 것이다.

애초에 문제가 하나 있다.

지금으로서는 기억이 있다고 주장하는 것은 메리뿐이다.

메리가, 이건 이렇고 저건 저렇다고 말하면, 기억이 없는 하루히로와 다른 사람들은 그런가? 라고 납득하는 수밖에 없다.

그건 아니지 않아? 라고 부정하는 일은 아무도 할 수 없다.

만약 메리가 거짓말을 하고 있다면 어떨까?

하루히로는 쿠자크나 시호루, 세토라, 키이치, 메리는 동료였던 것 같다고 느낀다.

하지만 뭔가 확실한 증거가 있는 것은 아니다.

그들은 의용병이었다. 세토라는 의용병은 아니지만, 하루히로의 동료였다. 히요는 애초에 의용병인지 아닌지조차 모른다. 메리는 그렇게 말했다.

분명 그 말은 사실일 것이라고 하루히로는 믿고 있다.

하지만, 그것은 과연 진실일까?

히요는 수상한 인물이라고 하루히로는 생각한다.

하지만, 이름밖에 기억나지 않는다는 점에서는 하루히로 팀도, 히요도 마찬가지다.

메리만 기억이 있다.

그 기억에 근거해서, '당신은 이런 인간이야'라는 정보를 하루히로 일행에게 전해줄 수가 있다.

이 중에서 단 한 사람, 메리만이.

수상한 것은 오히려 메리가 아닐까? 그렇게 생각할 수도 있다.

단, 메리도 자기 입장을 자각하고 있는 모양이다. 마음만 먹으면, 자기 기억을 무기 삼아 하루히로 일행을 자기 뜻대로 유도할 수 있는데도 그렇게 하려고 하지 않는다.

메리의 기억은 양날의 검인 것이다. 명백하게 강력한 무기지만, 그것을 마음껏 휘두르다가는 모두에게 불신감을 주고, 그러다가 자기 자신을 파멸시킬지도 모른다.

"나…."

갑자기 이오가 쪼그리고 앉았다.

"배가 고파졌어."

"아아…." 쿠자크는 자기 배를 눌렀다. "확실히…."

"오오. 진짜데이. 겁나 배가 고프데이…."

"하긴… 뭐…." 히요는 실실 웃었다. "살아 있으니까…. 꼬르륵 꼬르륵은 피할 수 없지요…. 먹을 것은 위에 있지요…?"

생각해보면, 저 계단으로 위에 올라갈 수 있을 것 같다는 말을 처음 한 것은 히요 아니었나? 그녀는 하루히로 일행을 유도하려는 걸까? 판단이 서지 않는다. 애매한 선이다.

"사람이 있는데." 하루히로는 말해봤다.

"그래도, 그래도…." 히요는 모두를 둘러본다. "이만큼 여럿이 있으니까요…. 습격당하면 반대로 쓱싹 해치우면 되지 않아요…? 꺄, 웬일… 히요무도 참, 폭력적이라니깟."

시호루가 고개를 갸웃거렸다. "히요무…?"

"오잉?" 히요는 눈을 깜빡거렸다. "지금, 말했나요? 히요, 자기를, 히요무라고? 뭘까요? 애칭? 닉네임? 별명? 전부 같은 말인가? 그런 느낌의 거시기인가요…? 그런지도 모르겠네요, 흠…?"

빠른 말투로 쏟아내는 모습은, 진심으로 신기해한다기보다는 수습하려는 것 같기도 하다.

메리는 고개를 숙이고 살짝 눈썹을 찡그리고 있다.

"당신 이름 따위에 흥미는 없어." 이오가 일어섰다. "먹을 것! 우리한테는 먹을 것이 필요해! 태곳적부터 하는 말 있잖아? 배가 고파서는 싸울 수 없다고!"

싸울 건가? 의용병이라고 하니 역시 싸우지 않으면 안 되는 건가? 그것도 좀 내키지 않는데… 라고 생각하면서 하루히로는 다시금 계단을 올라갔다.

이번에는 타스케테만이 아니라 다들 따라왔다.

"어라?"

방 안 상태는 아까와 다르지 않았지만, 계단의 남자만 사라졌다.

"아무도 없잖아!" 이오가 질책했다.

"아니, 있었다니까. 진짜로. …있었지요?"

하루히로가 동의를 구하자, 타스케테는 자신 없는 것처럼 고개를 비스듬히 흔들었다. "…있었, 던 것 같기도. 없었던 것… 같기도."

"위에 올라간 것 아닐까?" 메리가 도움의 손길을 내밀어준다.

하루히로는 고개를 끄덕였다. "그거다."

역시 메리를 의심할 마음은 도저히 들지 않는다.

"아무튼 간에." 쿠자크가 다독이려는 것처럼 웃는 얼굴로 말했다. "이상한 사람이 있는 것보다는 없는 게 좋지 않아요? 딱 봐도 먹을 만한 것은 분명히 있는 것 같고."

지도로 보이는 양피지를 책상 위에 놓고 펼쳐보기도 하고 종이 다발을 확인하기도 하면서, 소시지며 건어물을 모두가 나눠 먹었다.

나무통 뚜껑을 열어보니 그중 적어도 한 통은 술이었다. 컵에 따라서 마시고 싶은 사람만 마셨다. 하루히로도 약간 핥아봤지만, 상당히 독한 술이라서 금방 취해버릴 것 같아 한 모금만 마시고 그만두었다.

"이것은……." 메리가 양피지를 보며 말했다. "혹시나, 그림갈 지도?"

"그림갈?"

들어본 적 있는 것 같기도 하고 없는 것 같기도, 아니, 없지는 않은 것 같은 어감이다.

"여기가 오르타나이고." 메리는 지도 아래쪽을 가리켰다. "그 북쪽이 풍조 황야. 그리고 엘프들이 사는 그림자 숲이 있고… 한참 동쪽으로 가면 바다가 있어. 여기. 여기에는 자유도시 베레가."

"…오르타나. …엘프. …베레. …자유, 도시…."

하나같이 모르는 단어다. 그런데도 왠지 귀에 익은 느낌이 없지도 않다.

사람으로 치자면, 뒷모습이 보여서, 아는 사람 아닐까 생각한다. 하지만 얼굴을 모르기 때문에 틀림없이 그 사람이라고 단언할 수는 없는 것.

전혀 모르는 것은 아니다. 알고는 있다. 적어도 알고 있었는데 잊어버린 건가? 아니면 잊어버린 것치고는….

생각하면 할수록 머리가 아파진다. 그것이 또 불쾌한 통증이다.

이 통증의 근원은 어디인가? 분명 머리 안쪽이라고 생각한다.

찌르는 것 같은 아픔은 아니고, 쑤시는 것과도 다른, 가려운 것과 약간 비슷한, 견디기 힘든, 가려움.

"우리는, 베레를 나와서…." 메리는 지도 위의 한 점을 가리켰다. 그 손가락이 왼쪽으로 이동한다. "오르타나로 가는 길이었는데, 도중에… 캠프… 그래, 아인랜드 레슬리의, 캠프에… 레슬리 캠프와 마주쳤어."

"…틀렸어." 세토라는 팔짱을 끼고 얼굴을 찡그렸다. "전혀 생각나지 않아."

"앗." 쿠자크가 소시지를 입에 문 채로 말했다. "내 일이기도 하구나. 마치 남 일처럼 느끼면서 듣고 있었어…."

이오는 복잡한 표정을 짓고 있다. "레슬리 캠프…."

"도대체 뭔가요…?" 히요가 웃는 얼굴로 물었다. "그…? 레슬링 챔프라는 게?"

메리는 히요와 눈이 마주쳤다.

히요의 표정이 살짝 굳었다. 하루히로에게는 그렇게 보였다.

"거기를 통해서 우리는." 메리는 히요의 질문에는 대답하지 않고 말했다. "이계로 흘러 들어간 거야. 말도 안 되게 나쁜 꿈이 그대로 현실이 된 것 같은 장소로…."

히요는 자기 턱을 잡고 "흠…"이라며 비스듬히 위쪽으로 시선을 띄웠다. "뭔가… 악몽 같았다면, 그거 진짜로 꿈이었던 것 아닌가? 라는 생각이 안 드는 것도 아니라거나 하지요…. 별로…? 의심하는 건 아니지만요…?"

"그럴지도 몰라." 메리는 지도로 눈길을 떨군다. "나만 꿈을 꾼 것인지도. 지금도 아직 꿈은 끝나지 않은 것 아닐까? 라는 생각이, 약간은 들어."

"아니야." 하루히로는 단언했다. 자기도 모르게 단언해버렸다.

메리가, 히요가, 다른 사람들도 모두 하루히로를 봤다.

하루히로가 머리를 긁적이며 고개를 옆으로 돌렸다. "…아니라고, 생각해. 내가 메리 꿈속의 등장인물이라면, 뭐랄까… 내가 나로서 생각한다거나, 행동한다거나 할 수 없잖아? 아마도. 하지만, 하고 있으니까. 나는, 하고 있다고… 생각하고."

"나도, 나도." 쿠자크는 말하고는 헤헷 웃었다.

"따라 하지 마…."

"아니, 따라 하는 게 아니라니까. 하루히로 말이 맞는다고 생각했으니까!"

"그, 러, 니, 까…." 히요는 허리에 손을 대고 뺨을 볼록 내민다. "별로 의심하는 게 아니라고, 히요, 말했잖아요…."

"…메리… 씨의 기억이 맞는다면…." 시호루는 몸을 앞으로 내밀고 지도를 들여다본다. "…우리, 어디에 있는 건가요…?"

하루히로는 방 안을 둘러보았다. 아래층 방에도, 이 방에도 창문이 없다. 건물 안이라는 것은 생각할 필요도 없는 사실이지만, 바깥은 어떻게 되어 있을까? 시호루가 말하는 것처럼, 여기는 어디인 걸까?

"손잡이…." 타스케테가 작은 목소리로 중얼거렸다.

아래층 벽에 있던 손잡이를 말하는 거라고 금방 알아차렸다.

최초로 그 손잡이를 봤을 때부터 마음에 걸렸다. 히요가 계단을 통해 위로 올라갈 수 있을 것 같다는 말을 하지 않았다면, 하루히로는 먼저 손잡이를 움직여보려고 했을지도 모른다.

"나, 일단 아래로 돌아가볼게. 그 손잡이, 움직여볼래. 무슨 일이 일어날지도."

하루히로가 그렇게 선언하자 히요가 아주 약간이지만, 재미없다는 듯한 얼굴을 하더니 살며시 한숨을 내쉬었다. 하루히로는 거의 확신했다.

히요는 거짓말쟁이다.

문제는 히요가 무엇을 위해, 어떤 거짓말을 하고 있는 건가 하는 거다.

2. 레드문 랩소디

만약을 대비해 모두를 계단 근처까지 물러서게 하고 하루히로는 혼자서 손잡이 앞에 섰다.

내가 할게 하고 쿠자크가 말했지만 하루히로는 거절했다. 쿠자크한테는 맡기지 못하겠다고 생각한 것은 아니다. 단지, 이것은 내가 해야 한다, 그런 생각이 들었다.

잔뜩 경계하고 마음의 준비를 해둔다. 뭔가, 예를 들면 덫 같은 것이 설치되어서 손잡이를 내리자마자 폭발한다거나 독가스나 그런 것을 분출한다거나 그런 식의 위험은 아마 없을 것이다. 손잡이 자체나 붙어 있는 부분, 벽 상태를 보니 이건 괜찮을 거라는 감촉을 하루히로는 얻을 수 있었다. 타스케테도 같은 의견인 모양이다.

도적인 만큼 경험이 진가를 발휘하는 건가? 기억은 나지 않지만, 역시 기억이 완전히 소실된 것은 아닌 모양이다.

하루히로는 손잡이를 살며시 쥐었다.

마음이 편안한 상태라고까지는 말할 수 없지만, 손가락이나 어깨에 쓸데없는 힘은 들어가지 않았다.

손잡이를 천천히 아래로 잡아당긴다.

찰칵. 뭔가 꽂히는 것 같은 감촉이 있었다.

곧이어 둔탁한 소리를 내며 벽 일부가 가라앉기 시작했다.

"…이런 장치로군."

위험하지는 않을 거라고 예상하고 있었지만, 그래도 안도했다.

비밀 문이다. 어디로 통하는 것일까?

약간 차갑고 촉촉한 공기가 방 안으로 흘러들어온다.

바람이다. 약한 바람이 느껴진다.

쿠자크와 다른 사람들이 다가왔다.

"바깥…?" 쿠자크는 하루히로의 어깨를 움켜잡았다. "바깥 아닌가요?! 바깥이야! 밖으로 나갈 수 있는 거 아닌가?!"

바깥, 바깥, 시끄럽네. 하루히로는 살짝 웃어버렸다. "그런 것 같네."

은근슬쩍 히요의 안색을 살펴보니 그녀는 무표정이었다. 마치 아무것도 생각하지 않는 것 같은, 아무것도 느끼지 않는 것 같은 얼굴로 비밀 문 저편을 보고 있다.

메리가 밖으로 나가려고 했다.

하루히로는 메리를 밀며 말렸다. "잠깐만."

메리는 퍼뜩 정신을 차린 것처럼 하루히로 쪽을 보더니 고개를 끄덕였다.

비밀 문이 완전히 다 열릴 때까지 기다렸다가, 하루히로는 먼저 혼자서 밖으로 나가봤다.

캄캄하지는 않다. 하늘 저편이 아직 밝은 것을 보니 새벽이 가까운 건가? 혹은 날이 저문 직후인 건가?

돌아보니 탑이 우뚝 솟아 있다. 하루히로 일행은 그 안에 있던 것이다.

하루히로는 역시 동요했다. 사실, 자기가 동요하고 있다는 것을 분명히 인식할 수 있는 거니까, 그런 의미에서는 아직 그나마 냉정함을 유지하고 있는 셈이다.

지평선 부근이 희멀겋고 살짝 오렌지빛이 섞여 있는데, 저것은 어느 방향일까? 서쪽이라면 일몰 후일 테고, 동쪽이라면 동트기 전이다.
머리 위에 달이 떠 있다.
하루히로가 보는 방향 기준으로 오른쪽 절반이 없다. 저것은 상현달이라고 하던가? 하현달이라고 하던가?
"빨개…."
뭔가가 걸린다.
달.
빨간, 달.
달… 이라는 게
빨갰었나?
물론, 빨갛다.
빨갛지 않다면 무슨 색이라는 건가?
쿠자크와 다른 이들도 밖으로 나왔다.
"여기는…." 메리가 탑을 돌아보며 중얼거렸다. "열리지 않는 탑…."
탑은 언덕 위에 세워져 있다. 들풀로 뒤덮인 언덕 경사면에 점점이 흩어진 크고 하얀 것은 돌인 모양이다.
마치 비석 같다.
이 언덕은 묘지이고, 그 꼭대기에 서 있는 열리지 않는 탑도 거대한 묘비인지도 몰라.
"거리인가?" 세토라가 말했고 키이치가 울었다.
세토라는 언덕 저편으로 눈길을 향하고 있다. 거리, 인 건가?
거리겠지.
하얀 벽으로 둘러싸여 있고 수십, 수백, 어쩌면 그 이상의 건물들이 빽빽이 들어서 있다. 상당히 드문드문이긴 하지만 불빛 같은 것도 켜져 있어서 어째서인지 하루히로 일행은 안도했다.

어째서긴, 바로 가까이에 거리가 있어서 안도한 것이다.

"오르타나." 메리가 모르는 단어를 말했다.

알지는 못하지만, 처음 듣는 말이라고 단언할 수도 없다.

오르타나.

분명 저 거리와 무관하지는 않겠지.

틀림없이 거리 이름일 것이다.

하루히로도 그 이름을 소리 내서 말해봤다. "오르타나."

그리움 같은 것이 치밀어 올라오지 않을까? 약간 기대했다.

안타깝게도, 아무것도 느껴지지 않는다. 아무것도 느껴지지 않는다는 사실에 가볍게 실망한다.

"전부 여기서부터 시작된 거야." 메리는 누구에게랄 것도 없이 말했다. "…이제야 돌아왔어. 꽤 한참 멀리 돌았지만."

하루히로는 다시 한번 오르타나를 바라보았다. 역시 아무런 감흥도 없다.

쿠자크와 시호루, 이오, 고미, 타스케테, 그리고 세토라와 키이치도 오르타나를 본다.

"하아… 아…."

히요 한 사람만은 미간을 찡그리고서 빨간 달을 올려다보고 있었다.

"뭔가… 있지… 예정이 말이야… 틀어져버렸어…. 음… 그렇지…? 예상하지 않았던 일이란 건 일어나는 법이라니까요…. 진짜로… 난감하네…. 주인님께 뭐라고 보고해야 좋을지 참…. 이건 역시,

야단맞을까요…? 하지만 말이야…? 히요무 탓이 아니잖아? 히요무는 실수하지 않았으니까…? 말하자면, 히요무도 피해자라고 하면 피해자인 셈이니까….”

지금은 아무도 오르타나를 보고 있지 않다.

하루히로를 포함해서 전원, 키이치까지도 어리둥절해서 히요에게 시선을 향하고 있다.

히요는 다시금 “하아… 아…” 하고 커다란 한숨을 내쉬었다.

그리고 하루히로 일행을 시선으로 한 번 쭉 훑었다.

사람이 바뀐 것처럼 돌변해서 독기 품은 날카로운 눈빛이었다.

“네, 네, 네….” 히요는 두 손으로 짝짝, 손뼉을 쳤다. “알겠지요…? 모르겠어도, 잘… 들어…. 이제부터 히요무가 중요한 이야기를 하겠습니다…. 놓치면 어마무시하게 후회할걸…?”

목소리까지 다르다. 물론 음성은 똑같지만, 톤이 조금 전보다 낮다. 오히려 지금 목소리가 꾸민 것이 아닌 진짜 목소리인지도 모르지만, 가시가 돋친 말투다.

“너희는 선택할 수가 있습니다…. 양자택일입니다. 하나….” 히요는 오른손을 앞으로 내밀고 검지를 세워 보였다. “히요무 말을 듣는다. 그렇다고 히요무의 노예가 되라는 건 아닙니다요…. 뭐… 그래도? 히요무의 주인님 지시에는 따라야 하지만요? 손해 볼 건 없어요. 모시는 보람이 있는 주인님이니까요. 그야, 이 히요무가 충성을 마구마구 맹세하니까요, 그 사실만으로도 주인님의 대단함을 알겠지요?”

“도대체 뭘….” 이오는 말하려다가 입을 다물었다.

“그리고?” 세토라는 차분하게 말을 계속하라고 재촉했다. “두 번째 선택지인지 뭔지는?"

"둘…." 히요는 오른손 옆에 왼손 검지를 세웠다. "히요무 말을 듣지 않을 거면, 네 멋대로 해라 이거지요. 그 대신 이 세계의 수수께끼도, 몇 가지의 진실도 아무것도 가르쳐주지 않을 거지만요…? 원점으로 돌아가서, 맨몸뚱이 하나로 그림갈에 내던져지는 상황입니다."

"이 세계의… 수수께끼?" 메리의 목소리가 갈라진다. "진실…? 당신은… 그것을 알고 있다는 거야?"

"질문하면 대답해줄 거라고 생각하는 건가요…?" 히요는 코웃음을 친다. "착각하지 말라 이거지요. 주제 파악 못 하는 것도 유분수지. 빌어먹을. 진짜 염병이야. 냄새 난다고. 똥이라서 그런지. 똥 덩어리 년."

"엄청 욕쟁이잖아…." 쿠자크는 왠지 슬퍼하는 것 같다.

"뭐…?" 히요는 무시하고 말을 이었다. "히요무의 주인님은 박학다식하고 거의거의 불로불사, 소유한 보물, 재물, 보석은 셀 수도 없고, 끌어 모은 예지(叡智)로 세계의 수수께끼를 남김없이 모조리 풀어내고, 거대한 야망을 이루려는, 위대한, 너무나 위대한 초 절대적 현자니까요? 너희가 알고 싶은 일 정도는 당연히 전부 알고 계신다 이거지요. 알고 싶은 거고 뭐고, 너희는 아무것도 기억나지 않겠지만요…. 기억하지 못할 게 분명하지만요!"

"즉, 우리가 기억을 잃은 것은." 세토라는 담담하게 지적했다. "너, 아니, 네 주인인지 뭔지의 소행인가?"

히요는 부정도, 긍정도 하지 않고 희미한 웃음을 띠고서 두 손의 검지를 마주 댔다.

그리고 메리를 노려본다.

"기억날 리가 없는데, 도대체 뭔가요? 너는?"

메리는 뒷걸음질 쳤다. "뭐… 라니? 나는…."

목소리가 떨린다. 목소리만이 아니다. 온몸이.

메리는 몇 번이나 머리를 흔든다. 몇 번이나, 몇 번이나, 반복적으로 몇 번이나.

"…나… 나는…."

"요령부득이네요." 히요는 상당히 짜증이 난 듯 쯧쯧쯧쯧, 연속으로 혀를 찼다. "아무튼, 너희는 선택해야 한다 이거지요. 그보다, 선택할 수 있다는 것을 천만다행으로 여기고 감사의 마음을 가져라 이거지요."

하루히로는 어안이 벙벙해졌다. 돌변이란 이런 걸 말하는 건가? 아니, 놀라고 있을 때가 아니다.

하루히로 일행은 선택을 강요받고 있다. 여기에서 지금, 선택해야만 한다.

선택지는 두 가지. 히요 개칭 히요무를 따를지 말지. 골라야만… 하는 건가?

히요무는 예상했던 대로 수상한 인물이었다. 어떻게 하면 그럴 수 있는 건지 짐작도 못 하겠지만, 히요무 혹은 그녀의 주인인지 뭔지가 하루히로 일행에게서 기억을 빼앗았을 가능성까지 있는 것 같다. 그렇다는 건?

하루히로 일행은 피해자이고 히요무는 가해자인 것이다. 어째서 피해자가 가해자의 말을 들어야만 하는 것인가?

좀 화가 났다. 하루히로 일행에게 뭔가를 요구할 권리가 히요무에게 있는 걸까? 없지 않나?

쿠자크도 상당히 발끈한 듯, "저기 말이야!"라고 외치며 히요무에게 다가가려고 했다. 그 순간이었다.

히요무는 갑자기 자기 머리 위에 올려놓았던 머리 장식인지 비녀 같은 것을 잡아 빼더니 쿠자크를 향해 던졌다. "움직이지 마, 멍청앗!"

그것은 주먹보다는 작고 동그란 봉제 인형 같은 물체였다. 거기에 맞아봤자 별일은 없겠지.

그런데, 그것을 가슴 한가운데에 정통으로 맞은 쿠자크는 "크헉." 신음하며 뒤로 벌러덩 쓰러지는 것 같은 자세로 엉덩방아를 찧었다. 게다가 그것은 한 번, 두 번, 튕기더니 히요무의 오른손으로 다시 쏙 들어갔다.

히요무는 그것을 세토라와 고미, 뒤이어 하루히로를 향해서 "이얍. 이얍! 이야압!" 던지는 시늉을 하며 위협하더니 큭큭큭, 목구멍을 울리며 웃었다.

"주인님께 받은 렐릭(유물), '공포의 발바닥 젤리'를 만만히 보지 말라 이거지요. 참고로 이름을 붙인 것은 히요무지만요…?"

쿠자크는 아직 쿨럭쿨럭 기침을 하고 있다. 공포의 발바닥 젤리인지 뭔지가 명중한 가슴 부근을 누르더니, "우오, 아파!"라고 비명을 질렀다. 꽤 타격을 입은 모양이다. 엄살을 떠는 것이 아니라면, 갈비뼈에 금이 간 정도로는 다쳤을지도 모른다.

"덧붙이자면…." 히요무는 공포의 발바닥 젤리를 바로 위로 휙 던지더니 떨어지는 걸 손으로 받는다. "히요무의 공격 수단이 이것뿐이라고는 생각하지 말아야 할걸요. 이런 말을 하면 허세를 부리는 건가? 하고 탐색하려 드는 돼먹지 못한 쓰레기도 있겠지만요, 아니거든요. 히요무는 말이죠, 심지어 주인님의 제자인 렐릭 마스터 나부랭이라고요. 너희를 몰살시키는 정도는 껌이라 이거지요. 진짜라고요, 이거. 못 믿겠다면 시험해볼래요? 본보기로 한 명 해치워줄까요?"

이것은 솔직히 의심하지 않을 수가 없다.

렐릭 마스터인지 뭔지 모르지만, 히요무는 저 공포의 발바닥 젤리 말고는 그리 대단한 것은 갖고 있지 않은 것 아닐까?

하지만, 일부러 그렇게 생각하게 만드는 것뿐이고 사실은 위험한 흉기를 감추고 있는지도 몰라.

"좋아."

이오가 앞으로 나섰다. 당당하게 가슴을 펴고 있다. 그녀는 몸집이 작지만, 기분상으로는 턱을 치켜들고 앞에 있는 자를 내려다보려는 것 같았다.

"그대 말을 따라주지. 누구 탓이든 기억이 없는 건 사실이고, 기댈 곳이 없는 정도가 아니라 아무것도 모르고 정처 없이 돌아다니다가 길바닥에서 객사하게 되는 건 사양하고 싶으니까."

히요무는 싱긋 웃었다. "머리 좋은 사람은 싫어하지 않아요. 히요무가 아니라 히요무 주인님이 말이죠."

이오는 어깻짓을 해 보이더니 고개를 돌려 하루히로 일행을 쭉 둘러보았다. "그대들은 어떻게 할 건가?"

"…나, 나도." 타스케테가 고개를 숙이고 한 걸음 앞으로 나섰다. "…따를까… 하는데."

"너는 마음에 들지 않는데이." 고미는 히요무를 노려본다. "…허지만. 나는, 거기… 이오의.”

“이오 님”이라고 얼음 채찍 같은 목소리로 이오는 말했다. “…이라고 불러. 그대 같은 사내가 함부로 부르는 건 불쾌하기 짝이 없지만, 경의를 담아서 ‘이오 님’이라고 한다면 못 참을 것도 없지.”

“이, 이오 님의….” 고미는 고개를 틀더니 곁눈으로 메리를 봤다. “동료… 였다 했는가? 그보다, 참말인가? 그거…?”

메리는 미묘하다고밖에 말할 수 없는 얼굴을 했다. “…맞을걸.”

“네, 네…. 히요무가 정답을 가르쳐줘버리겠어요….” 히요가 친근하다기보다는 장난치는 것 같은 말투로 말한다. “고미 군, 타스케테 군은 이오 양의 동료였습니다요…. 이오 양은 동료에게 자기를, 바로바로…! 이오 님이라고 부르게 했지요…. 너희는 이오 님 부대라는 희한한 이름을 세상에 널리 알렸던 거지요….”

“이오 님… 부대….” 고미는 머리를 감싸 쥐었다. “…나는… 이오 님의…?”

타스케테는 앞머리 틈새로 멍하니 이오를 바라보고 있다. “…이오 님….”

“그 밖에도 여러 가지를 알고 있지요.” 히요무는 짓궂은 웃음을 띤다. “주인님의 허가가 나는 대로 하나씩 가르쳐줄 테니까요…. 이용당하는 쪽에서 이용하는 쪽이 되는 거지요. 말해두지만요, 이건 천재일우의 엄청나게 멋진 제안이라고요? 거절하면 분명히, 분… 명히 후회할 거라고 보장하지요.”

하루히로는 쿠자크에게 눈길을 향했다.

쿠자크는 아직도 땅바닥에 주저앉아 있다. 어안이 벙벙한 건가?

다음으로 하루히로는 시호루의 표정을 살폈다.

시호루는 턱을 당기고 눈을 치켜뜨고서 히요무를 보고 있다.

세토라는 무슨 생각을 하고 있는지 전혀 모르겠지만, 조금도 동요하지 않는 것 같았다. 키이치는 세토라의 다리 옆에서 움직이지 않고 얌전히 있다.

"메리." 하루히로는 말을 걸었다.

"어?" 메리는 당황한 것처럼 하루히로를 본다. "…뭐?"

하루히로는 고개를 끄덕여 보였다. 말로 하지 않아도 그것만으로도 전달이 되는 것 같다.

보아하니 알아차려준 모양이다. 메리도 고개를 끄덕이는 것으로 답했다.

"우리는"이라고, 하루히로는 거기까지 말하고 코를 만졌다. 코에 땀이 밴 것 아닌가 했는데, 그렇지는 않았고 묘하게 차가웠다. 나는 긴장하고 있는 건가? 그렇지도 않은가? 잘 모르겠다.

하루히로는 숨을 한 번 내쉬고 다시 한번 히요무를 응시했다.

"너를 따르지는 않겠어. 멋진 제안을 거절해서 미안하지만, 내 멋대로 할래."

"어라라."

히요무는 입술만 움직여 웃고는 두 눈은 흉흉하게 가늘게 뜨더니 공포의 발바닥 젤리를 치켜들었다.

하루히로는 예측하고 있던 것처럼 움직였다. 히요무가 공포의 발바닥 젤리를 던졌을 때에는 이미 하루히로는 몸을 날려 메리를 쓰러뜨린 뒤였다.

"으잉?!" 히요무는 희한한 목소리를 냈다.

히요무는 공포의 발바닥 젤리를 하루히로가 아니라 메리를 겨냥

하고 던졌던 것이다. 날아간 코스를 봐서는, 하루히로가 메리를 밀쳐 쓰러뜨리지 않았으면 아마 위험했을 것이다. 공포의 발바닥 젤리가 메리의 얼굴에 맞았을지도 모른다.

"에, 이, 잇…!" 히요무는 이를 갈더니 갑자기 달려갔다. "갑니다요, 이오 님 부대! 히요무를 따라와라 이거지요!"

"…할 수 없네!" 이오가 뒤를 따라가고 고미, 타스케테도 뛰기 시작했다.

"잠깐, 이거…!" 시호루가 걸치고 있는 외투에 손을 댔다. 벗으려고 했던 건지도 모르지만, 아슬아슬하게 동작을 멈춘 모양이다.

고미가 뛰어가면서 흘낏 돌아보았다. "그건 준데이! 입으래이!"

시호루가 입은 저 왠지 흉흉하고 어두운 색의 외투는 고미의 옷이었다.

히요무 일행 네 명은 열리지 않는 탑을 향해 가고 있다. 어쨌거나 급전개다.

"우우…." 몸 밑에서 누군가가 신음했고, 누군가랄 것도 없이 메리라고 하루히로는 알아차리고, 그렇구나, 그랬지, 아직 같이 쓰러진 그 상태 그대로였다, 이크, "미, 미안…." 사과하면서 비키려고 했는데, 그전에 메리가 그를 밀쳐냈다. "…엇?!"

메리는 벌떡 일어나자마자 오른손 검지를 움직였다.

허공에 뭔가, 그림인지 도형인지, 글자 같은 것을 그리면서 메리는 읊조렸다.

"마리크 엠 파르크."

메리의 가슴 앞에 빛나는 구체 같은 것이 출현했다. 처음에 그것은 주먹보다도 작았지만, 점점 커졌다.

히요무가 돌아보더니 “하앗?!” 눈을 휘둥그레 떴다. “…매직 미사일(마법의 광탄)?!”

사람 머리보다도 커진 빛나는 구체가 히요무를 향해서 날아갔다.

“고후오오오오오오오오오오오오오오오오?!” 히요무는 해괴한 목소리를 발했다.

“뭔 일이래!” 고미가 몸을 돌리며 커다란 검을 뽑았다.

한순간 고미의 모습이 사라진, 것처럼 보였다.

그 정도로 재빠른 동작이었다는 뜻인가?

고미는 지금 그야말로 히요무에게 격돌하려던 빛나는 구체를, 검으로 싹둑 베었다.

저거, 잘리는 거구나. 하루히로는 생각했다.

왜냐하면, 빛이잖아. 예를 들어 내리쬐는 햇볕을 식칼이나 그런 걸로 절단하는 게 가능한가 하면, 절대로 무리겠지.

하지만 고미의 검은 빛나는 구체를 근사하게 동강 냈다.

빛나는 구체는 두 동강이 나더니 바로 흔적도 없이 소실했다.

“도대체 뭐래이? 방금 그거!” 고미는 고함치며 검을 겨눈다.

고미 덕분에 목숨을 건진 모양새가 된 히요무는 메리를 응시하고 있다. “…시시시, 신관인데, 마마, 마법… .”

이오와 타스케테도 우두커니 서 있다.

하루히로는 메리를 쳐다봤다.

메리는 머리카락을 쥐어뜯는 것처럼 머리를 누르고 있다. 뭔가 이상하다.

그보다, 얼굴을 찡그리고 이를 악물고, 무척 괴로워 보인다.

“메리…?”

“괜찮아.” 메리는 즉답했지만, 전혀 괜찮아 보이지 않는다.

공포의 발바닥 젤리가 저 혼자 뿅뿅 뛰어 히요무의 손안으로 되돌아갔다.

“…이건, 빨리 주인님께 보고해서 판단을 여쭤봐야겠네요. 기억이 사라지지 않은 것만 해도 이상한데, 마법 같은 걸 쓰고 자빠졌어. 게다가 그 매직 미사일, 보통 마법사가 구사하는 레벨의 것이 아니었다고요.”

메리는 아직 괴로운 것인지 고개를 숙이고, 그러나 히요무를 노려본 채로 입술을 움직이고 있다. 뭔가 중얼거리는 건가? 목소리는 들리지 않는다.

히요무가 말없이 팔을 흔들자 그 사인을 알아차린 이오 팀이 종종걸음으로 달리기 시작했다. 히요무 본인도 메리를 신경 쓰면서 열리지 않는 탑을 향해 갔다.

네 명이 열리지 않는 탑에 들어갈 때까지 하루히로 일행은 그 자리에서 움직이지 않고 입을 다물고 있었다.

그들이 보이지 않게 되고 얼마 안 있어 열리지 않는 탑에 변화가 나타났다.

“앗.” 쿠자크가 목소리를 냈다. “입구….”

손잡이를 당겨 열었던 비밀 문이 닫히려고 했다. 저것 말고는 출입구가 존재하지 않는다면, 하루히로 일행은 이제 탑으로 들어갈 수가 없다.

세토라는 흠 하며 고개를 끄덕였다. “그렇군. 안에서밖에 열 수 없어. 그래서 열리지 않는 탑이라고 불렸던 건가?”

“납득하고 있을 때인가…?” 쿠자크가 조심스럽게 딴지를 건다.

시호루도 조심스러운 느낌으로 메리에게 다가가 얼굴을 들여다본다. "…저기… 메리, 씨?"

메리는 머리를 흔들고 시호루에게 웃어 보였다. "…메리라고 불러도 돼. 전에는, 그렇게 불렀으니까."

명백하게 애써 지어낸 웃음이었다.

하늘이 밝아지고 있다.

일몰 후가 아니었다. 동트기 전이었던 것이다.

하루히로는 벽으로 둘러싸인 거리를 바라보았다.

"…오르타나라."

3. 두 번째

그 탑은 언제부터 오르타나 바로 옆에 있는 언덕 위에 서 있었던 것일까? 메리는 모른다고 한다.

아무튼, 의용병들은 열리지 않는 탑이라고 불렀다. 그 이름처럼 안으로 들어갈 수는 없기 때문에, 말하자면 랜드마크 같은 존재로 인식되고 있는 모양이다.

정확히는, 밖에서는 안으로 들어갈 수 없지만 안에서 밖으로 나올 수는 있는, 밖에서 봤을 때에만 열리지 않는 탑이었다는 뜻이 되겠지.

"일단 오르타나에 가볼까?"

세토라의 제안에 이의를 제기하는 사람은 없었다.

하루히로 일행은 사람들의 발에 다져져 생겨난 검은 흙길을 내려가기 시작했다.

이 길은 열리지 않는 탑에서 언덕 아래로, 그리고 오르타나까지 이어져 있는 모양이다. 길 양옆은 풀밭이고, 하얗고 커다란 돌들이 여기저기 흩어져 있다.

메리에게 물어보니 역시 그것들은 묘비인 모양이다.

"대부분 의용병의 무덤이야. …우리 동료도 잠들어 있어."

"우와…." 쿠자크는 할 말을 잃었다.

"하지만 기억하지 못하니 애도할 수도 없군." 세토라는 종잡을 수 없는 말을 한다.

시호루는 발을 멈추고 잠시 동안 뭔가를 찾는 것 같은 눈으로 묘비들을 보고 있었으나, 하루히로가 부르기 전에 다시금 걷기 시작했다.

어느 무덤 밑에서 영면하고 있을 과거의 동료에 관해서는 하루히로도 마음에 걸렸다. 상황이 좀 안정되면, 메리에게 무덤이 있는 장소를 가르쳐달라고 해서 참배 같은 것을 하는 게 좋을까? 세토라가 말하는 것처럼, 기억하지 못하니 애도를 할 수도 없는데 참배를 해봤자 의미가 없을 것 같기도 하다.

"들어갈 수 있을까?" 쿠자크가 중얼거렸다.

오르타나를 에워싼 돌로 쌓은 방벽은 사람 키의 두 배 이상은 족히 될 것이다. 길 끝에 있는 문은 닫혀 있다.

"오르타나에서는 아침 6시에 최초의 종이 울려." 메리가 말했다. "그 뒤에 문이 열릴 거야."

슬슬 해가 뜰 것 같은데 아직 방벽 여기저기에서 화톳불이 타오르고 있다. 누가 보초라도 서고 있는 걸까? 방벽 위에 사람 실루엣 같은 것이 언뜻언뜻 보인다.

"6시라…." 하루히로는 말하고 가슴을 가볍게 문질렀다.

기분 탓일까?

아니, 그렇지 않아. 기분 탓이 아니야. 왠지 가슴이 술렁거려.

그 원인을 잘 모르겠다.

"그런데, 너희는 의용병이지?" 세토라가 메리에게 물었다. "도대체 누구랑 싸웠던 거지?"

메리는 잠시 생각하고 나서 대답했다. "싸잡아 말하자면, 제왕 연합. 아라바키아는 인간족 왕국인데, 오크와 언데드, 고블린, 코볼트들의 공격을 받아 지금은 변경이라 불리는 이 지역의 영토를 잃었어."

쿠자크는 응응 하고 고개를 갸웃거렸다. “그렇다는 건, 아라바키아? 우리의? 적이란 건, 인간이 아니야?”

메리는 고개를 끄덕였다. “대표적인 종족은, 오크와 언데드(불사족).”

“…인간끼리 싸우는 것보다는 뭐, 좀 그럭저럭인가?” 쿠자크는 쓴웃음을 지었다. “뭐가 그럭저럭이냐고 묻는다면 할 말 없지만.”

하루히로는 멈춰 섰다. “인간이, 아니야….”

“어?” 쿠자크도 발을 멈췄다. “뭐?”

하루히로는 눈을 부릅뜨고 방벽 위를 보았다.

사람 실루엣이 있다. 움직이는 자도, 움직이지 않는 자도 있다.

방벽까지 아직 100미터도 더 남았고 밝기도 충분하지 않아서 뚜렷하게는 보이지 않는다. 하지만 보기에도 숫자가 늘어났다. 방벽 위에는 상당한 숫자의 감시병이 배치되어 있고, 서서히 모여들고 있는 건가?

키이치가, 니캬이라는 듯한, 짧은 울음소리를 냈다.

그쪽을 보니 키이치는 방벽을 향해서 꼬리를 치켜세우고 있다. 두껍다. 꼬리만이 아니라 온몸의 털이 곤두서 있다.

“뭔가….” 하루히로는 어떻게 말하면 좋을지 망설였다. 잘은 모르지만, 생각한 그대로 말로 표현하는 수밖에 없겠지. “우리를, 경계하는 것 같아…?”

그때, 우오에아아아오오오오… 라는 듯한 소리가 들렸다.

방벽 쪽에서다.

목소리, 인 것 같다.

꽤 탁한 목소리였다.

"…인간이, 아니야." 하루히로는 되풀이 말했다. 그렇다.

인간이 아니다.

그거다.

방벽 위의 실루엣은 먼발치에서 보면 인간으로 보인다. 적어도 인간 같은 형태를 한 것은 틀림없지만, 아무래도 기묘하다.

뭐랄까, 아니, 뭐랄까가 아니라 바로 그거다. 하나같이, 작다.

투구며 갑옷을 장착한 것 같은데, 어른치고는 너무 몸집이 작다.

마치 어린이 부대 같다.

이윽고, 캉, 캉, 캉, 금속을 두드리는 것 같은 소리가 울려 퍼지기 시작했다.

어린이 부대 같은 보초들이 캬아… 우에아아… 보오… 외치고 있다.

"저 소리…." 메리는 고개를 흔들었다. "…말도 안 돼… 설마, 어떻게…?"

방벽 위에서 뭔가가 날아온다.

"뭐야? 저건." 쿠자크가 말했다.

"물러나!" 하루히로는 반사적으로 외쳤다.

방벽 위에서 가느다란 막대기 같은 물체가 잔뜩 발사되어, 공중에서 커다란 곡선을 그리고, 곧이어 하루히로 일행을 향해 쏟아져 내리겠지.

하루히로 일행은 거의 일제히 몸을 돌려 뛰었다. 뒤에서 가느다란 물체가 푹푹, 푹푹 땅바닥에 박히는 소리가 났다. 하루히로는 달리면서 무의식중에 쿠자크, 시호루, 메리, 세토라와 키이치의 모습을 확인했다. 전원이 무사한 것 같다.

"오르타나는 안 돼!" 메리가 말했다. "적이 있어!"

"적이라니!" 쿠자크가 소리쳤다 "무슨 말이야?"

"나도 몰라!" 메리도 소리쳐 대답했다.

세토라는 달리는 발을 멈추지 않고서 뒤를 보고 있다. "언쟁하고 있을 때가 아닌 것 같다."

또 가느다란 물체가 날아왔다. 저것은 화살이다. 열 개인지, 스무 개인지, 그 이상. 하루히로 일행은 이미 사정거리 밖에 있는 듯, 이번에도 화살은 맞지 않았다.

그러나, 오르타나의 문이 열리려고 했다.

아직 완전히 다 열리지 않은 문에서 어린이 부대가 계속해서 튀어나왔다. 하긴, 그들이 어린이 부대 같은 것이 아니라는 건 이제 분명했지만. 그렇다면 뭔가?

적이다.

메리가 단적으로 표현했다. 그들은 적인 것이다.

하루히로 일행은 언덕을 올라갔다. 그 위에는 열리지 않는 탑이 있다.

"안으로 도망가면…."

좋겠지만, 무리인가?

히요무는 자기를 따르라고 제안했고, 거절하면 분명히 후회할 거라는 말을 했다. 이런 뜻이었던 건가?

메리의 말에 따르면, 오르타나는 하루히로를 포함한 의용병들이 소속된 아라바키아 왕국의 거리였다고 하는데, 지금은 아닌 것이다. 무슨 일이 일어났고, 적에게 점령당해버렸다.

하루히로 일행은 섣불리 오르타나에 접근해서는 안 되었다. 적에게 들키기 때문이다. 들키면 어떻게 되는가?

이렇게 된다.

화살이 날아오고, 쫓기는 신세가 되어버린다.

"젠장, 그 녀석!"

하지만, 욕을 해봤자 지금쯤 열리지 않는 탑 속에서 편안하게 지내고 있을 히요무에게 들릴 리는 없다. 상황이 나아질 건 없다.

시호루는 외투 밑에 아무것도 입지 않은 것 때문에 영향을 받은 건지도 모른다. 상당히 뛰기 힘들어 보였고, 다소 뒤처졌다. 하루히로는 걸음을 늦추고 시호루가 따라오는 것을 기다렸다.

"더 뛸 수 있겠어?!"

물어보자 시호루는 고개를 끄덕여 보였으나, 호흡은 거칠었고 뛰는 속도가 올라가는 것도 아니었다. 힘든 건가? 일단 "힘내!"라고 말해봤지만, 시호루는 역시 고개만 끄덕일 뿐이었다.

문에서 나온 것은 적의 부대만이 아니었다. 좀 더 작은 생물도 있는데, 저건 뭘까? 짖는 소리로 보아하니, 개인가? 숫자는 그리 많지 않다.

두 마리, 아니, 세 마리인가? 거무스름한 개들도 쫓아온다.

쿠자크가 "위험해, 위험해, 위험해"인지 뭔지 말하고 있다.

개들은 적 부대보다도 발이 빠르다. 점점 하루히로 팀과의 거리를 좁혀온다.

적의 부대만이라면 어쩌면 따돌릴 수 있을지도 모르지만, 개들에게는 언젠가 따라잡히고 말겠지.

이제 곧 언덕 정상이다. 세토라와 키이치는 이미 열리지 않는 탑 가까이에 있다.

"어떻게 해?!" 세토라가 외쳤다.

개들은 하루히로와 시호루 뒤 20~30미터 근처까지 쫓아왔다.

"메리?!"

오르타나 말고는 이 근처에 안전한 장소는 없는 건가? 기억을 잃지 않은 메리만이 기댈 곳이다.

"…미안해!" 메리는 얼굴을 찡그렸다. "나도…!"

난감하네 하고 조금도 생각하지 않았다면 거짓말이겠지. 하지만, 하루히로는 한순간에 생각을 전환하고 재빨리 주변을 둘러보았다.

태양이 떠오르는 방향이 동쪽이니까, 엄청나게 높은 산들이 이어져 있는 곳은 남쪽인가? 북쪽에는 숲이 펼쳐져 있다.

"북쪽 숲으로…." 말하려던 때, 개가 덤벼들었다.

하루히로는 반사적으로 왼팔을 앞으로 내밀어 몸을 지키려고 했다. 개는 그 왼팔… 이라기보다 왼손 손목을 물었다.

"엇…."

놀랐고 무서웠지만, 한편으로는 이 개, 비교적 작네 하고 생각할 여유도 있었다. 체격이 작은 것만이 아니라 다리가 유난히 짧다. 이게 만약 큰 개였다면 질질 끌려가 쓰러졌거나 혹은 밑에 깔렸겠지. 그렇기는 해도 무는 힘은 세다.

"아프다고!"

하루히로는 왼쪽 손목을 물게 유도하고 오른손 주먹으로 머리를 힘껏 때렸다.

개는, 끼양 울고는 턱의 힘을 뺐다. 그 틈에 하루히로는 개를 떼어버렸다.

"앗!" 시호루가 비명을 질렀다.

다른 개가 넘어진 시호루에게 덤벼든다.

하루히로는 곧바로 그 개의 배를 걷어차 시호루에게서 떼어냈다. 그 직후, 또 다른 개가 이번에는 하루히로의 오른쪽 종아리를 물었다.

"그러니까!"

하루히로는 허리의 칼집에서 단검을 뽑았다. 화가 난 것은 아니라고 생각하지만, 주저하지 않고 단검을 개의 목덜미에 박았다.

상처에서 엄청난 양의 피가 솟구쳤다. 하루히로의 단검은 개의 경동맥만이 아니라 기관까지 찢어버렸다. 개는 아직 살아 있기는 하지만, 이미 숨을 쉴 수 없다. 하루히로가 오른발을 털자 개는 더는 종아리를 물고 있을 수 없게 되어 바닥에 나뒹굴었다.

나머지 두 마리가 꺙꺙 짖어댔지만, 동료가 당한 걸 보고 겁을 먹은 건지 덤벼들지는 않았다.

하루히로는 시호루를 잡아당겨 일으켜주었다.

"…하루히로 군, 다, 다친 데는?!"

"괜찮지 않을까? 이 정도는. 시호루는?"

"괘, 괜찮아."

"그럼, 먼저 가."

하루히로는 시호루의 등을 밀어주었다.

단검은 한 자루 더 있다. 뽑아보니 검신이 불꽃처럼 물결치는 형태였다.

두 자루의 단검을 양쪽 다 거꾸로 쥐어보니 묘하게 이거다 싶은 느낌이 들었다.

후우, 숨을 한 번 내쉰다.

두 마리의 개한테 물어뜯기고 적 부대가 계속 다가오고 있는데도 하루히로는 별로 당황하지 않았다.

별로랄까, 거의 당황하지 않았다.

적 부대는 피부가 황록색이고, 투구 개구부로 보이는 얼굴 모양이 인간과는 명백하게 달랐다. 키는 하루히로보다 머리 두 개 크기만큼 작다. 쿠자크는 상당한 장신이지만 하루히로는 분명 표준 체형일 테니, 역시 인간 어린이 정도라고 말해도 좋을 듯하다.

머릿수는 열 명, 아니, 열다섯 명 이상,

스무 명은 안 될 정도인가?

좀 많은데… 라고 생각한 자신이 우스워서 웃음이 나올 것 같았다. 좀?

엄청나게… 겠지.

다수에 당할 재간은 없다는데, 뭘 하는 거지? 왜 이런 짓을.

시호루를 도망가게 해야 해. 동료를 구해야만 해. 동료… 라. 제대로 기억하지도 못하는데도. 바보 같다는 느낌도 들지만, 후회는 하지 않는다. 오히려 개운하다.

하루히로는 적 부대를 향해서 달려갔다. 설마 혼자서 덤벼들 거라고는 생각하지 않았던 건지, 적은, 우읏… 놀란 것처럼 약간 주춤거렸다. 이 틈에 한두 명 어떻게 해치워보자, 그런 생각이 하루히로의 머리를 스쳤다.

그때 눈앞을 스쳐 간 것은 다른 것이었다.

"으랴아아앗…!"

쿠자크는 정말로 키가 크다. 살이 찌지는 않았지만, 어깨가 넓고 가슴팍도 두꺼워서 엄청나게 크게 보인다. 상대가 왜소하기 때문에 더욱.

쿠자크는 측면에서 하루히로 바로 앞으로 뛰어들어 커다란 검을 내리쳤다.

적을 한 명, 어깻죽지에서 옆구리까지 베어 말 그대로 두 동강을 냈다.

"하루히롯! 그렇게, 혼자서 나서는 건…!"

쿠자크는 더욱 앞으로 나서서 끙 하고 검을 휘둘렀다. 호쾌하지만, 마구잡이도 아니고 힘에만 의존하는 것도 아니다. 그 증거로 쿠자크의 검은 또다시 적을 한꺼번에 둘이나 베어버렸다.

"…너무 멋있으니까! 안 그러는 게 좋다고 생각해!"

적이 확실하게 우왕좌왕했다. 하긴, 저런 곡예를 갑자기 눈앞에서 보게 되면 그야 겁을 먹을 만도 하겠지.

"…아니, 네가 훨씬 더 멋있는데?"

"어? 그래?"

태평하게 실실 웃고 있나 했더니, 쿠자크는 또다시 적을 한 명 베어 쓰러뜨렸다.

"장난 아닌 것 같은데요? 나, 강한 건지도?"

"고블린이지만 숫자가 많아!" 메리가 달려와서 외쳤다. "단숨에 해치워!"

도망가지 않고 돌아온 것은 쿠자크만이 아니었던 건가?

"빛이여, 루미아리스의 가호 아래." 메리는 오른손을 이마에 대더니 적을 향해 내밀었다. "…플레임(구광, 咎光)!"

메리의 손에서 강한 빛이 번쩍 빛나더니 적이 날아갔다.

세토라는 적이 떨어뜨린 창을 주워 그것으로 다른 적을 찔렀다.

그 적의 목덜미를 관통한 창을 세토라는 뽑지 않고 손에서 놓아버렸다. 그리고, 무기라면 여기에 있어… 라는 듯이, 이번에는 창에 찔린 적의 손에서 도끼를 낚아채자마자 또 다른 적에게 투척했다. 도끼는 빙글빙글 회전해서 그놈의 가슴에 박혔다. 그 직후 세토라에게 덤벼들려던 새로운 적에게 키이치가 달려들었다. 새로운 적은 머리 전체를 덮는 투구를 쓰고 있었지만, 키이치는 재빨리 재주 좋게 그것을 벗겨버리고 안구에 발톱을 찔러 넣었다.

그러는 동안에도 쿠자크가 계속해서 검으로 적을 베고 있다.

두 마리의 개는 오로지 짖어댈 뿐이다.

한 명의 적이 도망쳐 굴러가는 것처럼 언덕을 내려갔다. 그러자마자 적은 모두 달아나기 시작했고 개들도 그 뒤를 따랐다.

쿠자크는 적을 쫓아가려고 했다. 그러나, 하루히로가 말릴 필요도 없이, 쿠자크는 진짜로 쫓아갈 생각은 아니었던 듯, 추가 공격을 하겠다는 제스처만 보이고는 하루히로 쪽으로 고개를 돌렸다.

"이 틈에!"

하루히로는 고개를 끄덕이고, 일단 자기 나름대로 목소리를 높여 "숲으로!"라고 말하기는 했으나, 굳이 말할 필요가 있는 건가? 이거? 라는 생각을 안 할 수가 없었다. 이미 모두가, 기민하다고는 말하기 힘든 시호루까지도 숲을 향해 가려고 했다. 모두 기억을 잃기 전에 이런 경험을 많이 했었고, 그래서 머리가 아니라 몸이 기억하는 건지도 모른다.

하루히로 일행은 서둘러 언덕을 내려가 북쪽 숲으로 들어갔다.

오르타나에서 새로운 적이 튀어나오지 않는다는 보장도 없으니 경계하고 있을 생각이긴 한데, 아직까지는 추격자는 오지 않는 것 같다.
"여기는 그리 넓은 숲이 아니니까." 메리가 가르쳐주었다.
하루히로 일행은 숲으로 들어가 300미터 정도 걸어간 곳에서 잠시 휴식을 취하기로 했다.
"그런데…."
세토라는 적에게서 빼앗은 창을 들고 있다. 창의 길이는 세토라의 키와 같은 정도다.
참고로, 세토라는 하루히로보다 약간 키가 작다.
"도대체 어떻게 된 거지? 고블린, 이라고 말했지?"
"응."
메리가 말하기를, 그 적은 고블린이라는 종족이라고 한다. 제왕연합에 가담했다. 당연히 아라바키아 왕국과는 적대 관계이며, 오르타나 북서에 있는 다무로라는 장소를 근거지로 삼았다고 한다.
"…그렇다는 건, 그, 다무로?" 쿠자크는 고개를 갸웃거리면서 말했다. "라는 곳에 있던 고블린? 이 오르타나를 점령해버렸다… 그런 뜻? 뭐, 숫자는 거시기했지만, 꽤 약했잖아. 아라바키아 왕국? 이라고 했나? 그런 것들한테 당한 건가…?"
시호루는 고개를 숙이고 있다. "나는 아무것도 못 하고 거치적거리기만 했지만…."
"너는 마법사였잖아." 세토라는 어깻짓을 했다. "마법인지 뭔지를 떠올릴 필요가 있는 것 아닌가?"
냐아. 키이치가 울었다. 주인인 세토라가 아니라 시호루를 보고 있다. 격려해주려는 건지도 모른다.
"마법이라고 하니." 쿠자크는 메리를 쳐다본다. "메리 씨, 마법 같은 것 쓰지 않았나? 그거, 시호루 씨도 쓸 수 있는 건가요?"

메리는 눈을 내리깔았다. "…내가 쓸 수 있는 것은 신관의 광마법이니까."

그, 마리크, 엠, 파르크, 였었나, 그거?

하루히로는 한순간 물어보려다가 말았다. 왜 말았는지는 자기도 잘 모른다. 아니, 모른다는 건 거짓말이다. 전혀 모르는 건 아니다.

메리는 손가락으로 허공에 도형인지 뭔지를 그리면서 "마리크 엠 파르크"라고 읊조려 빛나는 구체를 출현시켰다. 그것으로 히요무를 공격하려고 했었다. 히요무는 상당히 놀랐었다. 그리고, 하루히로의 기억이 틀림없다면, 이런 말을 했다.

신관인데, 마법… 이라고.

히요무는 이오 팀만 아니라 하루히로 팀의 경력도 파악하고 있는 것 같았다. 그런데도 메리가 그 마법을 쓴 사실에 놀랐다. 즉, 그것은, 메리가 쓸 수 있을 리가 없는 마법이었다는 뜻이 아닐까?

게다가, 어디가 어떻게… 라고 설명하는 것은 어렵지만, 그때 메리는 이상했다. 하루히로는 예전의 메리를 기억하지 못하기 때문에 정말로 이상했는지 확신할 수 없는 부분도 있지만, 엇 하고 놀란 것 같다.

"광마법이라는 것은, 그건가?" 세토라가 손을 앞으로 내밀어 보였다. "빛으로 고블린을 날려버린."

메리는 고개를 끄덕였다. "…공격마법은, 그 플레임 정도. 하지만, 상처를 치유하는 마법이라면 몇 가지인가 쓸 수 있으니까, 즉사하지만 않으면 어떻게든 될 거야."

"오오." 쿠자크는 눈을 휘둥그레 떴다. "그거 든든하네."

"쿠자크도 성기사니까 광마법을 쓸 수 있어. 신관의 것과는 좀 다르지만."

"어, 나도? 진짜입니까? 끝내준다. 아아, 하지만, 기억해낼 수가 없으니까."

세토라는 창을 빙글 돌리고 나서 촉으로 바닥을 가볍게 찔렀다. "보아하니 나도 내 몸을 지키는 정도는 할 수 있는 것 같다."

"당신은 뭐든 해내는 사람이었어." 메리는 말했다. "네크로맨서(사령술사)이고, 냐아 술자이기도 해. 무기도 웬만큼 다룰 수 있었어. 무엇보다도, 특출하게 머리가 좋았어."

이렇게까지 칭찬을 받으면 쑥스러워질 만도 한데, 세토라는 태연했다.

"그것이 네가 본 나라는 것은 알았다. 실태는 또 다르겠지만."

"뭐지?" 쿠자크는 빤히 세토라를 본다. "멋지네, 세토라 씨는…."

"너는 왠지 인간이라기보다 개 같은 사내로군."

"어엇, 어디가요?"

"그렇게 들러붙는 점이 마치 개 같다."

"별로 들러붙지 않았는데. 달라붙지도 않고 떨어져 있는데요?"

"달라붙었으면 때리거나 발로 찼겠지."

"너무해…."

하루히로는 아까 고블린의 개를 한 마리 죽였기 때문에, 심정적으로 쿠자크가 개 같다고는 생각하기 힘들었다. 하지만, 확실히 쿠자크는 사람을 잘 따르는 개를 연상시키는 점이 있다.

쿠자크가 있어줘서 솔직히 상당히 큰 힘이 된다.

거침없이 적을 베어버린 듬직함은 말할 것도 없다. 거기에 더해,

동료로서 함께 행동했던 때의 기억이 없는 탓도 있어서인지 미묘하게 짜증스러운 느낌도 들지만, 다소 지나치게 가까운 것 같은 그 거리감도 포함해서, 같이 있으면 마음이 누그러진다고나 할까.

히요무의 주인님인지 뭔지한테 무슨 짓을 당한 건지는 확실치 않지만, 기억은 없고, 오르타나는 저 꼴이고, 정말로 변변한 일이 없다. 그래도 뭐, 어떻게 굴러가지 않을까? 라는 생각이 안 드는 것도 아닌데, 그건 쿠자크 덕분인지도 몰라.

당연히 메리 한 사람만은 기억이 있다는 점도 크긴 하지만.

"…저기, 질문이." 시호루가 흠칫거리면서 물었다. "…우리는, 의용병, 이었다고? …지원, 했었다는 뜻? 뭔가, 나한테는 맞지 않는 것 같은데…."

"그것은…." 메리는 어물거렸다. "달리 선택의 여지가 없었던 거라고 생각해."

"선택의 여지가." 하루히로는 앵무새처럼 따라 말했다. "그건… 무슨 말이야?"

"아마도, 두 번째일 거야."

"뭐가?"

"세토라와 키이치는 다르지만, 당신들이 기억을 잃은 것은 이번이 처음이 아니야."

하루히로는 뺨 부근을 손으로 문질렀다. "두 번째."

메리는 고개를 끄덕였다. "응."

 4. 어둠은 차갑고 다정하고

첫 번째.

깨어나보니 메리는 입은 옷밖에는 아무것도 가진 게 없고 이름밖에 기억나지 않는 상태였다.

메리는 혼자가 아니라 전부 합쳐 열한 명이 있었는데, 그녀는 그 중에서 하야시, 미치키, 오그, 무츠미와 함께 행동하게 되었다.

뚜렷하게 기억나는 것은, 갑자기 히요무가 나타나 오르타나로 안내했다는 것이고, 열리지 않는 탑 앞에 있었던 것 같은데, 탑 안이나 지하에 있었다는 기억은 없는 것 같다.

메리가 그 이야기를 할 때 하루히로는 깨달았다. 어째서인지 열리지 않는 탑 내부와 지하의 상황이 모호했다. 쿠자크와 시호루, 세토라에게 확인해보니 모두 마찬가지였다.

메리가 자세히 설명해주면 그제야 아아, 그랬지… 라는 식으로 되살아난다. 하지만 자력으로 세세한 부분을 떠올리는 것은 도저히 안 된다. 탑의 지하나 안에서 나눴던 대화도 왠지 흐릿하다.

이것에 관해서는, "약을 먹은 것이 아닐까?"라는 설을 세토라가 주장했다.

세토라가 말하는 바에 따르면, 종별 등은 기억나지 않지만, 환각을 불러일으키거나 최면 상태에 빠지게 하거나 정신 착란 등의 효과를 초래하는 식물이나 동물의 분비물은 다수 존재할 것이라고 한다. 기억을 상실시키거나 교란하거나 하는 약물이 있다고 해도 이상할 것 없다.

아무튼, 메리네는 오르타나로 인도되어, 의용병이 되면 당분간의 생활비를 지급해주겠다는 제안을 받았다. 아무것도 모르는 메리 일행은 살기 위해서 그 제안을 받아들이는 수밖에 없었다.

시기는 다르지만, 하루히로 일행도 같은 경위로 의용병이 된 모양이다.

그런 의용병이 몇백 명이나 있고, 그중 몇십 퍼센트는 목숨을 잃었고, 그들의 유해는 불에 타 재가 되어 언덕에 드문드문 있는 무덤 아래 매장되었다.

"뭔가, 대단하네." 쿠자크가 한숨 섞어 말했다.

분명 쿠자크는 너무하다는 의미로 대단하다고 표현한 것이겠지.

히요무가, 이용당하는 쪽에서 이용하는 쪽으로… 라는 식의 말을 했었다.

즉, 하루히로 일행은 어떠한 방법으로 기억을 빼앗긴 일도 포함해서 처음부터 이용당하고 있었다. 그들을 의용병이 되게 만든 것도 그 일환이었다는 뜻 아닐까?

도대체 누가 흑막인 거지? 아라바키아 왕국의 상층부인가? 히요무의 주인님인지 뭔지인가? 뒤에서 조종을 하는 자가 그들 말고 또 있는 건가?

히요무를 따라갔으면 알 수 있었을지도 모른다. 이제 와서 생각해봤자 늦었지만.

게다가 히요무는 어디까지나 자기를 따르라고 요구한 것이지, 동료나 동지가 되어라, 힘이 되어줬으면 좋겠다고 말한 게 아니다. 입장은 히요무가 위에 있고, 우리에게 유리한 거래는 아니었다. 결국은 그들 좋을 대로 이용당할 뿐이라고도 생각할 수 있다.

그러니까, 이걸로 잘된 거다. 그렇게 생각하고 싶지만, 호재가 너무 빈약하다.

하루히로 일행은 숲속에서 더욱 북쪽으로 걸어갔다.

그리 넓지는 않다고 하는 숲을 빠져나가면 데드 헤드 감시 보루라는 흉흉한 이름의 보루가 있는데, 아라바키아 왕국의 변경군이 지키고 있었다고 한다. 오르타나는 적의 손에 넘어간 모양이지만, 데드 헤드 감시 보루는 어떻게 되었을지 확인하러 온 것이다.

숲을 나가자 황야였고, 그 너머에 보루로 보이는 건물의 모양이 보였다.

황야에는 관목들이 드문드문 나 있기도 하고, 덤불이 있기도 하고, 여기저기에 목재나 석재가 난잡하게 쌓여 있기도 했다. 그러나, 그것만이 아니다.

드문드문 망루가 세워져 있다. 그 주위에 여러 개의 천막이 있었다. 울타리가 설치되어 있기도 했다.

망루 위나 울타리 안에 사람들이 있다.

아니, 사람이 아니다.

하루히로 일행은 목재, 석재 등의 더미에 몸을 숨기고 멀리에서 캠프의 상황을 살폈다. 그들은 인간과 비슷했지만, 분명히 인간이 아니었다.

체격은 인간보다 약간 큰 정도일까? 머리카락 색은 연하고 희멀건 빛이지만, 그렇다고 노인은 아닌 듯했다.

피부는 아마 녹색이겠지.

"오크…." 메리가 말했다.

안타깝게도 하루히로는 기억나지 않지만, 데드 헤드 감시 보루는 과거에 오크에게 점거당했었다. 그것을 오르타나의 아라바키아 왕국 변경군과 의용병들이 공격해서 탈환했다고 한다. 그 싸움에는, 놀랍게도 하루히로 파티도 참가해서 상당한 활약을 했다고.

그 당시 쿠자크는 하루히로와는 다른 파티의 일원이었다. 쿠자크에게는 다른 동료들이 있었던 것이다.

그러나 쿠자크는 전투에서 그 동료들을 모두 잃었다.

하루히로네 동료도 한 명이 불귀의 객이 되어버렸다.

전혀 기억나지 않지만, 그런 일이 있었던 모양이다.

전투에는 승리했다.

의용병은 거액의 보상금을 받았다. 그 대가로 하루히로 일행은 큰 타격을 입었다.

아라바키아 왕국은 데드 헤드 감시 보루를 손에 넣었다.

탈환했다고 해야 하던가?

"오르타나가 적에게 점령당한 거니까, 별로 의외도 아니네." 세토라는 여전히 냉정하다. "오르타나와 저 보루 이외에 아라바키아 왕국의 거점은 없었나?"

"열리지 않는 탑 2층에 있던 지도를 갖고 왔으면 좋았을걸." 메리는 땅바닥에 손가락으로 지도 같은 것을 그렸다. "여기가 오르타나라고 치면…."

오르타나에서 북쪽으로 가면 대초원이 펼쳐진다. 풍조 황야라 불린다고 한다.

풍조 황야의 남서, 오르타나에서 서북서로 30킬로미터 정도 가면, 적야 전초 기지라는 아라바키아 왕국 변경군의 주둔지가 있다.

그리고 적야 전초 기지에서 서쪽으로 10킬로미터 정도 떨어진 제트리버(분류대하, 噴流大河) 강가에 자리 잡은 리버사이드 철골 요새도 변경군의 거점이었다. 더욱이 이 요새도 데드 헤드 감시 보루와 마찬가지로 오크의 지배하에 있었다. 변경군과 의용병들은 데드 헤드 감시 보루를 공략함과 동시에 리버사이드 철골 요새도 공략한 것이다.

"…부정적인 말은 하고 싶지 않지만." 쿠자크가 어두운 얼굴을 하고 있으면 보통 일이 아니라는 느낌이 엄청나게 든다. "그 적야? 기지도 그렇고 리버사이드? 어쩌구 요새도 그다지 낙관은 할 수 없을지도…."

"그러네." 세토라는 담담하게 말한다. "어쩌면 오르타나나 데드 헤드 감시 보루에서 퇴각한 병사들이 리버사이드 철골 요새에 모여 농성 중일 가능성도 없지는 않지만, 그렇다면 그건 포위당한 거겠지."

"…그 밖에 갈 만한 곳은?" 시호루는 암담한 나머지, 마치 곧 숨이 끊어질 것 같았다. "…어딘가… 없는 거야?"

메리는 땅바닥에 그린, 오르타나를 나타내는 점에서 1미터 정도 오른쪽 위 방향으로 떨어진 장소를 가리켰다. "베레로 돌아가면, 일단은. 자유도시 베레는 중립이라서 인간도 있고 오크도, 언데드도, 고블린도 살고 있어."

"멀… 지?" 하루히로는 물었다.

메리는 고개를 끄덕였다. "정확하게는 모르지만, 아마 50킬로미터였던가…?"

"그럼." 쿠자크는 긴장된 웃음을 지었다.

"걸어가면 20일 정도쯤? 걸리나…?"

"제대로 먹지도 못 하면서 말인가?" 세토라는 어이없다는 얼굴로 쿠자크를 봤다. "가다가 길바닥에서 고꾸라지는 게 목적이라면 나쁘지 않네."

"너무 빈정대는 것 같은데요? 세토라 씨?"

"그럴 생각은 전혀 없다. 얼토당토않은 말을 하는 녀석이라고는 생각하지만."

하루히로는 한숨이 나올 것 같았지만, 자기도 모르게 꾹 참고 있었다.

이쯤 되면 말이야, 사면초가라고.

그렇게 말해버리고 싶다. 자포자기해도 어쩔 수 없는 상황이다. 솔직히 낙담하고 있지만, 하루히로는 표정으로 드러내지 않도록 하고 있다. 확고한 의지를 갖고 그렇게 하는 것이 아니다. 왠지 모르지만 자기도 모르게 그러고 있었다.

"정보가 필요해." 하루히로는 답답함을 벗어나고자, 하지만 가급적 그런 느낌으로는 들리지 않도록 억양 없는 말투로 말했다. "정확한 정보가. 그리고 물과 먹을 것인가? 사냥이라도 할 수 있으면 좋겠는데."

"유메가 있으면…." 메리는 고개를 저었다. "…말해봤자 소용없지만."

"…유메?" 시호루가 묻는다.

"우리 동료." 메리는 아주 살짝 웃었다. 그 유메라는 인물을 떠올리면 자기도 모르게 얼굴에서 긴장이 풀린다, 그런 식의 웃음이었다 "한동안 따로 행동하게 되어서. 헤어지고 나서 반년 후에 오르타나에서 합류하기로 했는데. …그때부터 얼마나 시간이 흐른 것인지…."

시호루는 가슴에 두 손을 댔다. "유메…."

"뭔가 생각났어?" 하루히로는 물어봤다.

시호루는 고개를 숙이고 머리를 흔들었다. "……그게, 아니에요. 단지… 잘은 모르지만… 왠지 괴로워져서…."

"시호루와 유메는 무척 사이가 좋았으니까." 메리는 미소 지으며 말했다. "유메는 사냥꾼이고… 멋진 아이야. 정말로. 강하고, 올곧고. …재미있고."

쿠자크가 하루히로에게 귓속말을 했다. "여자겠지? 유메 씨라는 건."

"아마도." 하루히로는 작은 목소리로 대답했다.

"남자는 나랑 하루히로뿐?" 쿠자크는 손가락을 꼽으며 세었다. "…여자 비율이 높지 않나요?"

"너는 참…."

"아니, 왜냐하면." 쿠자크는 구시렁구시렁 중얼거렸다. 궁금하잖아, 연애 감정 같은 건 어땠었는지, 그야 남자와 여자가 있으면 역시 자연히 그런 게 생겨날 수도 있지 않을까? 생기는 게 자연스럽달까 등등, 쓴웃음 짓는 수밖에 없었다.

듣고 보니 하루히로도 전혀 궁금하지 않은 것도 아니라거나.

하루히로는 여성의 용모를 칭찬하는 적절한 방법을 모른다. 말로 표현한다면, 예쁘다거나 귀엽다는 식이 되겠지만, 그렇다면, 어떤 사람이 예쁘고 어떤 사람이 귀여운 걸까?

아마도 메리는 '예쁘다'에 속할 거라고 생각한다. 완전히. 세토라도 '예쁘다'에 가까운가?

시호루는 어떨까? '귀엽다'인가? 하지만 시호루의 경우에는 여자

다움의 요소가 더욱 강한 느낌도 적잖게 든다고나 할까.

어쨌든, 세 사람 다 각각 다른 의미로, 뭐랄까, 즉, 매력적이다.

이제 와 새삼 생각해보니 용케도 태연하게 대할 수가 있었구나… 하고 스스로도 고개가 갸웃거려진다. 쿠자크처럼 키가 크고 늠름하면 이성의 호감을 얻기 쉽겠지만, 하루히로는 다르다. 평범이랄까, 보통. 뭐, 그 이하니까. 그렇게 생각했을 때 하루히로는 자기 얼굴을 만졌다. 그리고 퍼뜩 깨달았다.

거울을 보고 확인한 것도 아닌데도 하루히로는 자기 얼굴을 떠올릴 수가 있다. 역시 이름 말고는 아무것도 기억나지 않는 것은 결코 아니었다.

사실, 자기의 매가리 없는 얼굴을 떠올려봤자 전혀 기쁘지 않지만.

"…아무튼, 여기는 안전하지 않으니 보루에서 벗어날까? 앞으로의 일은 그 후에 이야기하기로 정하자."

마치 리더 같은 말을 해버렸다.

부끄러워져서 하루히로는 "…그렇게 하는 걸로, 괜찮겠어?"라고 덧붙였다.

모두 이의는 없는 모양이었다.

하루히로 일행은 일단 숲까지 돌아갔다. 우선은 푹 쉴 수 있을 만한 장소를 확보하고 싶다. 이 숲은 오르타나와 데드 헤드 감시 보루에서 너무 가깝다. 어디로 가야 할까? 의논할 생각이었는데, 하루히로의 생각이 짧았던 모양이다.

숲으로 돌아왔을 때부터 키이치가 저쪽을 보기도 하고, 갑자기 멈춰 서서 이쪽을 보기도 하고, 유난히 신경을 곤두세웠다.

잠시 후에 희미하게 개가 짖는 소리가 들렸다. 이것이 결정타였다.

"아마 고블린의 추적자일 거야…."

"규모가 어느 정도일까?" 세토라는 그래도 차분했다. "10이나 20이라면 물리칠 수 있겠지. 하지만 100, 200쯤 되면 과연 힘들지 않을까?"

"아니." 쿠자크는 한순간 허세를 부리려고 했는지도 모르지만, 곧 인정했다. "그러네요…."

"고블린뿐… 일까요?" 시호루가 조심스럽게 말했다. "고블린과 … 그 보루의 오크는 동료 사이 아닌가…?"

메리는 눈을 내리깔았다. "고블린과 오크의 관계는 잘 모르지만, 양쪽 다 제왕 연합에 속해 있다는 건 틀림없으니까…."

오르타나의 고블린이 데드 헤드 감시 보루의 오크에게 사자를 보내거나 어떻게든 연락을 취해서, 양쪽이 함께 하루히로 일행을 수색할 가능성은 부정할 수 없다는 뜻이다.

쿠자크가 으음 신음했다. "오크는 만만치 않지. 덩치도 크고."

아직까지는 고블린은, 그리고 오크도 하루히로 일행을 발견하지 못했다. 그러나 한번 발각되면 상당히 성가셔지겠지.

"서쪽으로 가면 다무로가 있어. 그 북서에 사이린 광산…." 메리는 고개를 젓는다. "다무로는 고블린의 근거지이고 사이린 광산은 코볼트의…."

"동쪽은 어때?" 세토라가 물었다.

메리는 잠시 생각하고 나서 대답했다. "이 숲을 동쪽으로 빠져나가면 풍조 황야로 나갈 거야. 거기서부터는… 적어도 거리는 없을 거라고 생각해."

"남쪽은…." 하루히로는 남쪽으로 시선을 향했다. "산인가. …산이랄까, 산맥. 저 산맥으로 들어가버리는 건?"

메리는 고개를 저었다. "추천할 수 없어. 천룡 산맥에는, 용이 있어. 용은… 알아?"

용이라고 들은 순간, 하루히로는 몸에 털이 곤두섰다. "……왠지 알 것 같아."

"용이란 건 혹시 드래곤?" 쿠자크는 떨떠름한 표정을 했다. "위험할 것 같네."

시호루의 어깨가 축 처졌다. "…아무 데도, 갈 곳이…."

"동쪽으로 가자."

하루히로는 그렇게 말하고 나서, 정말 괜찮을까?… 라고 뒷걸음질 칠 뻔했다.

무엇보다도, 하루히로가 결정하는 게 괜찮은 건가? 역량 부족 아닌가? 기억도 없고. 아무리 생각해도 그럴 만한 그릇이 못 된다.

단, 무작정 말한 것이 아니라 하루히로 나름대로 이유는 있었다.

"……쭉, 계속해서 동쪽으로 가자는 건 아닌데. 우선은 추격자를 따돌리는 게 좋다고 생각해. 그러려면 동쪽이 제일 낫지 않을까?"

세토라가 고개를 끄덕였다. "그럼, 서두르자."

하루히로 일행은 곧바로 출발했다. 다들 진심으로 납득해준 건지 아닌지. 확실치는 않지만, 꾸물거리고 있다가는 추격자에게 포착될지도 모른다.

하루히로 일행은 쉬지 않고 꽤 빠른 걸음으로 갈 길을 서둘렀다. 그럼에도 정면은 아니지만 바로 뒤도 아닌 방향에서 개 울음소리가 때때로 들렸다.

추격자는 숲속에 흩어져 있다. 분명 고블린과 개가 한 팀이 되고, 열 팀이나 수십 팀 단위로 하루히로 일행을 찾느라 숲을 샅샅이 뒤지고 있겠지.

하루히로 일행은 걷고 또 걸었다. 아무도 불필요한 말을 하지 않게 되었다.

이 숲은 그리 넓지 않다고 메리는 말했지만, 태양이 낮아지기 시작해도 나무들은 끝이 보이지 않는다.

10킬로미터는 고사하고 15킬로미터, 어쩌면 20킬로미터쯤은 걸었다고 생각한다.

주위가 어둑어둑해지고 서쪽 하늘이 빨갛게 타오르고 있다.

하루히로가 발을 멈추고 돌아보자 모두 멈춰 섰다.

귀를 기울여본다. 새 울음소리와 나뭇잎이 스치는 소리밖에 들리지 않는다.

"마지막으로"라고 쿠자크가 오랜만에 입을 열었다. "개 짖는 소리, 들은 게, 언제였지?"

"한참 전이다." 세토라가 대답했다.

시호루는 어깨를 들썩이며 숨을 몰아쉬고 있다, 상당히 체력을 소모한 것 같다.

이러는 동안에도 시시각각 어두워진다. 해는 머지않아 저물겠지.

"오늘은 여기에서 쉬자."

하루히로는 그렇게 말하고 나서 시호루에게 웃어 보였다.

시호루는 어색하게, 그래도 웃음으로 응답해주었다.

야영 준비라고 해도 누울 만한 장소를 발견하는 것뿐이다. 나무와 풀로 즉석 침대를 만들어도 되지만, 쫓기는 신세니까 눈에 띄는 흔적은 가급적 남기고 싶지 않다.

일몰이 가깝기는 해도 아직 어슴푸레한 정도다. 모두가 동그랗게 원을 그리고 땅바닥에 앉았다.

"어라? 키이치는?" 쿠자크가 물었다.

"아까 어딘가로 갔다." 세토라는 별로 걱정하지 않는 모양이다. "좀 있으면 돌아오지 않을까?"

"혹시 뭔가 잡아 와준다거나." 쿠자크는 웃으면서 말했다.

세토라는 어깻짓을 했다 "나는 행운아로군."

그리고 모두 입을 다물었다. 과연 지치지 않은 사람은 한 명도 없을 것이다. 화젯거리를 찾을 마음도 들지 않겠지.

몇 미터 앞이 보이지 않을 정도까지 어두워지자 여성진이 볼일을 보러 일어섰다. 그들이 돌아오고 나서 하루히로와 쿠자크도 조금 떨어진 곳에서 일을 봤다.

"기억이 없어지기 전에도 이렇게 하루히로와 나란히 서서 볼일 보고 그랬을까?"

"글쎄…."

"아, 쓸데없는 말을 하는 녀석이라고 생각했지?"

"어, 좀."

"그래도, 이런 게 계기가 되어 뭔가 떠오를지도 모르잖아."

"떠올랐어?"

"전혀."

야영 장소로 돌아와 보니 세토라 옆에서 두 개의 눈이 반짝반짝 빛나고 있었다.

키이치는 냐아… 소리를 내며 하루히로와 쿠자크를 맞아준다.

"나는 정말로 행운아인 모양이다." 세토라는 웬일로 목소리가 들떠 있다. "키이치가 나무 열매를 따 왔다. 소량이지만, 입에 넣으면 그런대로 허기를 잊을 수 있다."

쿠자크는 펄쩍 뛰었다. "진짜로?"

"똑똑하구나……." 하루히로가 말하자 키이치가 냣, 이라고 짧게 울었다.

세토라가 뭔가 내밀기에 받아보니 나무 열매인 모양이다. 어두워서 색은 알 수 없지만, 엄지손가락 손톱 정도 크기에 동그랗다. 탄력이 있다.

"독은 없는 것 같다." 세토라가 말해서 하루히로는 나무 열매를 입에 넣었다. 천천히 깨물자 뿌직, 껍질이 터지고 수분을 듬뿍 머금은 산미가 퍼진다. 살짝 단맛도 느껴졌다.

쿠자크도 나무 열매를 한 개 받아먹은 모양이다. "죽다 살아난 기분이야…."

"호들갑스럽기는." 세토라가 코웃음을 쳤다.

이 정도로 공복이 채워지는 것은 아니고, 살짝 가셨던 갈증도 금방 되돌아오겠지. 그렇기는 해도, 쿠자크의 기분도 이해가 간다. 하루히로도 약간 숨이 되살아나는 것 같았다.

지금이라면 쉽게 잠들 수 있을 것 같지만, 그게 아니지 하고 생각을 고쳐먹었다.

"나, 보초 설 테니까. 다들 자."

"하루히로 군이… 혼자?" 시호루가 묻는다.

"응. 불안해? 나 혼자는? 그런가. 그렇지…."

"그, 그게, 아니라…."

"너도 잠을 안 잘 수는 없잖아." 세토라가 어이없다는 듯이 말했다. "보초는 교대로 서면 돼. 수면 부족으로 쓰러지기라도 하면 민폐다."

"표현이 참…." 쿠자크가 중얼거렸다.

"뭐 불만이라도 있나?" 세토라가 되받아친다.

"그러니까, 일일이 무섭다니까…."

"겁쟁이 놈. 네가 일일이 무서워하는 것뿐이다."

결국, 합의를 봐서 교대로 자면서 동이 트기를 기다리기로 했다.

"그럼, 먼저 내가 보초를 설 테니까. 한계에 달하기 전에 쿠자크를 깨울게."

"오케이요." 대답하자마자 쿠자크는 눕더니 하품을 했다. "…이런. 금방 잠들 것 같다…."

"…나는 아직 잠들 수 있을 것 같지 않으니까…." 시호루가 그렇게 말해서 같이 깨어 있기로 했다.

메리와 세토라도 누웠다. 키이치는 세토라에게 기대어 몸을 웅크렸다.

금방 쿠자크가 새근거리기 시작했다. 메리와 세토라도 몸을 뒤척이지조차 않는다. 벌써 잠든 건지, 잠들려고 하는 건지.

하루히로는 주위로 시선을 옮겨 둘러보았지만, 별빛도 닿지 않는 숲속의 밤은 숨이 막힐 듯한 깊은 어둠에 갇혀버려 놀랄 만큼 아무것도 보이지 않았다.

올빼미인지 뭔지가 울고 있다.

찌… 찌… 찌르르르르… 이 소리는 벌레 소리일까?

"좀… 무섭, 네….” 시호루가 작은 목소리로 말했다.

하루히로는 신기하게도 무섭지는 않았지만, "그러네"라고 짧게 동의했다.

시호루는 하루히로 오른쪽 옆에서 몸을 움츠리고 있다. 보이지는 않지만, 왠지 알았다. 살짝 떨고 있는 것 같다.

"괜찮아?" 하루히로는 물었다.

"응….”

별로 괜찮지 않은 것 같지만, 시호루로서는 그렇게 대답할 수밖에 없겠지. 괜찮지 않다고 말해봤자 어떻게 해줄 수도 없다. 어찌할 수도 없는 것이다. 뭔가 희망적인 전조가 있으면 좋겠지만, 이 어둠처럼 전망은 어둡다.

"…미안해.” 시호루가 말했다.

마음 쓰고 있는 거겠지… 라고 생각하면서, "뭐가?"라고 물어볼 수밖에 없는 하루히로는 자기가 생각해도 짜증 날 정도로 무력하다.

"나… 여러분, 발목을… 잡기만 해서….”

"무슨….” 그렇지 않아 하고 하루히로가 부정해도 시호루는 납득하지 않겠지.

"…적어도….” 시호루는 쥐어짜내는 것처럼 말했다. "…마법을, 떠올릴 수만 있다면….”

하루히로는 한바탕 코를 만지기도 하고, 입술을 문지르기도 하고, 이마를 긁기도 하고 나서 간신히 입을 열었다. "조바심내지 않는 게 좋아.”

"…그러, 네. …안달해봤자 잊어버린 것은….”

시호루는 울먹이는 목소리가 되었다.

나한테 그런 말을 해봤자… 라고, 솔직히 하루히로는 생각했고, 나는 냉정한 건가? 라는 생각도 들었다. 기억이 없다고는 해도 동료인데, 그런 말을 해봤자… 라니, 그건 아니잖아.

하루히로도 가능하다면 시호루를 안심시켜주고 싶다. 하지만, 도대체 어떻게 해서? 아무 생각도 떠오르지 않고, 할 수 없다는 것이 솔직한 심정이고, 그 때문에 짜증이 난다. 최소한 그 짜증을 숨기려고 하고 있다.

시호루는 무릎을 끌어당기고 왼손으로 땅바닥의 들풀을 잡았다가 놓았다가 하는 듯하다. 시호루도 어떻게든 하고 싶은 것이다. 하지만, 어떻게도 할 수 없어서 답답한 것이리라.

아마 실수일 거라고 생각하는데, 시호루의 왼손이 하루히로의 오른쪽 다리에 닿았다.

"미, 미안해욧." 시호루가 손을 뒤로 빼고, 일어서려고 했던 건지도 모른다. 그러나, 뭔가가 생각처럼 안 된 듯, 땅바닥에 쓰러졌다.
"우읏…."

"시, 시호루…?"

"…이, 이제, 싫어…." 시호루는 기어들어가는 것 같은 목소리로 말했다.

울고 있다. 꾹꾹 눌러 참으려고 하는 모양이지만, 성공하지 못했다. 적어도 바로 옆에 있는 하루히로에게는 전부 들켰다. 시호루는 흐느껴 울고 있다.

그냥 내버려둘 수는 없지만, 그렇다고 어떻게 해야 하는 걸까?

하루히로는 망설이고 또 망설인 끝에 가만히 손을 내밀었다.

손가락이 그런대로 부드러운 것에 닿은 순간, 혹시나 만져서는 안 될 부분을 만진 게 아닐까 의심했다.

아니야, 그렇지 않아. 위치 관계나 기척 등등을 봤을 때, 이것은 시호루의 팔이다. 예를 들어 가슴이라거나 그런 데는 결코 아니다. 십중팔구 왼팔이겠지.

설령 왼팔이라고 해도, 갑자기 만져서 불쾌할지도 모른다. 하루히로는 후회했다. 이런 행동을 하는 게 아니었다고 생각하지만, 이미 저질러버렸다. 취소할 수는 없다.

시호루는 한순간 몸이 굳었지만, 하루히로의 손을 뿌리치려고는 하지 않았다. 그러니 문제없다고 생각하는 것은 섣부른 판단이겠지. 최대한 절도를 지켜야 한다.

하루히로는 될 수 있는 대로 힘을 주지 않고 가능한 한 부드럽게 시호루의 팔을 잡았다.

"지금보다 더 나빠지지는 않을 거라고 생각해."

좀 더 변변한 말을 할 수는 없는 건가? 하루히로는 자신의 부실한 언어 능력에 낙담하지 않을 수가 없었다.

그래도 시호루는 고개를 끄덕여주었다. 분명 그를 배려해준 것이리라. 울고 있는데 배려까지 하게 만들어서 미안했다.

기억을 잃기 전의 하루히로는 지금보다는 나았을까?

어쨌든, 좀 더 변변한 내가 되고 싶다고 진심으로 생각했다.

5. 우리에게 자비를

해가 뜨기 전에 하루히로 일행은 행동을 개시했다.

추격자가 쫓아오는 기척은 없으니 무엇보다도 중요한 것은 물, 그리고 먹을 것을 확보하는 것이겠지.

열쇠는 키이치다.

키이치는 고양이를 닮았지만, 원숭이처럼 두 발로 걸을 수도 있다. 앞다리는 상당히 잘 움직인다. 메리 말에 따르면, 냐아는 꽤 지능이 높은 동물이라고 한다. 주인인 세토라의 말을 알아듣기까지 하는 것 같다고 한다.

하루히로 일행은 남쪽 산맥으로 갔다. 산에 올라가면 용이 있는 모양이라 위험하지만, 산기슭이라면 괜찮을지도 모르고, 위험이 느껴지면 도망치면 된다. 평지보다 산이 물줄기를 찾기 쉬울 것이다.

"잘 들어." 세토라는 자기들은 물과 식량을 찾고 있는 것이라고 키이치에게 전했다. "물과 먹을 게 없으면 우리는 죽어버려. 너도 마찬가지다. 물과 먹을 것. 알겠어?"

해가 높아질 무렵에는 경사가 급한 길이 늘어났다.

꽤 산다워졌고, 산이라는 느낌, 더할 나위 없이 산이라는 양상을 띠고 있다.

슬슬 돌아가는 편이 좋을지도 몰라. 용이 나온다거나 하면 곤란해진다. 하루히로 일행은 남쪽으로 가는 것을 그만두려고 했다. 그 때였다.

키이치가 뛰기 시작했다.

따라가보니 이윽고 골짜기가 보였다. 골짜기 밑에는 가느다란 강이 흐르고 있다.

키이치는 강물에 콧잔등을 처박고 물을 마셨다.

그것을 보고 세토라도 크게 기뻐했다. "잘했다, 키이치!"

자연의 물을 그대로 마시는 것은 바람직하지 않다. 기억이 없어도 그 정도 상식은 있었으나, 하루히로 일행은 장난 아닐 정도로 목이 말랐다. 맑은 얼음처럼 차가운 그 강물을 벌컥벌컥 마시지 않을 수 없었다.

"우리, 꽤 가혹한 생활을 해왔으니까." 수분을 듬뿍 보충한 메리는 왠지 빛나 보였다. "웬만해서는 배탈이 나거나 하지는 않을 거라고 생각해. 물만 있으면 당분간은 살아갈 수 있어."

도대체 어떤 생활을 했던 걸까? 그런 점도 포함해 메리에게서 여러 가지를 자세히 들어봐야 한다. 시호루의 마법에 관해서도 메리가 알고 있는 한에서는 설명을 듣기로 했다.

당분간은 이 물가를 거점으로 태세를 정비한다.

뭘 하든 생존의 기반을 굳힌 후에 해야 하기 때문이다.

하루히로는 어젯밤에 불안과 자책감에 짓눌려버릴 것 같은 시호루를 격려해줄 수조차 없었다.

생각해봤는데, 하루히로도 마찬가지로 불안하고 여유가 없다. 내가 뭘 할 수 있을지도 모르고, 아무것도 못 하는 것 아닐까? 이런 생각이 든다. 실제로 아무것도 못 하고 있고, 안 하는 거니까, 당연하다.

우리가 해낸 일, 우리가 할 수 있는 일을 하나씩 하나씩 쌓아가고 싶다.

기억을 되찾을 수는 없더라도, 다행히 메리가 있다. 차근차근, 조금씩, 메리가 가진 정보를 우리 것으로 해나가면 된다.

키이치도 있다. 세토라가 키우는 냐아는 물이나 먹을 것을 찾는 것만이 아니라 그보다 더한 일도 할 수 있을 것 같다. 하루히로보다도 훨씬 믿음직스럽다.

키이치에게만 국한된 것이 아니라, 누구에게 기대는 것도 중요하다.

나 혼자서 할 수 있는 일은 고작해야 얼마 안 된다. 내가 할 수 없는 일도 다른 누군가는 할 수 있을지도 모른다. 다른 누군가가 할 수 없는 일이지만, 내가 할 수 있는 일도 있을 것이다. 게다가 혼자서는 할 수 없어도 두 명, 세 명이 힘을 합치면 해낼 수 있을지도 모른다.

식물은 독성의 유무를 판단하기 어렵기 때문에, 키이치가 먹을 수 있는 것 중에서 그들이 입술에 대보거나 입에 넣어보거나 해서 이상이 없는지를 꼼꼼하게 확인했다.

몇 종류의 나무 열매, 그리고 의외였던 것은, 이끼가 비교적 풍미가 좋고 포만감도 드는 편이었다는 것. 버섯이나 감자 같은 것도 시험해봤는데, 쿠자크가 배탈이 나서 그 이후로 그런 종류는 피하도록 했다.

키이치는 작은 동물을 잡을 수가 있다. 쥐나 도마뱀, 뱀 종류다.

쥐나 도마뱀은 너무 작아서 키이치의 간식거리밖에는 안 된다. 뱀은 뼈가 많지만, 그나마 먹을 수 있다.

불을 피울지 말지에 관해서는 다 같이 의논하며 신중하게 검토했다.

장작불을 피우면 필연적으로 연기가 난다. 바람이 없는 날에 피어오르는 연기는 아마도 몇 킬로미터 떨어진 곳에서도 보이겠지.

그러나, 불이 있는 것과 없는 것은 꽤 다르다. 열을 가함으로써 안전하게 먹을 수 있는 것도 많다.

하루히로 일행은 탁 트이지 않은, 연기가 피어올라도 나뭇가지나 나무 이파리에 가려질 만한 장소에 돌을 쌓아 화덕을 만들었다.

화덕이 완성되고 마른 나무와 마른 풀 등을 모아 불을 피우는 데 도전했다. 쿠자크는 처음에는 "여유지요"라며 자신 있어 보였으나, 상상 이상으로 고전했다.

날이 저물려고 할 때쯤 모두가 포기하려고 했으나, 시호루가 경이적인 집중력을 발휘해서 막대기 상태의 나무를 양손바닥으로 비비며 돌려서 마침내 불씨를 피웠다.

스스로를 쓸모없는 사람이라고 생각하고 낙담하던 시호루의 노력에 하루히로는 가슴이 뜨거워졌다. "잘했네"라고 말해주자 시호루는 부끄러운 듯이 "땀범벅"이라고 말하고 고개를 숙였다.

산기슭 골짜기에서의 야외 생활 첫날은 불을 피우는 것이 주된 일이었고, 둘째 날부터는 사냥을 나갔다. 그러나, 둘째 날과 셋째 날은 키이치가 작은 동물을 몇 마리 해치운 것이 전부였다.

넷째 날, 하루히로가 단검을 던져서 사슴 한 마리에게 상처를 입혔다. 도망친 사슴을 쫓아가서 약해진 틈에 붙잡았다. 아직 어린 사슴이었다. 재빨리 결정타를 먹이고, 피를 뽑고, 껍질을 벗기고, 손질했다. 그 후로는 때때로 사냥감을 잡을 수 있게 되었다.

낮에 사냥 도중에 별생각 없이 천룡 산맥을 보고 있었는데, 커다란 생물이 움직이는 것이 보였다. 산기슭 골짜기에서의 야외 생활 7일째의 일이었다.

산 경사면에 우거진 나무들 위로 분명 몸이 반 이상 튀어나와 있었으니 거대하다고 표현해도 과장은 아니겠지. 무엇보다도, 몇 킬로미터나 떨어져 있는데도 눈으로 인식할 수 있다는 시점에서 심상치가 않다.

“저게 용인가?” 세토라는 몇 번이나 눈을 깜빡였다. 표정은 변하지 않았지만 나름대로 놀란 모양이다. “크네.”

용은 천천히 경사면을 가로질러 갔다. 내려올 기색은 없지만, 올라가는 것도 아니고 사라지지도 않는다.

잘 보니 좀 더 멀리에도 용으로 보이는 생물이 있었다.

천룡 산맥에는 용이 산다. 메리는 의용병이 되자마자 그렇게 들어서 별로 의심하지 않았던 모양인데, 실제로 그 모습을 본 것은 처음이라고 한다.

천룡 산맥에는 정말로 용이 서식한다. 그것도 보기 드문 것이 아니다. 평범하게 널려 있다.

새삼 산맥의 기슭에서 야외 생활을 하는 것이 무서워지는 사건이긴 했으나, 그만한 거체가 다가오면 알아차릴 수 있을 것이다. 무턱대고 겁을 집어먹을 필요는 없다.

하루히로 일행은 틈틈이 나무껍질이나 넝쿨로 끈을 만들었다. 그 끈과 나무를 이용해서 산기슭 골짜기에서의 야외 생활 10일째에 간단한 오두막을 지었다. 벽다운 벽은 없고 거의 기둥과 지붕뿐이었지만, 햇빛과 비를 피할 수는 있을 것이다.

수렵과 채집을 세 명이 함께 하고, 두 명은 산기슭 골짜기에 남아 불 당번을 하면서 식량 가공, 오두막 보강 일을 하는 형태가 자연히 갖춰졌다.

세토라는 진흙을 반죽해서 토기를 구워냈다. 입구가 좁은 단지 같은 용기는 꽤 힘든 것 같지만, 바닥이 깊은 항아리가 있으면 먹을 것을 저장할 수 있다.

사냥감의 위장이나 방광으로 물통을 만들 수 있지 않을까? 라는 말을 꺼낸 것은 세토라였다.

잘 씻고 주물러서 부드럽게 만든 후에 부풀려 말린다. 그런대로 복잡한 공정을 거쳐 물통다운 것이 완성되어서 물을 들고 다닐 수 있게 되었다.

내장보다 껍질을 유효하게 활용하고 싶긴 하지만, 의외로 이것이 간단하지 않다. 하루히로가 소지하고 있는 도적용 도구 안에 바늘은 있었다.

하지만 실이 없다. 튼튼한 실이 없으면 꿰맬 수가 없기 때문에 현재로서는 가죽은 그대로 걸어두거나 깔아두거나 해서 사용하고 있다. 사실 재주 좋은 세토라니까 조만간 어떻게든 실을 뽑아낼지도 모른다.

17일째 밤이었다.

그때에는 쿠자크와 세토라가 보초를 서고 있었다.

메리와 시호루는 오두막 안이랄까, 지붕 밑에서, 하루히로는 거기에서 약간 떨어진 장소에서 누워 있었다.

쿠자크가 깨우기 전에 하루히로는 깼다. 숙면하고 있던 것은 아니라고 생각하지만, 습성인 건지, 무슨 일이 있으면 금방 눈을 떠버린다.

"왜 그래?"

"그게 좀. 무슨 소리랄까, 기척이랄까. 키이치가…."

"알았어. 만약을 대비해서 메리와 시호루도 깨워."

"넵."

하루히로는 화덕 옆에서 한쪽 무릎을 세우고 앉아 있는 세토라 곁으로 갔다. 화덕 불은 불길이 세지지 않도록, 밤 동안은 최소한의 장작만 피우고 있다.

키이치는 세토라 옆에서 어둠 속을 노려보며 대비하고 있었다.

"동물?" 하루히로는 물었다.

세토라는 고개를 저었다. "몰라. 단지, 키이치가 아무래도 묘하다."

하루히로는 키이치가 뭔가를 경계하고 있다는 것밖에 알 수 없었다. 그러나, 세토라가 그렇게 말하니 어딘가 묘하긴 한 거겠지.

키이치는 맞은편의 비스듬히 왼쪽을 빤히 쳐다보고 있다.

"저쪽인가? 내가 살펴보고 올게."

"조심해."

"응."

하루히로는 어둠에 녹아드는 것처럼 조용히 발길을 옮겼다.

사냥하는 동안에 도적의 감이 제법 되살아난 건지도 모른다. 거의 칠흑에 가까운 밤의 어둠 속에서도 하루히로는 거의 소리를 내지 않고 움직일 수 있다.

밤눈이 좋은 편이 아니니까 보이지는 않는다. 하지만, 어둠 속에서는 시각 이외의 감각이 예민해진다. 또한, 아주 작은 빛이라도 커다란 단서가 된다.

하루히로는 산기슭 골짜기를 나가 60걸음 정도 전진한 곳에서 발을 멈췄다.

"응응… 아아… 우우…"라는 것 같은, 이것은 목소리, 일까?

걸어간다기보다는 뭔가를 질질 끌고 가는 것 같은 소리도 들린다. 약간 오른쪽 방향이다. 나무들 틈새로 스며드는 달빛이 움직이는 물체를 희미하게 비춘다.

인간, 인지도 몰라. 혹은, 인간형 종족인가?

처음 생각한 것은, 다친 건가? 라는 것이었다. 부상을 입고 떠도는 걸까?

그 누군가가 멈췄다.

보이지 않지만, 이쪽을 보고 있는, 것 같다.

하루히로는 한 번 숨을 멈췄다. 고동이 격하게 뛴다. 진정시키려고 천천히 심호흡한다.

상대는 하루히로를 알아차린 건가? 현시점에서는 뭐라 말할 수 없다.

하루히로는 단검 자루에 손을 댔다. 완벽하게 소리 내지 않고 뽑는 것은 매우 어렵다. 상대가 움직이고 나서 뽑는다. 그때까지 기다린다. 하루히로는 인내심이 있는 편인 모양이다. 얼마든지 기다릴 수 있다.

상대가 움직였다.

하루히로는 단검을 뽑아 겨눴다.

이쪽으로는, 오지 않는다. 멀어져간다.

하루히로는 잠시 망설였지만, 미행해보기로 했다. 너무 쫓아갈 생각은 없다. 단지, 정체를 밝혀내고 싶다.

미행하기 시작한 지 얼마 안 되어 식은땀이 분출했다.

위험, 한지도?

뒤에도 뭔가가 있다.

동료 아닐까? 라는 생각도 했다. 아닌가? 아니다. 쿠자크와 다른 이들은 하루히로를 걱정하고 있을지도 모르지만, 이럴 때에는 도움은 소용없다. 오히려 거치적거린다. 쿠자크와 그들이라면 그 정도쯤은 알고 있을 것이다.

게다가, 비슷하다.

"…우아… 오오… 우우…."

미행하는 상대와 마찬가지로, 아마도, 목소리. 분명, 발의 움직임. 그로 인해 나는 소리도 역시 비슷하다.

그리고, 인원수… 라고 해도 될지 어떨지. 아무튼, 단독이 아니다. 여럿이다.

오래 주저하는 것이 가장 좋지 않아. 하루히로는 결단을 내렸다. 돌아가자. 산기슭 골짜기로 곧장 돌아가지 않아도 된다. 다소 헤매도 도달할 수 있다. 당황하지 말고, 침착하게 걸어가기로 했다.

그러나, 걸어가는 동안에 그리 침착할 수 없게 되었다.

"…오오…."

"우우…."

"아아… 오오…."

"…에아아… 우오오…."

여기저기에서 목소리가 들린다. 두세 명이 아니다. 열 명인가? 좀 더 될 것 같다.

지금으로서는, 엄청나게 가깝다거나, 구체적으로는 전후좌우 5~6미터 범위 내에는 없는 것 같지만, 10미터 이내라면 한두 명은 있어도 이상할 것 없다.

오른쪽 방향에서 얼핏 움직이는 그림자가 보였다. 이렇게 어두운데 그림자라는 것도 이상하지만, 그림자처럼 왠지 윤곽을 알 수 있었다. 인간형이다. 틀림없다.

이 앞은 내리막길로 되어 있다. 골짜기인가? 도착했다. 불이 보인다. 화덕이다.

"아아…." "오오…." "우우우…." "아아아아…."

목소리는 계속 다가오고 있다.

하루히로를 쫓아오는 건가? 그런 것치고는 압력이 약하다고나 할까, 뛰어오는 것 같지도 않다. 뭐지? 너무나 기묘하다.

하루히로는 경사면을 내려가 화덕을 향해 갔다. 동료들은 전원 화덕 주위에 있었다.

"뭔가가 온다"고밖에 하루히로는 말할 수 없었다.

"뭐? 뭔가가 뭐야?"

세토라가 어이없어하는 것도 무리는 아니다.

"앗…." 쿠자크는 지금 막 하루히로가 내려온 경사면 부근으로 시선을 향했다.

하루히로도 돌아봤다.

뭔가가 구르는 것처럼 경사면을 내려온다.

쿠자크는 검을 뽑았다. "싸우는 수밖에 없는 거지요?!"

"어." 하루히로도 단검을 거꾸로 쥐고 겨눴다. "떨어지지 마. 서로 엇갈리지 않도록."

"모두의 목숨은 내가 지킬 테니까." 메리가 말했다.

시호루의 완전히 긴장한 숨소리가 들린다.

온다. 놈이. 도대체 뭔가?

한쪽 발을 질질 끄는 것 같다. 유난히 몸을 위아래로 움직이면서 걸어온다.

인간, 인가? 고블린은 아닌 것 같다. 오크인지도 모른다.

세토라가 화덕 안에서 불이 붙은 장작을 꺼내어 놈 쪽을 향해 내밀었다.

"인간이다!" 세토라가, 동시에 메리가 "좀비!"라고 외쳤다.

"뭐든 간에…!" 쿠자크는 덤벼드는 것처럼 앞으로 나서서 검을 휘둘렀다.

쿠자크의 검은 길고 두껍다. 외날로, 대검이라고 부를 만한 것이다. 쿠자크 정도의 떡대와 근력이 없다면 좀처럼 다룰 수 없겠지.

쿠자크의 대검은 그 인간인지 좀비인지의 목을 쉽사리 쳐서 날렸다.

인간인지 좀비인지의 목부터 아랫부분이 바닥에 쓰러지고, 잘린 목은 화덕 근처에 떨어져 나뒹굴었다.

남자 같다. 상당히 여위었고, 제멋대로 마구 자라난 머리카락은 머리카락으로 보이지 않을 정도로 뻣뻣했다.

"힉…." 시호루가 비명을 질렀다.

잘린 머리에 있는 안구가, 입이 아직 움직이고 있다.

세토라는 그 머리를 걷어찼다. "…징그러운 것도 정도가 있지!"

"무섭…!" 쿠자크는 배짱은 있는 편이라고 생각하지만, 그런데도 온몸을 떨고 있다. "너무 무서운데요! 좀비란 건…."

"계속해서 온다!" 세토라가 주의를 환기시켰다.

저것도 전부 좀비인 건가? 골짜기를 향해 우르르 굴러떨어진다.

메리가 뛰어나갔다. "…빛이여, 루미아리스의 가호 아래!"

마치 좀비에게 태클하려는 것 같은 기세다.

하루히로는 메리를 따라갔다. “메리?!”

“디스펠(解呪, 저주를 푸는 빛)…!” 메리는 좀비에게 육박해서 광 마법을 썼다.

그야말로 빛의 마법이었다.

새하얀 빛이 확 퍼져서 하루히로는 반사적으로 눈을 감았다. “읏….”

곧바로 눈을 뜨고 눈 주위를 비볐다. 눈이 보이게 될 때까지 약간 시간이 걸렸다.

메리 앞에 두 명의 좀비가 쓰러져 있다. 꼼짝도 하지 않는다. 마치 시체 같다.

“그들은 ‘노 라이프 킹의 저주’ 때문에 편안히 잠들 수가 없는, 움직이는 시체야!” 메리는 다시 이마에 손가락을 대고 마법 준비를 시작했다. “빛이여, 루미아리스의 가호 아래….”

“사방팔방에서 밀려온다!” 세토라가 외쳤다.

난전이 되었다.

세토라와 키이치가 시호루를 지켜주고 있고, 다가오는 좀비를 쿠자크가 대검으로 닥치는 대로 베고, 하루히로는 목을 자르고 머리를 발로 깨부수는 등 좀비를 행동 불가능 상태로 만드는 데 전념했다. 메리의 광마법을 맞은 좀비는 말 그대로 그냥 시체가 된다고나 할까, 본래의 시체의 모습으로 돌아가지만, 그렇지 않으면 그들은 움직일 수 있는 한은 계속 움직인다. 뇌가 지령을 내리는 건가? 머리 부분을 잃은 동체는 활동을 정지하지만, 머리 부분 쪽은 여전히 팔팔했다. 좀비 머리는 목소리는 내지 못했지만, 턱을 위아래로 움직여 이동하는 정도의 곡예는 해낸다. 하루히로도 한 차례 좀비 머리에 물릴 뻔했다. 조심하지 않으면 정말로 위험하다.

어두운 탓도 있어서, 좀비와의 싸움은 끝이 없는 것처럼 느껴졌다.

이제 주위에 움직이는 좀비는 없다… 고 생각했는데, 또 어딘가에서 아아, 우우라는 신음 소리가 들린다.

좀비로 짐작되는 것이 경사면을 굴러 떨어지는 소리가 들린다.

덜컥덜컥 덜컥덜컥, 기분 나쁜 소리가 나서 찾아보면 좀비 머리가 있다. 좀비 머리를 짓밟아 깨부술 때의 감촉은, 몇 번을 겪어도 불쾌하고 익숙해지지 않는다.

결국, 하늘이 환해지기 시작하고 주변에 움직이는 좀비가 없다는 것을 눈으로 분명히 확인할 때까지 하루히로 일행은 안심할 수 없었다.

인간 이외의 종족이 섞여 있다는 사실을 도중에 알아차렸다. 사실 메리의 광마법을 맞은 좀비 이외는 대개 토막 난 시체 같은 꼴이 되어버려서, 몇 명 정도가 인간이고 몇 명 정도가 인간이 아닌지 알 수 없었다.

그보다, 하루히로 일행은 도대체 몇 명의 좀비를 해치운 건가?

대충 세어보기도 쉽지 않다. 솔직히 세고 싶지도 않았다.

"……치." 시호루는 조심스럽게 하루히로와 일행을 둘러보았다. "치워, 야지…?"

"아아….” 쿠자크는 진흙처럼 검게 변색한 피와 살점을 온몸에 뒤집어써서 상당히 처참한 꼴이었다. "…그러네요. 치우… 는 게 좋지요. 안 그러면, 여기에서 잘 마음은 좀 들지 않으니까….”

"그런 일보다"라고 말해버리는 세토라는 강하다. 쿠자크만큼은 아니지만, 세토라도 꽤 많은 적의 피와 살점으로 지저분해졌는데도 태연했다. "좀비들은 우리를 노린 건가? 아니면 이 습격은 우발적인 것인가?"

메리는 마법을 너무 많이 써서 피로에 지친 것이겠지. 무릎을 꿇고 앉아 있다. "…노 라이프 킹의 저주에 지배당한 죽은 자들이, 줄지어, 정처 없이 헤메고 있다, 언제였는지 그런 이야기를 들었는데…."

"그렇다면, 우연인가?" 세토라가 손을 내밀자 키이치가 그녀의 팔을 타고 어깨 위로 올라가 뺨을 핥았다. "우리는 운이 나빴던 것뿐이로군."

쿠자크는 고개를 숙이고 한숨을 쉬었다. "…엄청나게, 운이 나빴네…."

하루히로는 한숨을 쉬지 않았다.

이 사건을 긍정적으로 평가할 수 있다면 좋겠지만, 아무래도 그건 무리겠지. 하루히로도 낙담했고, 불평 한두 마디쯤은 하고 싶었다. 마음껏 탄식하고 싶다. 누군가에게 화풀이하고 싶다.

아니, 실은 꼭 그렇지만도 않다.

낙담하지 않은 것은 아니다. 단지, 이 정도라면 대처할 수 있을지도 몰라. 적어도 어떻게든 대처할 수 있다면 좋겠다. 그렇게 생각한다.

그렇게 생각할 수 있다는 것은, 아직 마음은 꺾이지 않았다는 뜻이겠지.

"안타깝지만, 여기는 포기하자." 하루히로는 가급적 유감스럽다는 듯이 들리지 않도록 말투에 유의해서 말했다. "오르타나의 고블린은 이젠 우리를 찾아다니지 않는 것 같고 보존식도 다소는 있어. 슬슬 움직여도 된다고 생각하거든."

가는 길목에서 특징적인 지형을 발견했다.

고원인데, 높이가 없다. 엄청나게 넓고 낮은 더기 같다.

작은 나무가 드문드문 나 있는 다갈색의 마른 초목 지대를 걸어가보니, 그 더기는 가까이 가서 봐도 역시 낮았다. 아담한 언덕 정도밖에 안 된다.

눈 깜짝할 사이에 더기를 다 올라갔다. 그 앞은 거대하고 납작한 냄비처럼 움푹 들어간 분지였다.

"여기인가…?" 하루히로는 중얼거렸다.

동료들은 아무도 입을 열지 않는다.

하루히로 일행은 냄비 가장자리에 해당하는 부분에 서 있다.

냄비 밑바닥에는 커다란 샘이 하나, 그것보다 작은 샘이 두 개 있다. 그 주변은 울타리와 수로로 둘러싸여 있고, 울타리 안쪽으로 건물이 몇 개 보였다.

울타리는 군데군데 파손되었으며 건물은 하나같이 무너지기 일보 직전이다. 흩어진 잔해들은 과거에 건물을 형성하고 있던 돌이나 목재겠지.

수로는 샘에서 물을 끌어와 만든 것이고, 다리가 놓여 있다. 다리는 무너지지 않았다. 건너갈 수 있을 것 같다.

그제야 세토라가 입을 열었다. "아무도 없는 것 같군."

"그러네"라고밖에 하루히로는 대답할 말이 없었다.

"이야, 응, 뭔가, 그래도 말이야!" 쿠자크는 억지로 밝은 목소리를 내려고 하는 것이 뻔히 보였다. "격렬한 전투가 있었다는 느낌도 아니잖아? 침공당하기 전에 여기에 있던 변경군? 사람들은 도망간 건지도."

분명히, 죽은 자는 좀비가 되어야 하니 유해가 없어도 이상할 것은 없지만, 흐트러진 상태가 비교적 험하지 않았다. 건물 대부분은 파손되었지만, 부러진 검이 나뒹군다거나 화살이 박혀 있다거나 핏자국이 번져 있다거나 하는 식의 전투 흔적은 보이지 않았다.

"내려가서 조사해볼까?"

메리는 약간 말하기 힘든 것처럼 말했다.

"그래." 하루히로는 태연하게 대답하고 경사면을 내려가기 시작했다.

평정을 유지하느라 노력할 필요는 별로 없었다. 반쯤 예상했던 일이었기 때문에 마음의 준비는 이미 되어 있었다.

돌아보니 시호루도 예상대로 태연해 보였다.

하루히로와 시호루는 닮은 구석이 있다.

만사를 마냥 좋은 쪽으로는 절대 생각하지 않는다.

2분의 1의 확률로 당첨되는 복권이 있다고 치자. 내가 뽑으면 무조건 꽝일 것이다. 그렇게 생각해버린다. 이론상으로는 그렇지는 않다. 2분의 1이라는 것을 알고 있어도, 반반이 아니라 거의 확실하게 나쁜 쪽으로 움직일 것 같은 느낌은 어쩔 수가 없다. 80%가 당첨되는 복권이라도 분명 꽝이다. 90%라도, 내 경우에는 근사하게 빗나가버리지 않을까? 그렇게 의심한다.

행운이나 다른 힘에는 기대지 않는, 기대하는 것이 두려운, 그런 점에서 하루히로와 시호루는 닮았다.

그래서, 전혀 아무렇지 않다. 이럴 거라고 생각했었다.

하루히로 일행의 계획은 이런 것이었다.

먼저 골짜기의 산기슭 야영지에서 북상해서 풍조 황야로 들어간다. 메리 말에 따르면, 평평한 풍조 황야를 계속 북진하다 보면 멀리 서쪽으로 산 그림자가 보인다고 했다.

탄식의 산이라고 하는데, 언데드의 소굴이라고 한다.

그 탄식의 산에서 7킬로미터에서 8킬로미터쯤 남쪽으로 아라바키아 왕국 변경군의 거점인 적야 전초 기지가 있다. 오르타나가 점령당했을 정도니까 거기도 무사할 거라고는 전혀 생각할 수 없지만, 직접 확인해본 것은 아니다. 만에 하나의 경우가 있을 수도 있겠지.

또한, 적야 전초 기지에서 서쪽으로 가면, 제트리버를 따라 리버사이드 철골 요새로도 갈 수 있을 것이다.

적야 전초 기지에는 아무도 없더라도, 어쩌면 리버사이드 철골 요새에 변경군이나 의용병 잔당이 집결해 있을지도 모른다.

모든 곳이 적에게 함락당했다면, 그것은 물론 최악이라고밖에 할 수 없지만, 적어도 상황은 명확해진다. 풍조 황야 이남에 아군은 없다는 뜻이다. 희망적 관측에 매달리는 것보다는, 분명한 실상을 알아본 후에 대책을 강구하는 것이 좋다.

하루히로 일행은 적야 전초 기지, 아니, 그 옛터를 꼼꼼하게 돌아보았다.

역시 사람의 시체나 그 일부, 혈흔 같은 것도 없었다.

억측이긴 하지만, 이 기지에 있던 변경군과 의용병, 그 외의 사람들은 공격을 당하기 전에 퇴거했다. 그 후에 적이 나타나, 홧김에 아무도 없는 건물을 파손한 것이겠지.

메리 말에 따르면, 기지에는 시장 비슷한 것이 있어 일용품이나 음식물, 무기를 팔았다고 한다. 그런 물자도 퇴거 시에 거의 다 챙겨간 모양이다.

사실 수확은 적잖이 있었다.

변경군의 막사였던 것으로 보이는 건물 잔해 안에 오래 사용한 무기와 보호구 등의 군수품이 섞여 있었던 것이다. 꺼내보니 물건은 나쁘지 않았다. 메리가 워 해머 하나를, 세토라는 창과 검과 단검을 한 자루씩 골랐다. 등짐 주머니, 어깨에 메는 가방, 가죽 물통 등도 있어서 필요한 만큼 챙기기로 했다.

시장 옛터에서는 가죽이나 천으로 만든 의류를 발견했다. 중고품이나 흠집이 난 것들뿐이지만, 입을 수 있기만 하면 불만은 없다. 하루히로 일행은 다 해지고 구멍이 뚫린 옷이나 신발을 교환했다. 시호루는 그제야 제대로 된 옷을 얻었고, 예의 외투와는 작별을 고했다. 쇠망치나 끌, 못, 바늘 등의 도구류도 다소 회수할 수 있었다. 실이 필요했지만 그것은 발견할 수 없었다.

수색 중에 하루히로는 기지 밖으로도 시선을 향했다. 누군가가 멀리에서 하루히로 일행의 상황을 살피고 있다거나 하지는 않은지. 하지만 다행인지 불행인지, 그런 일은 없는 모양이다.

하루히로 일행은 적당히 물자를 쓸어 담고는 리버사이드 철골 요새로 향했다. 동료들의 사기는 저하되지 않았다. 오히려 다들 약간 기운을 차렸을 정도다.

적야 전초 기지 옛터에서 서쪽으로, 오로지 서쪽으로 걸어갔다.

풍조 황야는 동서남북 사방으로 수백 킬로미터에 이른다고 하는데, 탄식의 산, 거기서부터 한참 북동에 솟아 있다는 왕관산을 제외하면, 그저 평평하고, 정신이 아득해질 정도로 넓기만 하다.

식물들의 모양도 별로 다르지 않아, 가도 가도 비슷한 풍경이 이어진다.

동물은 꽤 여러 종류가 분포하는 모양이다. 그러나, 아무튼 드넓고 사방이 트여서 소리도 멀리까지 닿는다. 동물의 모습을 먼발치에서 발견하는 경우는 많지만, 접근하려고 하면 도망쳐버린다. 풍조 황야에서의 사냥은, 덫을 잘 이용하거나 여러 명이 교묘하게 몰아붙이거나 할 필요가 있을 것 같다.

해 질 무렵에 제트리버에 도착했다.

그 이름대로 수량이 많고 물살이 급한, 맞은편 기슭이 아득히 멀리 뿌옇게 보이는 커다란 강이다.

제트리버는 남쪽의 천룡 산맥을 원류로 한다. 하루히로 일행은 강기슭을 상류 쪽으로 걸어갔다. 해가 저물고 잠시 후에 리버사이드 철골 요새가 보였다.

"보아하니 부재중인 건 아닌 것 같은데." 세토라는 농담인지 진심인지 모를 태도로 말했다.

리버사이드 철골 요새는 제트리버의 항구 기능을 겸하며 강 쪽으로 튀어나와 있다. 열 개도 넘는 탑과 방벽 위 등등 여기저기에서 화톳불이 타오르고 있어 그 위용은 밤에 보아도 명백했다.

하루히로는 쿠자크와 일행을 대기시키고 단독으로 요새로 접근했다.

강기슭 부근에는 나무들이 많다. 방벽 가까이 약 50미터 부근까지는 나무들이나 덤불에 몸을 숨기면서 쉽사리 접근할 수가 있었다. 거기서부터 방벽까지는 평평한 풀밭이라서, 보초가 있으면 발견될 위험성이 높다. 분명 보초는 있겠지. 방벽 위에 보초로 짐작되는 그림자가 있다.

자, 어떻게 해야 할까? 생각하고 있노라니, 우오오오오오오오오오오오오오오오오오옹, 소리가 울려 퍼졌다.

늑대인가? 개인가? 둘 다 비슷한 것이지만, 개라면 누가 키우는 것인지도 모른다. 아마도 뒤쪽에서 들린 것 같다.

발길을 돌리려고 했더니 또다시 오오오오오오오오오오오옹… 이라는, 늑대인지 개인지가 짖는 것 같은 소리가 들렸다.

우오오오오오오오오오오오오오옹.

우오오오오오오오오오오오오오오오오오옹.

우오오오오오오오오오오오오오오오오오오오오옹.

게다가 짖는 소리는 연쇄적이었다.

뒤에서만이 아니다. 동쪽에서도, 그리고 요새 쪽에서도 들렸다.

지금도 개인지 늑대인지는 계속 짖어대고 있다. 마치 서로 신호를 주고받는 것 같다.

"들켰나…?"

하루히로는 동료들이 대기하는 장소로 서둘러 갔다.

목적지 직전에서 비스듬히 후방에서 뭔가가 덤벼들었다.

"…웃…!"

하루히로는 반사적으로 단검을 뽑으면서 바닥으로 몸을 날렸다.

구르다가 벌떡 일어나서, 달려드는 하얀 날을 단검으로 튕겨냈다. 튕겨내고, 물러선다. 튕겨낸다.

어둠 속이긴 하지만, 상대가 인간이 아니라는 것, 그러나 두 발로 걷고 도검을 다룰 수 있는 생물이라는 것은 알았다. 꼬리도 있는 모양이다.

개 같다.

직립하는, 개.

메리의 이야기 속에 등장했었다.

"코볼트인가!"

하루히로는 돌진해온 코볼트를 피하고 그 뒤로 파고들었다.

여기다 하고 생각할 틈도 없이, 하루히로의 단검은 코볼트의 등에 박혔다.

코볼트는 쓰러졌다. 거의 즉사했다고 생각한다.

"…뭔가, 보였다."

빛나는 선 같은 것이.

착각일까? 하루히로는 머리를 흔들었다. 지금 그럴 때가 아니야.

짖고 있는 것은 늑대도, 개도 아닌 코볼트들이다.

코볼트의 근거지는 사이린 광산이라고 메리는 말했었다. 그러나, 다무로의 고블린도 오르타나에 눌러앉았다. 코볼트가 리버사이드 철골 요새에 있어도 이상할 것 없다. 고블린도, 코볼트도 제왕 연합에 속해 있다. 아라바키아 왕국의 적인 것이다.

하루히로는 달렸다.

동료들은 코볼트 집단에 습격당하고 있었다.

"하루히로인가?!" 세토라는 창을 내지르며 코볼트들을 견제하고 있다. "잘못 판단했어. 이 부근 일대는 완전히 적지다!"

"미안해! 내 생각이 짧았어!" 메리는 워 해머를 들고 시호루를 보호해주고 있다.

"몰랐으니 어쩔 수 없지 않아?!" 쿠자크는 대검을 내리쳐 코볼트

한 마리를 베어버렸다. “으랴, 덤벼봐…!”

“보호받기만 할 수는……!”

시호루는 뭔가 감행할 생각인 모양이다.

그건가?

할 수 있는 건가? 그것을.

“…와라! 다크…!”

메리의 말에 따르면, 여러 가지 사정이 있었고, 경위를 거쳐, 시호루는 마법사 길드라는 곳에서 배운 기존의 마법의 틀을 뛰어넘어 새로운 마법을 편성해냈다. 하루히로는 기억이 없고 마법에 관해서는 전혀 모르지만, 왠지 엄청날 것 같다. 사실 엄청나게 대단한 일이라고 메리도 말했었다.

그러니까 자신감을 가지라고 메리가 격려해줘도 시호루는 힘없이 알쏭달쏭한 미소만 띠었다.

하루히로는 그 심정을 이해할 수 있다. 격려해주는 건 기쁘고 고맙지만, 당신은 대단했어… 라는 말을 들어봤자 난처할 뿐이다.

정작 중요한 건, 현재의 내가 뭘 할 수 있는가 하는 것이지 기억도 나지 않는 과거의 영광 따위는 전혀 위안이 되지 않는다.

시호루는 메리에게 자기 마법에 관해서 이것저것 물어보고 어떻게든 재현하려고 시행착오를 거듭했다. 순탄하지는 않았다. 시호루의 마법은 어디까지나 시호루만의 것이고 메리는 표면적인 것밖에 모른다. 단서는 요컨대 다크라는 마법의 이름뿐이라며 메리도 탄식했고 미안한 얼굴을 했다.

그래도 시호루는 틈만 나면 ‘다크’를 자기 것으로 하고자 상상력을 동원하기도 하고, 상상 속에서 끌어내려고 하기도 하고, 공기를 반죽하는 것처럼 해서 모양을 만들어보려고 하기도 하고, 온갖 것을 다 시험해봤다. 그때마다 실망감만 맛볼 뿐이라는 것을 시호루는 각오했을 것이다.

하루히로는 이해한다. 괜찮아, 분명히 할 수 있어… 라고 믿을 수 있을 만큼 하루히로나 시호루 같은 인간은 강하지 않다.

어차피 될 리가 없어. 당연히 무리겠지. 하지만, 하는 수밖에 없으니까 해보는 거야.

분명 괴로웠을 것이다. 하루히로라면 도중에 포기해버렸겠지. 대단해, 시호루. 대단해 하고 말하면 마치 위에서 내려다보는 것 같지만, 정말로 그렇게 생각한다. 과거의 시호루가 아니라 현재의 시호루가 대단해.

그것은, 시호루가 앞으로 내민 두 손바닥 바로 앞에, 여기가 아닌 어딘가 다른 세계로부터, 눈에는 보이지 않는 문을 밀어젖히고 나오는 것처럼 출현했다.

검다.

밤의 어둠보다도 깊고, 짙다.

검고 긴 실이 나선형으로 휘감겨 어떤 형태를 이루고 있다.

사람일까? 시호루의 손바닥에 올라갈 것 같은 크기다.

"가라, 다크."

시호루가 명령하자, 다크는 곧바로 코볼트 한 마리를 향해서 날아갔다.

슈부웅쇼오오오오오오오오오오오오오… 라는 느낌의, 이것은 날아가는 소리인가? 아니면 다크의 목소리인가? 아무튼, 다른 그 무엇과도 비슷하지 않은 소리다.

코볼트는 경악한 듯, 다크를 피하려는 기색조차 없었다.

다크가 코볼트의 가슴 한복판에 격돌한다.

그 직전에 다크는 궤도를 급격히 바꿨다.

쓱 구부러져 그 코볼트를 지나치더니 다른 코볼트에게 격돌한다.

이번 코볼트는, 빠옷 하는 듯한 소리를 내며 다크를 피하려고 했다. 다크는 직진해서 또 다른 코볼트에게 덤벼든다.

하루히로는 시호루를 봤다. 시호루는 다크를 눈으로 좇고 있다. 아니, 그게 아니다. 반대다.

시호루의 시선 끝으로 다크가 이동한다. 시호루가 다크를 조종하고 있는 것이다.

시호루는, 새카만데도 어째서인지 어둠 속에서도 눈에 띄고 슈부우오오오오오오오오오오… 라는 특징적인, 비교적 꽤 신경을 건드리는 계통의, 제법 무시무시한 소리를 발하며 날아다니는 다크로 코볼트들을 겁먹게 하고 패닉 상태에 빠뜨리려고 했다.

"제법이잖아, 시호루!" 세토라는 도망 다니는 코볼트를 가차 없이 창으로 꿰뚫었다. 하루히로를 향해서 외친다. "뭘 하고 있어? 이 굼벵이!"

여전히 세토라는 가차 없지만, 반론의 여지가 없다. 하루히로는 코볼트에게 달라붙어 단검으로 목줄기를 베어내고 찔렀다. "쿠자크, 메리!"

"엇, 넵!" "…응!"

쿠자크와 메리도 가까이에 있던 코볼트를 맹렬하게 공격했다.

1부터 10까지 세는 동안에, 일고여덟 마리의 코볼트를 쓰러뜨렸을까?

나머지 코볼트들이 꺙꺙 짖으면서 퇴각하기 시작했다.

키이치가 어딘가에서 냐앗, 울었다.

"하루히로!" 세토라가 북서쪽을 가리켰다. "저쪽이다! 저기엔 적이 없는 모양이야!"

"가자! 다들!" 하루히로는 시호루와 메리, 그리고 쿠자크를 앞으로 보내고 자기는 제일 뒤에 붙었다. "세토라, 앞장서! 부탁할게!"

"응!"

아직 코볼트들의 짖는 소리가 들린다. 조금 전의 집단을 격퇴했다고는 해도 전혀 안심할 수가 없다.

하루히로 일행은 거의 전력 질주했다. 중장비인 쿠자크는 좀 힘든 것 같지만, 터프하니까 숨이 차도 꽤 버틸 수 있다. 시호루의 발걸음은 경쾌하다. 적야 전초 기지에서 발에 맞는 신발을 입수한 덕분일까? 다크가 성공해서 기분이 좋아진 건지도 모른다.

적어도 가까이에 추격자는 없는 것 같다. 그렇게 확신이 든 후에 하루히로는 선두의 세토라에게 "쉬자!"고 말을 걸었다.

쿠자크는 곧바로 쪼그리고 앉았다. "하아…. 힘들, 었어. 적이 떡하니 있고. 뭐, 반 정도는 그렇게 되지 않을까 생각했지만…."

하루히로는 쓴웃음 지었다. "반 정도만?"

이 상황에서 반씩이나 기대했었다니, 과연 쿠자크다. 하루히로는 솔직히 80퍼센트 정도, 아니, 90퍼센트 이상, 리버사이드 철골 요새도 적의 손에 떨어졌을 거라고 예상했었다.

그래서 의기소침하지는 않다. 하루히로는 벌써 다음 일을 생각하고 있었다.

이 장난 아니게 드넓은 풍조 황야에서 어디를 목표로 하고 가야 할지. 후보지는 있다.

"…원더 홀에…?" 시호루가 머뭇거리는 목소리로 말했다.

하루히로는 일부러 힘주어 고개를 끄덕였다. "응."

"그래." 메리는 기분을 전환하려고 하는 것처럼 휴 하고 숨을 내쉬었다. "원더 홀은 의용병의 사냥터였어. 안쪽은 복잡한 구조라서 전체 모습을 아는 사람은 아무도 없지만, 지금도 어딘가에 의용병의 거점이 있을지도…."

"불확실하지만." 세토라는 흥, 코를 울려 소리를 냈다. "확실성을 원한다면 시도해볼 방법이 없는 상황이니까. 갈까? 어이."

세토라한테 등을 걷어차였는데도 쿠자크는 화도 내지 않고 힘차게 "…으쌰!"라며 일어섰다. "출발할까요! 잠시 쉬었으니. 갈 수 있는 데까지 가보는 수밖에 없지. 어차피 갈 수 있는 데까지밖에 갈 수 없으니까."

"좀 더 내용이 있는 말을 할 수는 없나? 너는."

"나한테 그런 고도의 기술을 요구해도 무리."

"…고도인가?"

하루히로는 두 사람의 실랑이를 흘려들으면서 주변을 둘러보았다.

리버사이드 철골 요새의 불빛이 멀리 보인다. 코볼트들의 짖는 소리는 들리지만, 다가오는 느낌은 아니다.

산기슭 골짜기에서 야외 생활을 하는 동안 메리로부터 대략적인 지리를 들었다. 원더 홀은 적야 전초 기지의 북서다. 일단 기지 옛터까지 돌아가서, 거기서부터 가기로 한다.

갑자기 키이치가 세토라의 몸을 타고 올라가 어깨 위에 앉았다.

주인에게 어리광부리고 싶어진 건가? 그건 아닌 모양이다. 키이치는 북쪽을 빤히 쳐다보고 있다.

"왜 그래?" 세토라도 북쪽으로 눈길을 향했다. "저건…."

흐릿하지만, 북쪽 저편이 밝았다.

하루히로는 감정이 묻어나오지 않도록 주의하며 "불인가?"라고 말했다.

쿠자크가 으음, 신음하며 머리를 긁었다.

이것은 어떻게 판단해야 하나? 어려운 부분이다.

일단 하루히로 일행은 불로 짐작되는 빛 쪽으로 가보기로 했다.

1킬로미터 정도 북쪽으로 걸어가보니 빛도 이쪽을 향해서 오고 있는 것 같다고 느끼게 되었다.

누군가가 빛을 내는 횃불이나 랜턴 같은 것을 휴대하고서 이동하고 있는 것이다.

그 누군가는, 눈짐작이라고도 말할 수 없을 만큼 대충밖에 짐작할 수 없지만, 분명 하루히로 일행으로부터 1킬로미터 정도밖에 떨어지지 않은 장소에 있다.

"아군, 이라거나?" 쿠자크는 하하…… 하고 웃는 것 같지 않게 웃었다.

쿠자크도 저것이 아군, 즉, 변경군 병사나 의용병이라고는 생각하지 않는 것이다. 적이냐 아군이냐로 따지자면, 그야 적이라고 생각하는 것이 타당하겠지.

"저쪽에도." 세토라가 북북동을, 그리고 동쪽을 순서대로 가리켰다. "그리고 저쪽에도…."

빛은 하나가 아니다. 북쪽에서 접근하는 빛보다도 더욱 멀지만,

이 자리에서 두 개를 확인할 수 있다. 그게 전부라고는 생각하지 않는 게 좋을지도 모른다.

세토라는 한숨을 쉬었다. “상대가 도보라면 좋겠지만.”

하루히로는 글쎄, 과연 그럴까? 라고 말하려다가 그만뒀다.

시호루와 메리는 입을 다물고 있다.

밤의 풍조 황야에서 부는 건조한 바람은 낮게 신음하는 것 같았다. 바람 소리치고는 기묘하다. 뿔피리나 그런 것의 음색 같기도 한데, 확신은 가질 수 없다.

하루히로는 이럴 때 누군가가 어떻게 할지를 결정해주기를 얌전히 기다리는 타입 같은 느낌이 든다. 솔선해서 결단을 내리고 싶어 하는 사람은 아마 아닐 것이다.

그런데도, 메리에게서 들은 바에 의하면, 하루히로는 리더였다고 한다.

“북과 동은 위험할 것 같네.” 하루히로는 리더 같은 건 자기에게는 너무 버거운 짐이라고 생각하면서 동료들에게 말했다. “서는 제트리버와 리버사이드 철골 요새니까, 남쪽으로 가자.”

7. 과거와 함께 현재는 지나가고

밤새도록 걸어 아침이 밝아올 무렵에는 천룡 산맥 기슭에 펼쳐진 숲에 도착했다.

같은 천룡 산맥 기슭이라도, 하루히로 일행이 야영지로 삼았던 산기슭 골짜기에서 50킬로미터 이상, 아마 60킬로미터 정도는 떨어져 있을 것이다.

모두 지칠 대로 지쳤지만, 주변 지리를 모르는 상태에서 대충 근처에서 노숙하는 것은 위험하기 짝이 없다. 일단은 어느 정도 탐색해서 지형을 파악하고, 주변에 적이나 용이나 사나운 짐승은 없는지, 물을 구할 데가 있는지 등등을 확인하고 나서다. 벌써 해가 떠버렸으니 어차피 그리 간단히 잠들 수는 없다. 할 일은 해버리는 게 좋다.

강은 고생하지 않고 발견할 수 있었다. 강 옆에 입을 벌리고 있는 동굴도 발견했지만, 안에 박쥐가 잔뜩 서식하고 있어서 똥 범벅이었다. 거기를 쓰려면 박쥐를 쫓아내고 똥을 치워야 하겠지.

이 부근은 산기슭 골짜기 부근보다도 나무들이 울창했고 밀림의 양상을 띠고 있다. 제트리버 유역이기 때문인지 초목이 싱싱하다. 공기도, 바닥도 기분 탓인지 습기를 띠고 있다.

딱 한 번 먼발치에서 흘깃이지만, 두 발로 보행하는 대형 도마뱀 같은 생물을 발견했다. 마룡이라는 작은 용의 야생종이 아닐까? 메리는 말했다. 사육종 마룡은 인간을 등에 태우고 달린다고 한다.

오후가 되어 하루히로 일행은 처음에 점 찍어둔 강 가까이에서 휴식을 취했다. 이끼로 뒤덮인 커다란 바위가 있고 그 그늘이 아담한 공터처럼 되어 있다. 눈에 띄는 표식이 있다는 것은 장단점이 있긴 한데, 이 바위 그늘이 임시 야영지가 될 것 같다.

다른 모두가 땅바닥에 주저앉아버려도 하루히로는 앉지 않고 서 있었다. 왠지 지금 앉으면 기분이 가라앉을 것 같다.

키이치는 큰 바위 위에서 주위를 경계하고 있다.

아무도, 아무 말도 하지 않는다. 쿠자크와 메리는 때때로 뭔가 말하려고 했지만, 목소리를 내기 전에 입을 다물어버린다.

탐색 중에는 그런대로 대화를 나눴고 다들 보통이었는데, 이제는 과연 맥이 풀린 것이겠지. 안 그래도 충격을 받기도 했고 어찌할 바를 모르게 되기도 했으니 자포자기가 되어도 이상할 것 없다.

하루히로는 반쯤 각오하고 있었지만, 풍조 황야 이남은 적에게 제압당한 모양이다.

아군은 없다. 있다고 해도 숨어서 숨을 죽이고 있다. 하루히로 일행과 마찬가지로.

그렇다는 것은 결국, 오르타나나 데드 헤드 감시 보루, 리버사이드 철골 요새 등 요지를 점거한 적에게 대항 가능한 규모를 유지하고 있는 아군 집단은 전무한 것이겠지. 변경군이나 의용병 잔당이 건재하다고 해도, 그들도 하루히로 일행처럼 살금살금 숨어 다니며 살아남는 수밖에 없는 상황인 것이다.

뭐, 지금까지와 같아.

하루히로는 몇 번이나 그렇게 말하려고 하다가, 그때마다 멈췄다. 그것은 사실이지만, 그다지 효과적인 말은 아니겠지.

희망다운 희망은 없다.

이제 이 부근은 적투성이일 것이라고 하루히로는 생각하고 있었다. 그래도, 아니, 혹시나 하는 바람을 털끝만큼도 갖지 않았다고까지는 말할 수 없다.

솔직히 그런 건 잘라내버리고 싶었다.

이렇게 되면, 이제 우리끼리 해나가는 수밖에 없다. 그렇게 각오를 단단히 하고 싶었다.

그래서, 허세도 아무것도 아니고, 하루히로는 개운했다.

괴롭기야 괴롭지만.

어째서야? 라고 외치고 싶다. 웃기지 마, 이건 아니잖아. 내가 얼마나 나쁜 짓을 했다는 거야? 그 대가인가? 그렇다고 해도 너무해. 너무 심하잖아.

지금뿐이다. 분명 지금이 제일 힘들다.

그렇게 자신을 속여가며 시간을 보내는 동안에 점점 괜찮아졌다고나 할까, 그래도 꽤 나아졌잖아.

모두 정도의 차이는 있지만, 비슷하게 느끼는 것 아닐까 생각한다.

지금은 힘들다. 이 힘든 지금을 극복하기만 하면, 어떻게든 해나갈 수 있게 된다.

"밥 먹자." 하루히로는 말했다.

메리와 세토라, 시호루는 멍하니 하루히로를 봤다. 반응이 둔하고 희박하다. 쿠자크에 이르러서는 여전히 고개를 숙인 채로 있다.

하루히로는 쿠자크의 머리를 세게 때렸다. "먹자고, 밥."

"아얏……." 쿠자크는 머리를 감싸 쥐고 하루히로를 올려다본다. "…어, 밥이요?"

"응. 먹자."

"뭐… 좋긴 한데."

몇 번을 말하는 거야? 라고 생각하면서, 하루히로는 되풀이해 말했다. "밥을 먹기로 하자."

새로이 조달하지 않아도, 산기슭 골짜기 야영지에서 갖고 온 식료품이 다소는 있다. 날고기를 말린 것과 나무 열매 정도지만, 뭘 씹으면 머리가 돌아가기 시작하고 배 속에 뭔가 집어넣으면 마음이 진정된다. 드문드문 대화를 나누게 되기도 한다.

조심하기 위해서 불을 피우는 것은 아직 자제했다. 하지만, 화덕을 만든다면, 지붕을 덮으려면 어디가 좋을지, 잠자리는 어떻게 할지, 의논만은 해뒀다.

이럴 때에는 계획을 세우는 단계가 가장 즐겁다. 다들 들떠서 비현실적인 아이디어가 쏟아져 나오기도 하지만, 꿈을 이야기해서 기분이 전환된다면 그건 그것대로 좋은 거다.

저녁에 세토라가 졸린다고 말하고는 키이치와 함께 늦은 낮잠을 청했다. 쿠자크도 눕더니 금방 코를 골기 시작했다.

정신이 들고 보니 하루히로와 시호루와 메리, 세 사람이 얼추 비슷한 간격으로 비스듬히 마주 보고 앉아 있었다.

사각지대를 커버하는 의미로는 합리적인 위치다. 가깝지도 않고, 이상하게 멀리 떨어져 있지도 않은, 알맞은 거리라고도 생각한다.

하지만, 왠지 어색하다.

어째서 어색한 걸까? 모르겠다. 어색한 것은 하루히로뿐인가?

그렇지도 않은 듯 시호루도, 메리도 그다지 편해 보이지 않았다. 두 사람 다 말이 많은 편은 아니지만, 그런 것치고도 말이 없다.

"다크." 하루히로는 큰맘 먹고 말문을 열어봤다.

시호루는 고개를 끄덕였다. “응….”

“됐네. 다크. 마법.”

“응….” 시호루는 한 번 더 고개를 끄덕이고 나서 표정이 누그러졌다. “됐어.”

하루히로도 살짝 웃었다. 만면의 웃음을 짓는 것은 어렵다. 아니, 못 하겠다. “잘됐네. 진짜. 잘됐어.”

“응. …잘됐어.”

“컨트롤이 절묘했고. 컨트롤… 이라고 해도 될까? 이 표현은 좀 이상하지 않아?”

“이상하지, 않아. …바르다고 생각해.”

“그런가. 잘됐다.” 하루히로는 볼을 문질렀다.

“지나친 표현인가? 잘됐다는 건.”

시호루는 고개를 젓는다. “하루히로 군이, 잘됐다고… 말해줘서. 무척, 나… 기뻐.”

하루히로는 그런가 하고 말할 뻔하다가 말을 삼키고 뭔가 다른 말을 찾았지만, 찾을 수 없었다.

메리가 “그러네”라고 중얼거렸다.

쳐다보니 메리는 눈을 내리깔고 있었다.

“잘됐다.” 메리는 누구에게랄 것도 없이 말했다. 입가는 미소 짓고 있었지만, 한없이 쓸쓸해 보였다.

어째서일까? 하루히로는 묘하게 마음에 걸렸지만, 뭐라고 말을 걸어줘야 할지 몰랐다. 그러는 중에 세토라와 키이치, 쿠자크가 깼다. 해가 저물려고 했다.

캄캄해지기 전에 다 함께 또 식사를 했다.

“사치스러운 욕심을 말해도 돼?” 쿠자크가 말린 고기를 씹으면서 물었다.

“안 돼.” 하루히로는 쌀쌀맞게 대답했다.

쿠자크는 울 것 같은 얼굴을 했다. “어어….”

“들어주지 않아도 된다면, 말해도 상관없다.” 세토라는 내뱉었다.

“들어주지 않을 거면, 말하는 의미가 없지 않아…? 다 같이 좀 더 맛있는 걸 먹고 싶지? 라고 말하고 싶었던 것뿐이지만.”

하루히로는 짐짓 어깻짓을 하고 한숨을 내쉬었다. “말했네.”

“하지만 말이야, 놀이잖아, 이거?” 쿠자크는 전원을 둘러보았다. “아니야? 놀이처럼 딱 던지면 받아줘야 하는 거잖아? 설정 같은. 어? 그렇지 않나요?”

고개를 돌려 외면하고 아무도 대답하지 않는다.

“어? 어?” 쿠자크는 당황하기 시작했다.

“아니었어? 내 착각? 나, 혹시 짜증스러워? 대놓고 미움받고 있다거나?”

참다못하겠는지 시호루가 살며시 웃었다. “…그럴 리, 없잖아.”

“그, 그렇지?!” 쿠자크는 과장되게 가슴을 쓸어내렸다. “아아… 진땀났어! 도대체 뭡니까? 이 팀플레이! 설마 나만 빼고 다들 기억이 돌아온 건 아니겠지?!”

물론, 그렇지는 않지만, 오랫동안 같이 행동을 해온 것처럼 의사소통이 이루어진다. 항상은 아니다. 문득 어쩌다가, 때때로이긴 하지만, 그렇게 느껴지는 경우가 있다.

“기억 같은 건, 별로 필요 없는지도.” 메리가 중얼거리듯 말했다.

"중요한 건 과거보다 지금이니까."

어째서 메리는 그런 식으로 생각한 것일까?

하루히로 일행과 달리 메리는 기억이 있다. 덕분에 상당히 도움이 된다.

떠올리고 싶어도 떠오르지 않기 때문에 어쩔 수 없지만, 하루히로는 기억 따위 필요 없다고는 생각한 적이 없다.

만약 지금 히요무든 다른 누구든 빼앗았던 기억을 무조건 돌려주겠다고 한다면, 하루히로는 거절하지 않겠지. 부디 돌려줬으면 좋겠다.

두꺼운 밤의 장막이 내려오자 하루히로 일행은 교대로 보초를 서며 수면을 취했다.

쿠자크와 세토라는 저녁에 한숨 잤기 때문에 두 사람과 키이치에게 먼저 보초를 맡기고 하루히로는 한밤중에 깨워달라고 했다.

메리도 깨어 있었지만, 시호루는 새근거리며 자고 있다.

"잠시 자게 두면 어때?" 세토라는 턱으로 시호루를 가리켰다. "시호루의 마법은 쓸모가 있다. 여차할 때 힘을 발휘할 수 있는 상태로 있어줘야 해."

"세토라 씨는 말하는 게 좀…." 쿠자크는 그렇지? 라며 하루히로에게 동의를 구했다.

하루히로도 시호루는 될 수 있는 대로 푹 쉬게 해주고 싶다. 그냥 내버려둬도 시호루니까 자발적으로 일어날 것 같은 느낌도 든다. 일단 메리와 둘이서 보초를 서기로 했다.

쿠자크는 순식간에 잠들었다. 세토라도 키이치를 껴안고 눕더니 뒤척이지조차 않았다.

하루히로는 마음에 걸렸던 점을 물어보려고 했다. “있잖아, 메리.”

“왜?” 메리의 차분한 목소리가 대답했다.

그러나, 어떻게 말을 꺼내면 좋은 건가?

“…아니, 역시… 됐어.”

메리는 키득 웃었다. “그래.”

“된 건, 아니지만….” 하루히로는 어물거렸다. “…안 될 것도, 없지만.”

“왠지 반갑네.”

“응?”

“하루히로의 그 말하는 방식. 옛날 같아서.”

“옛날. …아아, 기억을 잃기 전 말이야?”

“그보다도 더 전.” 메리는 하아 하고 숨을 내쉬었다. “…미안해. 이러니까 기억 같은 건 차라리 없는 편이….”

“아니, 그래도 메리는 기억하고 있잖아. 그러니까 전에는 이랬다거나 그런 생각을 하는 건 당연하지 않나?”

“나 혼자만 아는 일이잖아.”

“음….” 하루히로는 아랫입술을 손가락으로 잡고 몇 번인가 당겼다. “하지만, 뭐랄까, 메리에게는 소중한 추억이라거나… 그런 거지?”

메리가 대답할 때까지 잠시 시간이 걸렸다. “…그래. 응. 무척, 소중해.”

“그렇다면 필요 없는 건 아니지 않아? 메리가 기억해줘서 우리한테도 도움이 되고. 실제로 메리까지 기억이 없었다면 어떻게 되었을지.”

“하지만 말이야.”

“응.”

“하지만….” 메리는 목소리를 낮췄다. “전부는 아니야. 말하지 않은 일도, 있어.”

“…그, 래?”

“말할 필요 없는 일도 있는 거라고 생각하니까.”

예를 들면, 어떤 일?

하루히로는 물어보고 싶었지만, 물어볼 수 없었다.

액면 그대로 순순히 받아들이자면, 말할 필요가 없다는 것은 중요도가 낮다는 의미다.

하지만, 정말로 그런 걸까?

단순히 중요하지 않다는 뜻이 아니라, 다른 이유 때문에 말하지 않는, 말할 수 없는 일도 있을지도 몰라.

혹은 메리는 어떤 사정이 있어서 그것을 말하고 싶지 않은 건지도 모른다. 굳이 가슴속에 묻어두기로 한 것인지도 모른다.

다그쳐서까지 알고 싶지는 않다… 고는 단언할 수 없을 정도의 호기심은 하루히로에게도 있다.

궁금하기는 했지만, 억지로 강요하고 싶지는 않다.

“옛날이라고 하니 말인데, 내가 리더였다고?” 하루히로는 밝은 목소리로 말했다. 적어도 자기 나름대로 쾌활함을 연출해봤다. “도저히 믿을 수가 없어서 말이야. 나한테 맞는다고는 생각할 수가 없거든. 성격 면에서.”

“힘 있게 잡아끌고 가는 타입은 아니었는지도.” 메리도 가벼운 농담을 하는 것 같은 얼굴로 대응해주었다. "하루는, 다른 누구와도 다른, 하루밖에 할 수 없는 방식으로 우리를 뭉치게 해줬었어."

"어, 그게 뭘까? 내가 미덥지 못하니까 자연히 모두가 알아서 열심히 노력해줬다거나?"

"미덥지 못하다고는, 나는 생각한 적 없어." 메리는 아, 그래도 하고 덧붙였다. "오해하지 마. 하루가 지금 어떻게 해야 한다거나, 하루더러 어떻게 좀 해주길 바란다거나, 그런 게 아니니까."

메리는 하루히로를 무척 배려해주고 있다.

어째서 이토록 다정하게 대해주는 걸까?

당연히, 동료니까.

하지만 하루… 라잖아. 하루히로는 생각한다. 메리만, 호칭이.

하루히로는 약간 기니까 모두가 하루라고 불렀었다. 그렇다면 딱히 별일은 아니다. 그런데, 그게 아니라, 메리 말고는 다들 하루히로, 하루히로 군 등으로 부른다.

단순히 부르기 편해서 하루라고 부르는 건지도 모르지만.

역시, 쿠자크, 세토라, 시호루는 세 글자고 하루히로는 네 글자, 다른 사람보다 한 글자 많으니까 줄여봤다.

단지 그뿐인지도 모른다.

"하루는, 꽤 마이페이스랄까. 별로 그렇게 보이지는 않지만, 좋은 의미로 완고하기도 했어."

"완고라는 말에 좋은 의미가 있는 건가…?"

"뭔가를 할 때 흔들리지 않는 면이 있다는 건 중요하지 않아? 그게 없으면 우왕좌왕하고 말지."

"아아, 그렇구나."

"나는 과거에 사로잡혀 있었으니까. 지금도 그렇지만…." 메리는 작은 목소리로, 성격인가 하고 덧붙였다.

"과거에." 하루히로는 앵무새처럼 상대의 말을 반복했다.

"계속 앞을 보고 갈 수가 없었어. 하루가… 모두가, 날 구원해줬어."

"나도 그리 긍정적인 사람이라는 느낌은 들지 않는데…."

쑥스러워하는 게 아니라 정말로 그렇게 생각한다. 하루히로는 쿠자크처럼 사소한 일은 금방 털어버리는 밝은 성격을 갖고 있지 못했고, 세토라처럼 논리적이고 명석한 사고를 기반으로 소극적인 면을 배제할 수 있는 것도 아니다.

"그래…." 메리는 잠시 생각하고 나서 입을 열었다. "소위 긍정적이라고 하는 것과는 좀 다른지도. 항상 한 발짝 앞, 두 발짝 앞을 생각하고 계속 나아가는 그런 게 아니라, 눈앞의 일, 지금 이 순간에서 눈을 피하지 않는다고나 할까."

"음… 견실한?"

"말로 표현하자면 그런 건지도."

"착실하다거나, 돌다리도 두드려보고 건너는 타입이라거나, 그런 거라면 왠지 알 것 같은데…."

"그러면서도 때로는 대담해지기도 해."

"어, 그랬어?"

"가끔씩." 메리는 장난스럽게 웃는다. "덕분에 깜짝 놀랐던 적이 몇 번이나 있었어. 하지만, 하루가 놀랄 만한 일을 할 때는 언제나 자기를 위해서가 아니라 동료를 위해서야. 나는, 그런 하루가."

"그런… 내가?"

"하루에게는." 메리는 말을 고쳤다. "아무리 감사해도 모자랄 정도야."

"에이, 뭘…"이라고밖에 하루히로는 대답할 말이 없었다.

감사받을 만한 일을 한 기억이, 말 그대로 없다.

"미안해." 메리는 사과했다. "…우습네, 나. 결국, 과거 이야기만 하고. 하루한테는 아무런 의미도 없는데."

하루히로는 고개를 저었다. 의미가 없는 건 아니라고 생각한다.

단지, 무슨 말을 해도, 메리는 기억하고 있지만, 하루히로는 기억하지 못한다.

혹시 메리와 하루히로는 어떤 추억을 공유하고 있었던 건지도 모른다. 어쩌면 그것은 두 사람에게 중대한 사건이었는지도 모른다.

하지만, 하루히로는 기억하지 못하고, 기억해낼 수 있을 것 같지도 않다.

요컨대 메리가 하는 말은, 자기한테는 의미가 있었다고 해도 하루히로한테는 의미가 없다, 현실적으로 의미를 가질 수가 없다는 뜻이겠지. 메울 수 없는 골이 있음을 느끼고 메리는 답답함과 쓸쓸함을 맛보고 있다.

하루히로는 오히려, 나야말로 잊어버려서 미안해 하고 사과하고 싶을 정도다.

사과해봤자 메리는 난처하기만 할 테니 물론 하지는 않지만.

"저…." 시호루의 목소리가 들렸다.

메리는 "앗" 하고 당황했다. "시, 시호루, 깼었어? 어, 언제부터?"

"…그러니까… 조금 전, 부터?"

"이야기, 들었어…?"

“조, 조금밖에….”

“그, 그래. 그렇… 구나. 들었구나. …깼다고, 말해주지 그랬어.”

하루히로는 애매하게 웃고, “그러게”라고 동의했다. 왜 메리는 그토록 당황한 걸까? 알 수 없는 일이다.

시호루가 일어나서 곁으로 기어왔다.

보이지 않기 때문인지, 하루히로와 부딪쳤다.

“앗….”

“이크… 괘, 괜찮아?”

“괘, 괜찮아….” 말하면서 시호루는 하루히로 옆에 앉았다.

좀 가까운 것 같은 느낌도 들지만, 어두워서 거리감을 재기가 어려운 탓이겠지.

“미안햇, 나….” 시호루는 보이지 않아도 알 수 있을 정도로 고개를 휙 숙였다. “…너무 많이 자서. …깨웠는데, 내가 안 일어난 거지…?”

“아니. 안 깨웠어.” 하루히로는 대답했다.

“어, 안 깨웠어…? 어째서…?”

“시호루가 잘 자길래. 그냥 자게 두자고 해서, 그래서.”

“맞아.” 메리가 동조했다. “분명 피곤했을 테고….”

시호루는 입을 다물었다.

기분이 상한 걸까? 자기만 특별 취급이랄까, 동등하게 취급받지 못한 것처럼 느껴져서 상처 입은 건지도 모른다.

“깨울 걸 그랬네.” 하루히로는 말해봤다. “다른 뜻은 없었는데……”

시호루는 고개를 도리도리 흔든다. “…다른 뜻이 있었다고는 생각하지 않아… 않아요."

왜 또 존댓말일까?

그래도, 그 기분을 사실은 모르지도 않는다. 시호루는 고지식한 것이다. 자기를 낮게 평가하기 때문에 다른 사람보다 두 배로 노력해야 한다고 혼자 생각하고 있다.

좀 더 편하게, 어깨 힘을 빼도 된다고 말해주고 싶지만, 그런다고 해서 시호루가 좀 편해지려고는 하지 않겠지.

하루히로가 할 수 있는 일은, 시호루의 의사를 존중하고 응원해주면서 여차할 때에는 든든하게 받쳐줄 수 있도록 마음가짐을 다지는 일이다. 시호루의 마음이 꺾일 것 같으면, 아니, 그렇게 되기 전에 미리 손을 내밀어줄 수 있게끔 신경 써서 살핀다.

하루히로는 오른손을 들어 시호루의 등에 대려고 했다.

어이. 스스로 질책하고 손을 도로 치웠다.

뭐 하는 거야? 아니, 하지는 않았다.

미수다. 다행이다. 미수라서.

여자아이라고. 함부로 만지거나 해서는 안 돼. 윤리 의식이랄까, 매너랄까, 아무튼 안 된다.

시호루는 나도 모르게 격려해주고 싶어진다.

당연히, 다른 뜻은 없다.

없다고, 생각한다.

아니, 과연 어떤 건지.

하루히로에게도 여성과 접촉하고 싶다는 바람, 욕구가 없다고는 말할 수 없다. 다소는 있지 않을까? 그런 심리의 표출, 발로 등이 아니라고 단언할 수 있을까?

그런 생각을 하기 시작하니 한 마디도 말을 할 수 없게 되어버렸다.

시호루에 이어 하루히로까지 입을 다물어버렸다. 메리 입장에서 보면, 무슨 말을 꺼낼 수 있는 분위기는 아니겠지.

그들은 주위를 경계하면서 새벽을 기다렸다.

마음속은 꼭 평온하지만은 않았다. 적어도 하루히로는. 그러나 표면상으로는 조용히 시간이 흘러가고 있었다.

8. 녹슨 눈동자

바위 그늘 야영지는 나날이 쾌적해졌다.

지내보니 알게 된 건데, 산기슭 골짜기 주변보다도 이 일대는 풍요롭다.

식물 종류가 많고, 식재료가 될 만한 것만이 아니라 튼튼한 넝쿨이 엄청 많다.

이 넝쿨은 끈으로 쓸 수 있는 것은 물론이고 활시위가 되기도 한다는 것이 세토라의 실험으로 판명되었다. 화살촉이 달린 화살을 만드는 것은 세토라여도 어려운 것 같지만, 끝을 뾰족하게 깎은 나무막대기라도 관통력은 우습게 볼 것이 아니다. 활이 있는 것과 없는 것은 사냥의 효율이 크게 달라진다.

적야 전초 기지 옛터에서 못을 몇 개 손에 넣었다. 게다가 쉽게 끊어지지 않는 끈을 얼마든지 쓸 수 있다. 덕분에 제작 가능한 물건의 폭이 단숨에 넓어졌다.

그리고 동물도 많이 있다. 마룡을 목격한 것은 그때 한 번뿐이지만, 토끼를 닮은 강아지라고 말할 수 있을 듯한 모습의 페비가 무리 지어 서식하기도 했고, 가나로라는 소의 야생종도 자주 보이고, 천룡 산맥으로 조금 더 가까이 가면, 여우 같은 얼굴을 한 원숭이도 있다. 멀리에서 들리는 짖는 소리나 나무들에 남은 발톱 자국이나 털, 때때로 발견되는 배설물 흔적으로 짐작건대, 늑대나 곰 등도 있는 것 같다. 사나운 포식자가 번식할 수 있다는 것은 그만큼 먹잇감이 풍부하다는 뜻이겠지.

코볼트에게 점령당한 리버사이드 철골 요새로부터는 10킬로미터 이상, 분명 15킬로미터는 떨어져 있다. 이것을 가까워서 위험하다고 생각해야 할지, 충분한 거리라고 생각해야 할지.

산기슭 골짜기와 마찬가지로 천룡 산맥의 용도 조심해야 한다.

바위 그늘 야영지에서의 셋째 날. 서쪽으로 5~6킬로미터 걸어 제트리버까지 가봤다.

문득 상류를 쳐다보니 거대한 생물이 수면으로 얼굴을 내밀고 헤엄치고 있었다. 보아하니 용 같았다. 하루히로 일행은 거품을 물고 허겁지겁 그 자리를 벗어났다. 그런 일도 있었다.

넷째 날에는 바위 그늘 야영지에서 동쪽으로 1킬로미터 정도 간 장소에서 마음에 걸리는 흔적을 발견했다. 여러 개의 발자국과 지면에 앉았던 것 같은 자국인데, 네발로 걷는 짐승은 아닌, 이족 보행을 하는 생물의 것으로 짐작된다.

그날 밤 될 수 있는 대로 불빛이 새어 나가지 않도록 연구해서 만든 화덕 옆에서 하루히로는 세토라, 키이치와 보초를 서고 있었다.

갑자기 키이치가 남동 방향으로 고개를 돌리고 귀를 쫑긋 세웠다. 세토라는 뭔가 말하려고 했다.

하루히로가 말리려고 손을 들었더니 세토라는 목소리를 내기 전에 입을 다물었다.

소리가 들렸다.

하루히로도 들었다. 단지, 그것이 무슨 소리인지까지는 몰랐다.

짐승이 아니다. 그것도 왠지 그냥 그렇게 생각한 것뿐이다. 증거는 없다. 근거는 감이다.

하루히로는 손짓으로 세토라와 키이치에게 신호를 보냈다.

'여기 있어. 내가 상황을 살피고 올게.'

세토라는 고개를 끄덕였다. 키이치는 세토라의 말을 듣겠지.

하루히로는 소리도 없이 화덕에서 떨어졌다.

어둠 속을 헤엄치는 것처럼 이동하는 이 감각은 싫지 않다. 기분 좋다고 해도 될지도 모른다.

낮 동안보다는 밤공기가 하루히로의 피부에 익숙하게 스며든다. 밤공기를 통해 물건을 만진다. 열기를 느낀다. 그런 식으로 착각하는 일조차 있다.

한참을 수색했지만, 없다.

가까이에 커다란 동물은 없다고 결론 내릴 수밖에 없었다.

단, 현재는 없다고 해도 어느 시점까지는 있었는지도 모른다.

예를 들어, 누군가가 하루히로 일행의 상황을 살피려고 접근하려고 했지만 실수로, 혹은 불가항력으로 소리를 내버렸다. 야단났네 하며 도망쳤을지도 모른다.

발자국 건도 있다. 아무튼, 한층 더 경계를 강화해야 하겠지. 경우에 따라서는 바위 그늘 야영지를 버려야 한다. 아쉬워도, 그럴 수밖에 없는 거라면 주저해서는 안 된다.

아침이 오고 아침 식사를 하면서 다 함께 그 내용을 이야기하고 있었는데, 무슨 소리 정도가 아니라, 아마 인간의, 남자 목소리가 들렸다.

"의용병인가?" 멀리에서 그 목소리는 들렸다.

"…어?" 쿠자크는 발치에 놓아뒀던 대검을 움켜쥐었다.

"…누, 누구냐?!"

"솔직하게 대답할 거라고 생각하나?" 세토라는 직접 제작한 활을 손에 들고 하루히로를 쳐다봤다.

하루히로는 한 번 숨을 내쉬었다.

의용병인가.

의용병인가? 라고 목소리의 주인은 하루히로 일행에게 물은 것이다.

메리와 시호루는 잠자코 목소리가 들린 방향을 응시하고 있다. 남동이다.

어떻게 생각해야 할까? 생각하는 것보다 움직여야 하나?

생각이 짧았다. 징후는 있었다. 이런 일도 일어날 수 있다는 걸 예상해뒀어야 했다. 순간적으로 그렇게 생각했지만, 과연 그럴까? 막상 이런 일이 닥쳤으니 하게 된 생각인지도 모른다. 하루히로는 전지전능한 신도, 천재도 아니고 평범한 인간일 뿐이니까, 무슨 일이 일어날 수도 있다는 것까지는 예측할 수 있어도, 그 구체적인 내용까지는 도저히 무리다. 애초에 불가능한 일을, 뒤에 가서 못 해냈다고 한탄해봤자 의미가 없다.

"의용병이라면 대답해줘"라고 목소리가 말했다.

"…어떻게 해?"

쿠자크는 엉거주춤한 자세로 하루히로에게 물었다.

하루히로가 대답하는 것보다도 빨리, 목소리가 대답을 재촉했다.

"의심하는 것도 어쩔 수 없는 일이긴 하나, 우리는 수상한 자가 아니다. 너희가 의용병이라면 손을 잡을 수 있다."

세토라는 미간을 찌푸렸다. "우리?"

"…상대는, 한 명이 아니야." 시호루가 중얼거렸다.

메리는 하루히로를 봤다. "변경군 잔당인지도."

"그쪽으로 가겠다." 하루히로는 목소리의 주인을 향해서 고했다.

그리고 동료들을 재빨리 둘러봤다. “다들 여기 있어. 준비는 해두고 있어.”

쿠자크는 순순히 “넵”이라고 대답해줬지만, 세토라는 불만스럽다기보다는 어이없다는 얼굴이었고, 시호루는 걱정스러운 것 같았다.

“기다려.” 메리가 하루히로의 팔을 잡았다. “나도 같이 가.”

“아니, 하지만….”

“하루는 기억이 없잖아. 순간적으로 판단할 수 있겠어?”

“그 말이 맞아.” 세토라는 고개를 끄덕였다. “둘이서 가. 자기희생도 좋지만, 도가 지나치면 되레 재수 없고 해악이다.”

하루히로는 자기도 모르게, 미안합니다 하고 사과할 뻔했지만, 간신히 “네…”라고 대답하는 것으로 끝냈다.

메리를 동반하고 목소리가 들린 쪽을 향해 갔다.

얼마 안 있어, 30미터 정도 가서 나무 그늘에서 한 남자가 모습을 나타냈다.

“여기다.”

하루히로는 메리와 눈빛을 교환했다.

어떤 남자일까? 하루히로가 보기에는 그들과 그리 다르지 않은 차림으로 보인다. 사실 나이는 상당히 위다. 서른 살은 넘었겠지. 수염 난 얼굴에, 가죽 제품으로 보이는 옷을 입었고, 부츠를 신고, 진한 녹색 외투를 걸쳤다.

“모르는… 사람, 인데.” 메리는 수상쩍다는 듯이 말했다. “변경군에 저런 타입의 병사는 없었다고 생각해. 하지만 의용병치고는….”

남자는 다가왔다. “나는 아라바키아 왕국 원정군이다.”

"원정군?" 하루히로는 눈썹을 모았다. "메리… 들어본 적 있어?"

메리는 고개를 저었다. "하지만, 변경군이 아니라는 건…."

하루히로는 앞으로 나서서 메리를 등으로 가렸다.

남자는 하루히로와 메리로부터 10미터 정도 거리를 두고 멈춰 섰다. 청결감이 없다고나 할까, 남자의 피부는 때가 찌들어 거뭇거뭇했다.

하루히로도 야외 생활이 익숙해진 몸이니 남 말은 할 수 없지만.

흰자위가 다소 누렇게 충혈되었으며, 장갑을 끼지 않은 손은 상당히 지저분하다. 단, 손톱은 짧게 깎았다.

게다가 남자는 걸을 때 거의 소리를 내지 않았다.

"우리는 본토에서 왔다." 남자는 말하고는 히죽 웃었다. "너희가 의용병이라면 원군이라는 뜻이 된다. 환영해줬으면 하는데."

"환영…." 하루히로는 중얼거리고 나서 웃음을 띠며 대답했다.

사실은 마음속의 당혹감을 감추려는 것이었다. 정보를 정리하고 싶다. 생각을 정리하기 위한 시간이 필요하다.

"어째서, 여기에?" 메리가 남자에게 물었다. "…이런 장소에?"

남자는 어깻짓을 했다. 대답하고 싶지 않다, 혹은 대답할 수 없다는 뜻인 모양이다.

제법 만만치 않은 남자다. 믿어도 되는 건가? 하루히로는 판단이 서지 않았다.

"나는 척후병이다. 즉, 말단이니까." 남자는 알잖아? 하고 말하는 것처럼 얼굴을 찡그려 보였다. "권한이 없다. 만약 너희가 승낙한다면 우리 진영으로 안내하겠다. 지휘관이나 그에 버금가는 사람이 게시할 정보를 너희에게 밝히겠지."

진영. 지휘관. 정보. 하루히로는 남자의 발언을 반추하면서 물었다. "어젯밤에 우리를 감시했던 것은 당신이군요."

"역시 눈치챘었나?" 남자는 아랫입술을 핥았다. "너는 나와 동류로군. 척후병, 아니… 변경에서는 도적이라고 하나?"

말투는 무례하지 않았지만, 몸짓이나 표정이 거칠다.

지금 이 순간에도 남자는 하루히로와 메리를 평가하고 있다. 분명 이렇게 생각하고 있겠지. 이 두 사람을 죽여야 한다면, 그때에는 어떻게 처치할까?

실은 하루히로도 같은 생각을 하고 있다.

남자는 실력이 있는 것 같다. 하지만 이길 수 없는 상대는 아닌 것 같다. 메리가 있고, 이쪽은 두 명이니까… 사실 그런 건 상관없다. 남자는 명백하게 하루히로를 얕보고 있다. 파고들 빈틈이 있다는 뜻이다.

사실, 뭔가 그만한 이유가 있어서 남자는 여유 있게 구는 건지도 모른다.

"우리가 만약…." 하루히로는 말해봤다.

"너희들이 만약." 남자가 말을 받았다. "우리를 환영하지 않는 불순분자 놈들이라면, 유감이지만 제거하는 수밖에 없다. 네가 어리석지 않다면, 이것은 협박도 그 무엇도 아닌, 실제로 가능하니까 이렇게 말하는 거라는 걸 이해할 거라 생각한다."

"그게 무슨…." 메리가 작은 목소리로 말했다.

요컨대, 남자가, 아니, 실은 원정군인지 뭔지 쪽이 하루히로 일행보다 한 수도 두 수도 위였던 것이다.

하루히로는 남자의 뒤쪽을 훑어봤다. 지금 이 순간까지 눈치채지 못했던 것은, 남자에게 주의를 빼앗겼던 탓이다. 남자가 그렇게 만들었다.

숲 여기저기에 무장한 남자들이 있다.

당당히 서 있는 것은 아니지만, 덤불이나 나무 뒤에서 몸을 반쯤 내밀고 있는 자도 적지 않다.

한눈에 확인할 수 있는 것만도 열 명은 족히 된다.

하루히로는 두 손을 들었다. "물론 환영합니다."

이쪽은 다섯 명과 키이치. 상대는 군대라고 할 정도니까, 열 명이나 스무 명 정도가 아니겠지. 애초에 머릿수가 다르다.

"실은 처음부터 환영했는데. 그렇게 보이지 않았었나요?"

"보였다." 남자는 기쁜 듯이 코웃음을 쳤다. "어젯밤에는 나 혼자였지만. 다수를 이끌고 오면 반드시 대환영해줄 거라고 확신했었다. 연회는 떠들썩한 편이 좋겠지?"

하루히로는 흥청거리는 것보다는 차분한 분위기에서 느긋하게 즐기는 것을 좋아하는 스타일이었지만, 이 와중에 쓸데없는 평지풍파를 일으킬 필요는 없다.

"그러네요."

"나는 닐이다." 남자는 큰 걸음으로 성큼성큼 걸어와서 오른손을 내밀었다. "너는?"

하루히로는 남자의 손을 잡고 이름을 말했다. "하루히로입니다."

닐은 하루히로를 끌어당겨 귓가에 속삭였다. "좋은 여자를 데리고 있잖아."

머리에 피가 확 올라왔다.

닐은 그걸 꿰뚫어 본 것처럼 하루히로의 어깨를 두드리며 웃었다. "칭찬하는 거다."

하루히로와 메리는 닐을 동반하고 바위 그늘 야영지로 돌아갔다. 쿠자크와 세토라, 시호루에게 사정을 설명하고, 야영지를 정리하고 원정군의 진영인지로 가기로 했다.

원정군의 진영은 바위 그늘 야영지에서 5킬로미터 이상 남동으로 이동한 숲속에 있었다. 상당히 천룡 산맥에 가깝지만, 닐이 말하기를, 아직까지 용에게 습격당한 적은 없다고 한다.

천막이 50개나 쳐져 있고, 무장한 병사들이 누워서 쉬고 있기도 하고 무기 손질을 하고 있기도 했다. 둥글게 둘러앉아 있는 병사들은 그저 담소를 나누고 있는 것이 아닌 모양이다. 나무로 만든 주사위를 던지기도 하고, 대량의 작은 막대기를 이용해서 뭔가를 하기도 했다. 노름하느라 정신이 팔린 건가?

병사들은 하루히로 일행이 온 것을 알아차리고는 빤히 쳐다보기도 하고 동료들끼리 속닥거리기도 하고 야비한 웃음소리를 내기도 했다.

아마도 하루히로 일행과 동년배이거나 약간 연상, 혹은 약간 연하의 젊은이가 많은 것 같다. 수염이 반쯤 하얗게 센 중년, 혹은 초로의 병사도 그럭저럭 섞여 있다.

분명히 말해서, 인상이 좋지 않다.

잘은 모르지만, 군대에는 지켜야 할 규율 같은 것이 있지 않나? 하지만, 이 원정군은 딱 봐도 군기가 빠져 보인다. 노숙자 같은 생활을 하던 하루히로가 말할 입장은 아니지만, 그들은 야만적으로 보였다.

병사들의 조심성 없는 눈길에 노출되어도 세토라는 태연했다. 그러나 메리와 시호루는 상당한 혐오감을 느끼는 것 같다.

"군무 때문에 고향을 멀리 떠나와서…… 그런 거야. 다들 신경이 날카로워." 닐은 히죽거리면서 말했다. "젊은 아가씨에게는 다소 자극적일지도 모르지만, 좀 봐줘. 악의는 없으니까."

"자극적이랄까." 쿠자크는 상당히 불쾌한 모양이다. "악의, 없는 겁니까? 그렇게는 안 보이는데요."

닐은 목을 울리며 낮게 웃을 뿐 아무 대답도 하지 않았다.

칸막이가 있는 것도 아닌 진영 내를 한동안 걸어가자 커다란 천막들이 모여 있는 한 모퉁이에 다다랐다.

책상이 놓여 있고, 그 주위에는 의자가 나란히 배치되어 있다.

의자에 앉아 있는 자도 있고 서 있는 자도 있었다.

그들은 그저 일개 병사는 아닌 것 같았다.

닐이 앞으로 걸어가 한쪽 무릎을 꿇고 고개를 조아렸다.

"장군님, 데려왔습니다."

"수고했다."

장군이라 불린 남자는, 닐이나 병사들처럼 제멋대로 자란 수염이 아니라 제대로 면도를 해가며 기른 수염이었다. 나이는 40세나 그 정도일까?

빨간 머리에 눈빛이 날카롭다.

잘 닦은 쇠로 만든 갑옷 위에 검은 모피 외투를 걸쳤다.

쿠자크 정도까지는 아니지만, 빨간 머리 장군은 키가 컸다.

"너희는 의용병 생존자인가?"

굵직한, 위압적인 목소리다.

하루히로는 한순간 망설였다. 공손하게 말하는 게 좋을까? 보통으로 말해도 될까?

"대충 그렇습니다."

"대충이라니?"

"그렇습니다"라고 하루히로는 고쳐 말했다.

식은땀이 나오고 얼굴이 약간 굳어버렸다. 조금 무섭다.

장군은 다른 남자에게 눈길을 향했다.

그 남자는 장군에게서 약간 떨어진 곳에 있는데, 의자에는 앉지 않고 서 있었다.

"이자들을 알고 있나? 안토니." 장군은 물었다.

안토니라 불린 남자는 고개를 젓는다. "아닙니다, 장군님. 의용병 중에 개인적인 지인은 없어서. 이름만이라면 몇 명 알고 있습니다만."

장군은 녹슨 것 같은 탁한 눈으로 하루히로를 봤다. "이름은 뭐냐?"

"하루히로입니다."

이 남자에게는 거역하지 않는 게 좋을 것 같다. 왠지 무섭고. 그렇다고 해서 너무 저자세로 나가고 싶지는 않다. 이 심리는 도대체 뭘까? 내가 생각해도 잘 모르겠다.

"그리고 쿠자크, 시호루, 메리, 세토라. 그리고 냐아의 이름은 키이치입니다."

"모르겠습니다." 안토니는 어깻짓을 하고는 말했다. "정규군들도 인정하는 소우마나 아키라, 렌지 같은 급의 의용병은 아니라고 생각합니다."

"소우마… 렌지…." 메리가 중얼거렸다.

두 이름 다 메리에게서 들은 이야기 중에 나왔었다.

"렌지는, 동기입니다." 하루히로는 그렇게 말하고 나서 한 박자 쉬고 말을 이었다. "우리는, 소우마의 클랜인 DAY BREAKERS(새벽 연대)에 소속… 되어 있습니다."

거짓말은 하지 않았다. 맞을 것이다. 단지 그 부분도 기억나지 않는 것뿐.

"데이 브레이커스?" 장군은 안토니에게 물었다.

안토니는 고개를 끄덕였다. "클랜은, 군대로 치면 소대 같은 것입니다. 소우마는 실력 있는 의용병을 모아 DAY BREAKERS를 결성했습니다. 아키라나 록, 이오 등의 의용병은 우리 변경군 사이에서도 유명했습니다만…."

"당신은." 하루히로는 안토니에게 물었다. "변경군 사람입니까?"

안토니는 긍정했다. "그렇다. 오르타나에서 변경군의 지휘를 맡던 그래험 라센트라 장군은 원군을 요청하고자 본토에 사자를 파견했다. 나와 부하가 그 사자의 호위를 명령받았다."

"우리는 변경을 모른다." 장군은 주위를 빙글 둘러보았다. "안토니는 귀중한 안내인이다. 따라서, 임무를 마치자마자 바로 변경으로 되돌아오는 셈이 되지만, 그를 원정군에 들어오게 했다."

"저는 변경 출신이니까요." 안토니는 비굴한 표정을 지어 보였다. "본토에서 안온하게 살 수 있을 거라고는 생각하지 않았고, 어차피 돌아올 생각이었습니다."

그들의 사정 따위 내 알 바는 아니지만, 슬슬 파악되기 시작했다.

과거에 아라바키아 왕국은 현재 변경이라 칭하는 천룡 산맥 이북에서 번성했다. 그러나, 노 라이프 킹이 이끄는 제왕 연합의 군세에 패해서 천룡 산맥 이남으로 도망쳤다고 한다. 그들이 지금 본토라고 부르는 토지야말로 옛날에는 변경이었던 것이다.

현재의 변경에 있어서 아라바키아 왕국 최대 거점인 오르타나가 갑자기 공격당했다.

변경군의 그래험 뭐시기라는 장군은, 도저히 지켜낼 수 없다고 생각한 것이겠지. 원군을 보내달라고 본토에 요청했다.

그리고, 원군은 오기는 왔다.

이제야 왔다고 말해야겠지.

"오르타나에는 고블린밖에 없는 것 같습니다." 하루히로는 눈을 내리깔고 말했다. 이럴 때에는 아무런 감정도 섞지 않고 말하는 것이 아마도 좋을 것이다. "데드 헤드 감시 보루에는 오크가 있었습니다. 리버사이드 철골 요새에는 코볼트가. 적야 전초 기지는 무인 상태였습니다."

"정보는 이미 입수했다." 장군은 손짓했다.

뭘 요구하는 건지 금방은 알지 못했다.

안토니가 도움의 손길을 내밀어주었다. "장군님께서 개인적으로 하실 말씀이 있으시다."

당연히 개인적인 이야기 따위 있을 리가 없다. 장군은 비밀 대화를 하고 싶은 것이다.

안토니는 에둘러 그렇게 전하려고 하는 것이겠지. 하루히로는 힐끔 동료들의 얼굴을 보고 나서 장군에게 가까이 갔다.

장군은 하루히로에게 등을 보이고 걷기 시작했다. 따라오라는 뜻인 모양이다.

"이 변경에 우리 아라바키아 왕국의 거점은 이미 존재하지 않는다." 장군은 천천히 걸음을 옮기면서 낮은 목소리로 말했다. "현 상황은 이제 뒤집기 힘들다고 본토의 왕과 중진들이 판단하면, 너희에게도 다소 좋지 않게 된다. …우리에게도."

모호하게 말하면 이해를 할 수가 없다. 하루히로는 기억이 없는 것이다.

그 점은 비밀로 해두는 편이 좋을까? 아니면 솔직하게 털어놓아야 할까? 아직 동료들과 의논하지 못했다. 어차피 조만간 결정해야만 하지만, 지금 여기에서 말하는 것은 득책이 아니겠지.

그보다 득책인지 아닌지 판단하기가 힘들다. 복잡하고 지나치게 미묘한 사정이다. 우선은 잠자코 있는 수밖에 없다.

"그러니까, 그건 결국…."

"왕과 중진들은 십중팔구, 본토와 변경을 영구히 차단하려고 할 것이다."

"차단."

"왕래할 수 없게 한다."

"…그건 압니다만."

뭐였지? 메리한테서 들은 것 같다.

그렇다.

천룡 산맥 안인지 지하인지 어딘가에 무슨무슨 길이라는 비밀 통로가 있다. 애초에 아라바키아 왕국 사람들은 그 통로를 통해 천룡 산맥 남쪽으로 피난했다. 그리고 그 통로를 이용해서 군대를 변경으로 보내고 오르타나를 구축한 것이다.

분명 현재도 그 무슨무슨 길을 경유해서 오르타나와 본토 사이에 사람과 물자의 왕래가 있다.

있었다… 고 말하는 게 좋을까?

아무튼, 무슨무슨 길이 어디에 있는지 알면, 변경에서 본토로 가는 것도, 그 반대로 가능할 것이다.

원정군도 무슨무슨 길을 통해서 왔겠지.

장군이 발을 멈췄기 때문에 하루히로도 멈춰 섰다.

이제 가까이에 천막은 없고 병사도 없다.

"우리가 오르타나나 그에 필적하는 거점을 확보하지 못하면, 왕은 지룡대동맥도(地龍大動脈道)를 파괴하겠지."

그렇구나.

무슨무슨 길의 정식 명칭은 지룡대동맥도였다.

"…파괴?" 하루히로는 말했다.

장군은 고개를 돌려 약간 몸을 굽히더니 하루히로에게 얼굴을 쓱 들이밀었다.

"우리는 보는 바와 같이 오합지졸이다. 고양이 손이라도 빌려야 할 처지다. 협력해줘야겠다, 의용병. 싫다고는 하지 마라. 정보 누설의 우려가 있다. 따르지 않겠다면 처치하는 수밖에 없다."

9. 낙원 상실

일이 엄청나게 커져버렸다.

아니, 처음부터, 즉, 기억을 잃고 눈을 뜬 시점에서 이미 상당히 엄청난 일이었으니 이제 와서 버둥거려도 의미가 없다.

그렇기는 해도, 이토록 변변한 일이라고는 하나도 없다 보면 과연 지친다.

하루히로 일행은 원정군 진영 내에서 독자적인 위치를 차지하게 되었다.

빨간 머리 장군 진 모기스와 그의 심복들, 그리고 객원 참모 대우라는 변경군 제1여단 전사 연대장 안토니 저스틴 등의 천막이 모여 있는 한 모퉁이 끝자락에 두 개의 천막을 얻었고, 거기를 벗어나는 경우에는 허가를 받아야만 한다.

원정군이 이동할 때에는 물론 동행할 의무가 있다.

안토니는 함께 사자를 호위했던 부하가 다섯 명 있다. 형식적으로는 하루히로 일행은 그들과 같은 입장이다. 즉, 참모격인 연대장 안토니 직속 부대의 일원이라는 셈이다.

항상 감시당하고 있지만, 이마를 맞대고 모여 앉으면 밀담 정도는 나누지 못할 것도 없다.

하루히로 일행은 밤까지 기다렸다가 회의를 했다.

"…기억 건은 역시, 좀 그런가?"

"말하지 않는 게 좋다고 생각해."

"맞아. 나도 메리와 같은 의견이다."

"협력이라니, 뭘 시키려는 걸까요? 원정군은 오르타나를 탈환하려 한다는 건가?"

"…그래서, 그걸, 우리더러… 도우라고?"

"오르타나에 잠입시키려는 것 아닌가? 나는 애초에 이 지역 지리를 잘 모르지만, 너희는 원래라면 적임자일 테니."

"아니, 고블린투성이인데요? 들어갈 수가 없잖아…."

"나 혼자라면, 어쩌면 들어갈 수 있을지도."

"하지만, 하루는 기억하지 못하잖아. 숨어드는 건 할 수 있다고 해도…."

"별로 의미 없나?"

"그게 아니라도 써먹을 데야 있겠지. 단순하게 일회용으로 이용하고 버려도 될 테고."

"세토라 씨…."

"왜?"

"좀 더 말하는 방법을, 그러니까…."

"내 언동을 고칠 마음은 털끝만큼도 없다. 너희가 익숙해지도록 해."

"아니, 나는 괜찮다고요?! 여간해선 기죽지 않는 타입인 것 같으니?"

"그럼 뭐가 문제야?"

"여기에는 나 말고도 있는데."

"나도 괜찮은데. 세토라는 겉과 속이 다르지 않으니까 오히려 기분 좋아."

"…나도, 쓸데없이 가식적인 것보다 좋지 않나 생각하는데…."

"나도 그런 것 같은데."

"어라? 그렇다면? 전혀 문제없다는 분위기?"

"결국 네가 혼자서 호들갑을 떤 것뿐이다. 반성하고 한동안 입 다물고 있어."

"…네에, 죄송했습다…."

쿠자크는 몸이 다른 사람들보다 훨씬 큰데도 마치 모두의 동생 같다. 막내 기질인지도 모른다. 실제로 형제가 있는지 없는지는 알 수 없지만.

감시당하는 건 불쾌하지만, 원정군의 물자는 풍부한 듯, 고맙게도 먹을 것과 마실 것이 사람 수대로 지급된다. 군수품 수송 부대가 있고, 무기나 의류 등의 수선을 담당하는 인원도 있다. 오합지졸이라고 모기스 장군은 말했지만, 그런 점은 정규 군대답다.

하룻밤 지나자 원정군은 이동 준비를 시작했다.

상관인 안토니가 말하기를, 원정군은 현재 오르타나 서쪽으로 40킬로미터 지점에 있다고 한다. 앞으로 3일에 걸쳐 오르타나로 접근해서 탈환 작전에 착수한다고 한다.

"40킬로미터를, 3일에…."

"군대니까." 안토니는 말했다. "게다가 도중에 산을 넘는다."

"산이라니, 천룡 산맥 말입니까?" 하루히로는 물었다.

"천룡 산맥에서 북쪽으로 튀어나온 산줄기다. 용에게 습격당할 위험은 있지만, 도리가 없어. 산을 넘지 않고 우회하려면 풍조 황야를 지나야 한다. 이 규모의 대열이면 적에게 들킬 가능성이 아주 커."

솔직히 안 좋은 예감만 든다.

원정군은 일단 군대의 체제를 갖추고는 있지만, 초보자가 보기에도 역시 어중이떠중이라는 걸 알 수 있다.

먼저, 딱 봐도 병사들의 사기가 낮았다. 모기스 장군이 이동 준비 명령을 내렸기 때문에 냉큼 천막을 정리할 줄 알았는데, 아직 자는 병사도 있고, 느릿느릿 음식을 먹기 시작하는 병사도 있다. 어째서인지 장비를 벗고 반나체로 있다가 상관에게 걷어차이는 병사나, 나무에 올라갔다가 떨어져 다치는 병사까지 있는 꼴이다.

살짝 충격을 받을 정도로 원정군 병사들은 군기가 빠졌다. 게다가 그것이 소수파가 아니었다. 대다수가 그 꼴이었고, 간부로 보이는 거드름을 피우는 자도 그들과 별 차이가 없다. 그래서인지 어지간히 이상한 짓을 저지르지 않는 한은, 즉, 알몸으로 괴성을 질러대지 않는 한은 야단맞지도 않는다.

모기스 장군은 포기한 건지, 명령을 내리고 한참이 지나도록 아무 말도 하지 않았다. 그러나 슬슬 인내심에 한계가 온 것이겠지. 한 병사에게 성큼성큼 걸어가더니 갑자기 엉덩이를 걷어찼다.

"이동이다. 준비해."

그래서 병사들이 즉시 명령에 따랐는가 하면, 그렇지도 않았다. 일부 병사는 뉘예뉘예 하는 느낌으로 천막 해체 작업에 착수했으나, 반 이상의 병사는 뚱한 표정으로 쪼그리고 앉거나, 나무를 발로 차거나, 들풀을 뽑거나 하고 있다.

"우와……." 쿠자크는 웃으려 했지만 웃을 수 없었던 모양이다. "괜찮을까요? 이거."

괜찮지는 않겠지.

처음에 봤을 때 젊은 남자가 많다는 인상을 받았다. 그렇기는 해도, 모두 갑옷을 입고 검이며 창을 지니고 있다. 꼭 경험이 풍부하지는 않다고 해도 프로 군대일 것으로 생각했다.

그렇지도 않은 건지도 몰라.

차라리 오해이기를 바랐지만, 어쩌면 그들 대부분보다는 하루히로 일행 쪽이 낫지 않을까?

몸집이나 행동거지를 보아 병사의 대부분은 초보자로밖에 보이지 않는다.

그들이 무기를 들고 용감하게 적에게 맞서 죽느냐 사느냐의 치열한 싸움을 하는 광경을 하루히로는 도저히 상상할 수 없다.

원정군이 간신히 이동할 수 있는 태세를 갖추었을 무렵에는 오후가 되었다.

그러자 병사들은 배가 고프다느니 뭔가 먹게 해달라느니 불평을 하기 시작했다.

모기스 장군은 참을성이 강한 모양이다. 화를 내지도 않고 점심 후에 출발하기로 결정했다.

결국, 원정군이 그날 해 질 무렵까지 어슬렁어슬렁 걸은 거리는 5킬로미터 정도였다.

둘째 날은 아침부터 행군했는데도 12킬로미터가 고작이었다.

산을 넘는 것은 내일, 아니, 모레가 될 것 같다.

그날 밤 안토니가 하루히로 팀을 소집했다.

“어이가 없지?”

“그야, 뭐….” 하루히로는 명확한 대답을 피했다.

“나도 본토 사정은 전혀 몰랐다. 변경 출신이니까.” 안토니는 자조하는 건지, 아니면 자기와는 다른 본토 출신을 무시하는 건지, 어느 쪽으로도 해석할 수 있을 것 같은 웃음을 지었다. “본토는 근사한 장소라고 들었지. 야만적이고 황량한 변경과는 비교도 되지 않는, 낙원 같은 토지라고."

"…다녀왔잖아요? 안토니… 씨는." 쿠자크가 물었다.

안토니는 눈을 내리깔고 얼굴을 찡그리고 고개를 끄덕였다. "지룡대동맥도를 나간 뒤에 스페지아라는 요새에 들어가서… 우리는 거기에 연금당했다."

내가 변경인이니까 차별당하는 거다. 처음에 안토니는 그렇게 생각했으나 아무래도 그것만이 아니었다. 안토니와 그 부하들, 즉 변경인을 접하는 본토인은 한정되어 있고, 본토에 관해서는 일절 말하려고 하지 않았고, 뭘 물어봐도 가르쳐주지 않았다.

"이 원정군에 들어와서 지룡대동맥도를 되돌아오는 도중에 모기스 장군이 진실을 가르쳐줬다." 안토니는 한숨을 쉬었다. "우리들 변경인을 스페지아 요새에 가둔 것은, 본토의 실태를 알리고 싶지 않았기 때문이었다. 본토는 낙원 같은 게 아니었다…."

아라바키아 왕국 사람들이 천룡 산맥 남쪽으로 도망친 것은 그럭저럭 130년 전쯤의 일이라고 한다.

그 이후로 왕국은 남쪽 지역을 개척하고 점점 영토를 넓혀갔다. 약 백 년 전에는 변경으로 다시 진출해서 오르타나를 구축했다.

안토니처럼 변경에서, 즉 오르타나에서 태어난 아라바키아 왕국민은 다음과 같이 알고 있었다.

남쪽 땅에는 많은 사람들이 사는 도시가 수십, 아니, 수백 개나 있다.

전원 풍경이 땅끝까지 이어지고, 언덕이나 산기슭에서는 수많은 가축이 쉬고 있다.

쇠나 금은, 보석을 산출하는 광산이 여기저기에 있는 덕분에 왕국은 10만의 군대를 보유하고 있고, 서민들까지도 눈부신 보석 장신구를 달고 있다.

남쪽 땅에서 더 남쪽으로 내려가면, 왕국에 복종하지 않는 야만족들이 할거한다. 그러나 야만족은 어차피 야만족일 뿐이다. 본토인은 야만족을 원숭이라고 부르고, 야만족을 토벌하는 전투를 사냥이라고 칭한다. 사냥에서 병사가 죽는 경우는 웬만해서는 없다. 원숭이들은 원숭이들끼리 다투고, 왕국이 그것을 중재하는 경우도 있다. 왕은 자비로운 아버지인 것이다.

본토에서는 산업이 발달했고, 사람들의 삶은 풍요로워서 가무나 노래, 연극 등의 오락도 번성하고, 광명신 루미아리스에 대한 신앙심이 두터우며, 그 가호로 빛이 넘친다.

오르타나에서 유통하는 화폐는 본토에서 만들어진 것이다. 그러나 본토와 변경에서는 화폐의 가치가 전혀 다르다. 변경에서 금화 한 개 가격인 물건을 본토에서는 은화 열 개로 살 수 있다.

어떤 의미에서는, 본토에 가난뱅이는 존재하지 않는다. 예를 들면 도박으로 전 재산을 탕진해도 도시에는 구빈원이라는 시설이 있어서 거기에 들어가면 의식주는 보장된다.

"……모든 것이 다 새빨간 거짓말이었다." 안토니는 어둠 속에서 뒤섞여 자거나 술판을 벌이는 원정군 병사들을 저것 보라며 가리켰다. "낙원에 저런 천박한 무리가 있을 리 있겠어?"

모기스 장군이 하는 말로는, 원정군 병사는 농민의 차남, 삼남이나 거리의 비렁뱅이, 붙잡힌 탈주병이라고 한다.

본토에 도시라고 부를 만한 거리는 단 하나밖에 없다. 수도다. 왕과 왕족, 중진, 귀족 등 천 명 정도와, 이러한 특권 계급을 지탱하는 수천 명에서 만 명 정도가 아라바키아 왕국의 수도 뉴로디키아에 산다.

농촌은 셀 수 없을 정도로 많지만, 세금 부담이 크고 사람들의 살림은 팍팍하다.

원숭이라 부르는 남부의 야만족과의 싸움은 치열하기 짝이 없다. 큰 거리가 생기지 않는 것도 야만족이 원인이라고 한다. 본토인은 끊임없이 야만족의 습격과 약탈에 시달려온 것이다.

아라바키아 왕국은 백 년도 넘는 긴 시간 동안 야만족과의 싸움에 몰두했지만, 그들을 근절하기는커녕 그들의 본거지인 남부에는 진입하지도 못했다. 야만족은 여러 부족으로 나뉘어 있는데, 어느 부족과는 손을 잡고 어떤 부족과는 싸우는 등 허허실실의 협상을 구사하며 간신히 왕국의 영토를 유지하고 있다.

농촌에서는 첫째가 논밭을 물려받기 때문에 차남 이하는 별 볼 일 없는 소작농으로서 평생을 마치거나 마을을 나가는 수밖에 없다.

뉴로디키아에는 밥줄이 끊어진 농촌의 젊은이들이 유입된다. 그러나 어떤 직장이든 직장을 구하는 자는 그중 한 줌 정도다. 결국, 폭력 조직에 들어가 못된 짓을 일삼거나 군대에 지원하는 정도밖에 선택지가 없다.

남부의 전장은 가혹하기 때문에 탈주자가 속출한다.

도망친 탈주병을 잡으러 다니는 것은 개의 역할이다.

블랙 하운드(검은 사냥개).

그런 이름의 특수 임무 부대가 있는데, 탈주병 포박과 재지도, 혹은 송환, 또는 처형을 전문으로 한다고 한다.

"모기스 장군은 남부에서 10년도 넘게 야만족을 죽이고 블랙 하운드의 지휘관이 되었다." 안토니는 곁눈으로 장군의 천막을 보았다. "…왜 원정군을 이끌게 되었는지 나는 몰라. 단, 장군님이 거느리게 된 병사들의 질을 보건대, 출세와는 거리가 멀겠지."

안토니가 말하기를, 원정군은 후방 지원을 담당하는 군수품 수송부대를 포함해서 천 명이나 되는 인원으로 구성되었다고 한다.

그러나 척후병 닐처럼 블랙 하운드 시대부터 모기스 장군을 모신, 즉 어릴 때부터 키운 부하 수십 명을 제외하면 제대로 된 병사는 없다.

종군 경험이 있는 자들도 결국 남부의 탈주병이다. 목숨이 아까워 도망친 겁쟁이들이 붙잡혀서 강제로 변경으로 보내진 것이다.

세토라는 한숨을 쉬었다. "앞날이 캄캄하군."

"경력을 봐서는 장군님은 유능한 분이라고 생각한다." 안토니는 목소리를 낮추고 말했다. "무슨 생각이 있으신 거겠지."

뭔지 여러 사람의 속내와 사정이 복잡하게 얽혀 있고 하루히로 일행도 그 안에 휘말리고 만 것 같다. 가능하면 관여하고 싶지도 않지만, 이미 늦은 것이겠지.

장군은 하루히로를 분명히 협박했다.

협력하지 않으면 죽이겠다고.

의욕 없는 병사들은, 숫자는 많지만 그리 무섭지는 않다. 그러나 장군에게 충성스러운 부하 수십 명은 척후병 닐처럼 숙련된 자들이겠지. 당분간은 역시 장군의 말을 듣는 수밖에 없다.

"원정군이 오르타나를 확보하지 못한다면 지룡대동맥도가 파괴

된다는 이야기는?" 하루히로는 물었다.

안토니는 고개를 끄덕였다. "장군님이 말씀하셨다. 너희들과 나는 본토인이 아니니까 털어놓으실 수 있었겠지. 아무래도 원정군에 왕의 앞잡이가 섞여 있는 모양이야."

그 앞잡이는 원정군의 동향을 살피고 여차하면 본토로 귀환해서 왕에게 보고하라는 밀명을 받았다.

아라바키아 왕국의 왕이나 귀족에게는 남쪽 지방이 아니라 변경이야말로 낙원인 것이다. 가능하다면 변경으로 금의환향하고 싶다. 제왕 연합에 의해 쫓겨난 지 백 년도 더 지난 지금도 그들은 그 꿈을 버리지 못하고 있다.

그렇기는 해도, 꿈은 꿈일 뿐이다.

왕국은 함부로 날뛰는 야만족에 대처하는 것만으로도 힘겨웠다. 오르타나가 함락당해도 원정군 같은 오합지졸을 파견하는 것밖에 할 수가 없다.

"만약 적에게 지룡대동맥도를 들키고 그 길을 적이 확보하기라도 한다면 우리 아라바키아 왕국은 끝장이다." 안토니는 비꼬는 듯한 말투로 말했다. "그렇게 되기 전에 최종 수단으로 지룡대동맥도를 붕괴시키자는 궁여지책이 나온 것이겠지."

원정군의 패배가 확정이 되면, 왕의 앞잡이는 은밀히 이탈해서 본토로 돌아간다.

보고를 받은 왕이 결단을 내리면, 왕국의 꿈은 끊어져버리지만, 제왕 연합의 공격을 당하지 않게 된다.

쿠자크는 주위를 둘러보았다. "스파이가 섞여 있다는 건가…?"

"변경 출신이라도, 아라바키아 왕국인로서의 긍지를 가지라고 배

우며 자랐다." 안토니는 씁쓸한 듯이 말했다. "…지금은 아무튼 오르타나를 되찾고 싶다. 내 고향이니까. 이대로는 죽어간 동포들이 눈을 감지 못해."

아라바키아 왕이나 귀족, 본토인들 일은 잘 모르고 상관도 없지만, 안토니의 심정은 공감 못 하는 것도 아니다.

단, 정말로 오르타나를 탈환할 수 있을까?

내일은 5킬로미터 정도 동진해서 산을 넘기 위해 대비하기로 했다. 그렇기는 해도 구체적으로 뭘 하는 것도 아니다.

그야말로 용이 있을 것 같은 산줄기를 눈앞에 두고 일찌감치 쉬는 것뿐이다.

과연 진 모기스 장군은 진심으로 오르타나를 탈환할 생각일까?

다음 날 아침 원정군은 등정을 개시했다.

병사들은 두려워하거나, 허세를 부리며 장난치거나, 올라가는 건 힘들다고 한탄하기도 했다. 모기스 장군 주위만 차분한 것을 보니, 그들은 블랙 하운드 출신자와 탈주병 출신이 아닌 제대로 된 병사들이겠지.

그들처럼 제대로 싸울 수 있을 만한 자는 실제로 몇 명 있는 건가?

세어보니, 안토니와 그 부하 다섯 명과 하루히로 일행을 제외하면 기껏해야 50명 정도였다.

암담한 기분으로 묵묵히 산을 올라가고 있노라니 척후병 닐이 다가왔다.

"용과 맞닥뜨린 적은 있는 건가?"

하루히로는 메리와 눈빛을 교환했다.

메리가 말하는 바로는, 하루히로 팀은 엄청나게 무시무시한 불을 뿜는 용의 공격을 받은 적이 있고, 와이번이라는 소형 비룡과 싸운 적도 있다고 한다. 하루히로는 에메랄드 제도라는 장소에서 용을 타고 하늘을 날아간 적도 있다고 한다.

당연히 기억나지 않지만.

어떻게 대답해야 할지 망설이고 있노라니 하루히로 대신 쿠자크가 "뭐, 몇 번"이라고 대답했다.

"천룡 산맥의 용인가?" 닐이 물었다.

"그건 아니지만." 쿠자크는 가볍게 어깻짓을 했다. "용은 용이니까."

"설마 죽인 건 아니겠지?"

"탔는데."

"…뭐?"

"내가 아니라. 하루히로가." 쿠자크는 어째서인지 의기양양하게 말했다.

닐은 하루히로의 얼굴을 빤히 쳐다봤다. "네가?"

"이렇게 보여도 대단하다고, 우리 리더." 쿠자크가 이번에는 자랑스럽게 말했다.

아니, 별로 대단하지 않은데. '이렇게 보여도'는 어떻게 보인다는 거야? 그보다, 너도 기억 못 하잖아.

딴지를 걸 요소가 너무 많아서 곤란하다. 하지만, 기억이 없다는 사실은 말하지 않았기 때문에 딴지를 걸 수도 없다.

"희한하게 여유 있다고 생각했더니 그런 거였군." 닐은 쓴웃음을 지었다. "혹시 용이 나오면 너희에게 맡기겠다. 나는 멀리서 본 적밖에 없어. 내심 조마조마하고 있다."

"그렇게는 보이지 않는데요." 하루히로는 지적해봤다.

"아가씨들 앞이니까 무게 잡느라고 허세를 부리는 거야." 닐은 가벼운 농담을 했다.

갑자기 세토라가 발을 멈췄다.

남쪽으로 시선을 향하고 눈을 가늘게 뜬다.

닐의 얼굴이 굳었다. "어이, 뭐야? 설마…."

세토라는 빙긋 웃었다. "장난이다."

10. 생과 사와

딱히 험준한 산은 아니고 날씨도 좋았던 덕분에, 용만 나오지 않는다면 그냥 단체 등산이나 다를 바 없다.

천 명이나 되는 인간이 줄지어 이동하고 있으면 야생 동물은 우선 다가오지 않는다. 지상 최강의 동물로 동족밖에는 천적이 없다고 하는 용이 아닌 다음에는.

저녁 무렵 등정할 때까지 용은 나타나지 않았다.

산 정상에서 멀리 동쪽을 바라보니 큰 거리가 보였다. 오르타나는 아니다. 다무로다.

일찍이 아라바키아 왕국이 천룡 산맥 북쪽에서 융성했던 무렵, 다무로는 최남단의 중추 도시로서 번영했다.

다무로의 함락으로 인해 제왕 연합의 승리와 인간족의 패배는 확정된 것이다.

그 후 고블린의 근거지가 된 다무로는 북서부의 신시가와 남동부의 구시가로 크게 나뉘게 되었다.

구시가는 백 년 이상 방치되어 폐허인 상태다. 메리가 말하는 바로는, 종족 내 세력다툼에서 패하거나 낙오된 고블린들이 눌러살고 있다고 한다.

고블린에 의해 재건된 신시가는 한마디로 말하자면 기이한 광경이었다. 도시라기보다 거대한 개미집의 집합체 같기도 한데, 그 안에 고층 건축물이 섞여 있는 것 같기도 하다.

중간에 휴식을 취하면서 원정군은 동쪽을 향해서 하산을 개시했다. 산속에서 야영하는 것은 피하고 싶었기 때문에, 하산 도중에 해가 저무는 한이 있어도 용이 나오지 않기만을 기도하면서 내려가는 수밖에 없었다.

처음에는 과민하게 움찔거리거나 장난치던 병사들도 이내 묵묵히 앞으로, 앞으로 발을 옮기게 되었다. 지쳤다, 이제 틀렸어. 그렇게 주저앉아봤자 누군가가 업어주는 것도 아니고 손을 잡아끌어 주는 것도 아니다. 자기 발로 걸어가지 않으면 용이 나올지도 모르는 산속에 홀로 남겨져버린다.

산을 넘는 과정을 통해 원정군은 약간 군대다워진 모양이다.

어쩌면 진 모기스 장군은 그런 부분도 노리고 산을 넘는 루트를 선택한 것일까?

물론, 용이 나왔다면 병사들 교육 운운할 때가 아니게 되므로 하루히로의 지나친 생각인지도 모른다.

그렇다.

용은 나오지 않았다.

원정군은 한밤중에야 간신히 하산을 마쳤고 병사 대부분은 그대로 땅바닥에 쓰러져서 기절한 듯이 잠들었다.

하루히로 일행도 피로하기 이를 데 없었지만, 금방 잠이 들지는 못했다.

이럴 때일수록 최소한의 것이라도 좋으니 잠자리를 갖추어 몸과 마음을 제대로 쉬어주는 게 좋다. 배가 고픈 채로 잠들면 깊은 잠을 잘 수 없고 피로도 가시지 않기 때문에, 위장에 뭔가 집어넣어야 한다. 갈증도 해소해두지 않으면 잠을 깊이 잘 수 없다.

하루히로 일행이 잘 준비를 하고 있을 때 모기스 장군은 병사들 사이를 천천히 걸어 다니고 있었다.

병사 대다수는 잠들어서 움직이지 않는다. 장군은 마치 시체가 겹겹이 쌓인 장소에서 산책하는 것처럼 보여서 왠지 음산했다.

왠지… 랄까, 분명히 말해서 소름 끼친다.

장군은 걸으면서 콧노래를 부르고 있었다.

명백하게 즐거운 것 같았다.

"…위험해 보이지 않아요? 저 사람." 쿠자크가 작은 목소리로 말했다.

장군은 용이 나오지 않는 쪽에 걸고 원정군을 단련시키기 위해 산을 넘기로 했다. 실은 그게 아닌 게 아닐까? 용이 나와도 괜찮았다. 오히려 용이 나와주길 바랐다. 용의 습격을 당해 병사들이 우왕좌왕하고 한 명 또 한 명씩 죽어간다.

그런 광경을 저 진 모기스라는 남자는 보고 싶었던 것 아닐까? 웃음을 띠고 콧노래를 부르면서….

말도 안 돼.

하루히로도 상당히 피곤했기 때문에 쓸데없는 망상에 빠져버린 것이겠지.

해가 뜨자 하루히로는 금방 깼지만, 원정군 병사들은 좀처럼 일어나지 않았다.

정오 가까이에 출발해서 4킬로미터 정도 남동으로 걸어갔을 때에는 이미 해가 제법 기울었다.

오르타나까지는 여기서부터 거의 동쪽으로 똑바로 10킬로미터다.

이 앞은 드문드문 나무가 있거나 초원과 습지가 이어진다. 천 명이 행군하면 한참 멀리에서도 눈에 띄겠지. 오르타나에 기습을 감행할 거라면, 밤중에 강행군으로 돌파해서 단숨에 공격하는 수밖에 없을 것 같다.

모기스 장군은 전군에 대기를 명령하고 척후병 닐과 안토니, 하루히로 일행을 불렀다.

"자네들은 이제부터 중요한 임무를 수행해야겠다. 적지에 잠복해 있을 공작원과 접촉해서 정보를 수집하라."

"잠복?" 하루히로는 물었다. "…적지라는 건, 오르타나지요? 오르타나에 누군가 있다는 겁니까?"

장군은 하루히로를 힐끔 노려볼 뿐, 아무 말도 하지 않았다.

"들키지 않았다면." 안토니가 대답했다. "오르타나가 적에게 점령당할 경우, 몇몇이 안에 남아서 구조를 기다리도록 계획되었다."

"약정을 지켰다면 말이지만"이라고 닐이 덧붙인다.

"그것을 확인하는 것도 자네들 임무에 포함된다." 장군은 별일도 아니라는 듯이 말했지만, 위험할 것 같다.

아니, 틀림없이 상당히 위험하겠지.

솔직히 내키지 않는다. 그렇다고 해도 장군의 명령인데 거절할 수도 없다.

하루히로는 잠시 생각하고 나서 입을 열었다. "인원수를 필요 최소한으로 줄이는 편이 좋지 않을까요?"

장군은 말이 없었다. 빤히 하루히로를 응시하고 있다.

"저는 그런 일에 잘 맞지만, 맞지 않는 사람이 같이 있어봤자 거치적거리기만 해서요."

"나는 신관이니까." 메리가 말했다. "부상자가 생겼을 때 도움이 돼. 동행해야 한다고 생각해."

메리는 딱히 은밀한 행동이 장기라고는 할 수 없겠지만, 기억에 관한 일도 있다. 결국 같이 가야 할 것 같다.

"나는…." 쿠자크는 음… 하고 신음했다. "가고 싶기는 한데, 민폐가 될지도…."

세토라와 키이치, 시호루도 같이 가지 않으면 곤란하다고 할 정도의 이유는 없다.

"그럼, 나와 메리… 안토니 씨와, 닐 씨, 네 명이서." 하루히로는 장군의 눈을 쳐다봤다. "어떻습니까?"

모기스 장군의 탁한 눈동자를 보고 있으면 왠지 불안이 엄습한다. 표정도 읽기 힘들다. 뭔가 엄청난 일을 꾸미고 있는 것 아닐까? 나도 모르게 그런 식으로 의심하게 되어버린다.

장군은 고개를 끄덕였다. "좋다. 당장 출발해."

출발하기 직전에 쿠자크에게서 불평을 들었다. "놔두고 가는 건가? 같이 가고 싶었는데요."

"민폐일지도 모른다고 자기가 말해놓고서는."

"아니, 그야 뭐. 민폐를 끼칠지도 모르지만, 같이 있고 싶긴 하다는. 모순된 거지도 모르지만요. 있잖아요, 그런 거."

"없어." 세토라는 단칼에 잘라버린다. "나와 키이치는 둘째치고, 너와 시호루는 말 그대로 거치적거릴 수도 있다. 하루히로의 판단은 옳아."

"하지만 세토라 씨, 하루히로는 그런 이유로 판단한 게 아니라고 생각해요. 거치적거린다거나 그런 것보다, 속마음은 우리를 걱정해서. 될 수 있는 대로 위험한 상황에 닥치지 않게 하려는, 부모 마음 같은? 부모는 좀 아닌가? 노파심이라고 하나?"

"아니야." 하루히로는 말했다. "너는 가만히 있어도 거치적거리니까. 덩치 크고."

"또 그런다. …어? 진심으로 말한 거예요? 나, 쓸데없이 크긴 하지만!"

시호루는 하루히로의 소매를 살며시 잡았다. "…조심, 해."

하루히로는 미묘하게 쑥스러워서 시호루에게서 눈을 피했다.

"응…."

시호루는 "메리도"라며 말을 걸었다.

"응." 메리는 입 가장자리를 잡아당기는 것처럼 아주 약간 웃었다. "…고마워."

하루히로 일행 네 명은 잠시 후 출발했다.

오르타나 남쪽에는 농지와 목장이 드문드문 있었고, 마을이라고까지는 할 수 없지만, 농목민의 집들도 언뜻언뜻 보였다. 오르타나가 함락당한 지금, 농지는 방치된 상태고 가축의 모습도 없다. 농목민들은 피난한 것인지 아니면 죽임당한 것인지, 당연히 어느 집에도 사람은 없었다. 고블린이 얼쩡거리는 기척도 없다.

해가 저물고 나서 하루히로 일행은 한 농가에 발을 들였다.

초가지붕의 튼튼한 목조 가옥인데, 보기에는 다른 농가와 다르지 않았다.

안쪽은 황폐했다. 오크나 고블린의 짓이겠지.

"여기에…?" 하루히로는 안토니에게 물었다.

안토니는 "이쪽이다"라며 하루히로 일행을 취사장으로 안내했다. 취사장이라고는 해도 칸막이가 있는 것도 아니다. 방 한구석에 화덕과 조리대가 설치되어 있다.

안토니는 하루히로와 함께 그 조리대를 치웠다. 조리대가 놓여 있던 장소의 벽은 비밀 문인 모양이다.

비밀 문을 열자, 그 앞은 먼지와 곰팡내로 꽉 찬 좁고 답답한 작은 방이었다. 나무통이나 나무상자, 낡은 도구가 놓여 있지만 전부 눈속임이겠지.

안토니와 하루히로는 나무통 등을 밖으로 운반하고 바닥에 깔린 타일 상태의 석재를 하나씩 벗겨냈다.

이윽고 바닥에 우물 같은 통로 입구가 나타났다.

"50년 된 거라고 한다." 안토니는 땀을 닦으면서 말했다. "여기 말고도 몇 개 더 있다고 하는데, 나한테는 여기밖에 가르쳐주지 않았어."

"뭔가가 나올 것 같네." 닐이 턱짓을 해서 통로를 가리켰다. "먼저 가줘."

안토니, 하루히로, 메리, 닐 순으로 내려가기로 했다.

옆벽에 손이나 발을 디디는 쇠붙이가 박혀 있는데, 한동안은 수직으로 내려가야만 했다. 거의 우물이다. 게다가 사람 한 명이 지나갈 수 있을 정도의 크기밖에 안 된다.

"몇 군데 쇠붙이가 빠져 있다. 조심해." 먼저 내려가고 있던 안토니가 그렇게 말하자마자 "우왓" 하고 소리를 질렀다. "…위험하네. 쇠붙이가 하나, 또 빠졌다."

그래도 간신히 모두가 수직 부분을 다 내려가자, 거기서부터는 폭 1미터가 채 안 되는, 별로 키가 크지 않은 하루히로라도 머리가 닿는 터널을 지나가게 되었다. 계속 허리를 구부리고 가야 해서 꽤 힘들다.

선두의 안토니가 작은 랜턴을 들고 있다. 불빛은 그것뿐이다.

"잠복해 있으면서 올지 안 올지도 확실치 않은 구조를 기다린다고." 닐은 침을 퉤 뱉었다. "그야말로 억울한 역할이군. 나라면 사양하겠지만. 변경인의 근성에 기대해보겠어."

"우리 변경인은." 안토니는 강한 말투로 말했다. "본토인과는 배짱이 달라. 그것만은 틀림없어."

닐은 가볍게 웃었다. "그럴지도."

"그렇지." 안토니는 대답했다.

암반이 딱딱해서 파기 힘든 부분은 피한 걸까? 터널은 굽이굽이 구부러져 있다. 언제 끝날지도 모른다.

하루히로는 때때로 메리를 살폈다. 그때마다 메리는 괜찮아… 라는 듯이 고개를 끄덕여주었다.

"이거, 어디로 통하는 겁니까?" 하루히로는 안토니에게 물었다.

"니시초(서쪽 마을)의 암흑 기사 길드다."

"암흑 길드. 니시초의…."

분명히 하루히로 파티의 동료였던 란타라는 남자가 암흑 기사라고 메리가 말했었다. 니시초. 잘은 모르겠지만, 오르타나 서쪽이겠지. 당연한가?

"걸어온 거리를 생각해보면 이미 오르타나 밑일 것이다." 안토니는 말했다.

그러고 나서도 꽤 걸었다.

바위벽을 앞에 두고 안토니가 멈춰 섰다.

닐이 쓴웃음 지었다. "어이, 어이…."

"섣불리 넘겨짚지 마." 안토니는 굽히고 있던 허리를 폈다.

머리가 닿지 않는 건가? 그곳은 천장이 높은 모양이다.

안토니는 랜턴을 허리에 찼다. "기어 올라가는 수밖에 없다. 따라와."

입구와 달리 발 디딤대 같은 건 없으니까, 손과 발을 짚어 버텨가며 조금씩 올라가야 한다.

2미터 정도 올라가자 옆 구멍으로 이어졌다. 네발로 기면 어떻게든 갈 수 있겠다. 지나온 터널보다도 더 좁긴 하지만, 돌을 쌓고, 깔고, 튼튼하게 보강한 곳이다.

"출구다." 안토니는 말하고는 뭔가를 두드리기 시작했다.

얇은 석재로 막아놓았던 건가? 안토니는 그것을 힘으로 밀어 쓰러뜨린 모양이다.

나가보니 그곳은 돌로 만든 넓은 방이었다.

안토니가 랜턴을 허리에서 빼서 손에 들고 여기저기를 비췄다.

벽 쪽에 나란히 있는 것은 동상인가? 받침대 위에 사람인지 짐승인지 분간이 안 가는 형태를 한 동상이 놓여 있다. 큰 것도 있고 작은 것도 있고 여러 가지다. 인간 정도 크기도 있고, 그 반 정도 크기도 있다.

그리고, 처음에는 뭔지 잘 모르고, 정체를 알 수 없는 기분 나쁜 생물의 사체라고 생각했으나, 양초였다. 수많은 양초가 녹았다가 굳고, 하나로 합쳐지고, 또다시 녹으면서 오싹한 형태를 이루어 이 방의 바닥을 반 정도 뒤덮으려고 했다.

"스컬헬 신앙인가?" 닐은 가까이에 있는 동상을 바라보며 어깻짓을 했다. "취미가 고약하네. 인간님이 죽음을 관장하는 신을 숭배하다니."

안토니가 무슨 말을 하려고 했다.

"누군가…." 하루히로는 전투 준비 태세를 갖췄다. 자기도 모르게 단검을 뽑아 들었다. "…있어?"

방 훨씬 구석 쪽이다. 저것도, 동상인가?

아니야. 동상이 아니다.

움직였다.

일어섰다.

"아, 아, 아, 아, 암흑이여, 아, 아 아, 악덕의, 주, 여."

말했다.

인간의 말이다.

"…생존자인가?!" 닐도 단검을 뽑고 자세를 취했다.

"아니…." 안토니는 랜턴을 바닥에 놓고 검을 뽑았다.

"아니야!" 메리가 외쳤다.

"데, 데, 데이몬, 코, 코코콜."

누군가가 몹시 쉰 목소리로 말했다.

어둠 속에서 어두운 자주색 구름 같은 것이 소용돌이쳤다.

그 소용돌이는 순식간에 어떤 형태를 만들었다.

새하얀 사슴 같은 머리를 하고, 몸이 길고 마른 인간이 어두운 색의 외투를 걸치고 있는 것 같은, 저것은 무엇인가?

"데이몬(악령)!" 메리가 말했다. "암흑 기사의 사역마!"

"어떻게 된 거야?!" 닐이 소리쳤다.

메리는 그 물음에는 대답하지 않았다. "데이몬을 막아! 내가 정화할게!"

정화.

좀비인가?

저 암흑 기사는 노 라이프 킹의 저주로 움직이는 시체가 되었다. 살아 있지 않다. 이미 죽었다.

“우에아아아에에에에에에에에아아아아아아아아아아아아아아아아아아아아아아아아아아아.”

데이몬이 소름 끼치는 소리를 발하면서 돌진한다. 외투 속에 숨어 있던, 하얀 뼈 같은 팔이 드러났다. 손에 해당하는 부분이 마치 커다란 낫 같다.

“으아아!” 안토니가 검으로 데이몬의 손을 튕겨냈다.

하루히로는 메리와 눈빛을 교환했다. 메리가 무엇을 하려고 하고 하루히로에게 무엇을 요구하는 건가? 단번에 알았다.

하루히로는 데이몬과 육박전을 벌이고 있는 안토니 옆을 빠져나갔다.

암흑 기사 좀비가 하루히로의 움직임을 알아차렸다.

“아, 아, 아, 아.”

좀비는 무기를 들고 있다. 많이 휜 외날 검. 언월도다. 그것을 한 자루가 아니라 두 자루. 이도류인가?

좀비가 앞으로 나온 순간, 한기가 들었다.

막연히 생각했던 거지만, 좀비니까 둔하겠지, 아마도 생전만큼 민첩하지는 않겠지… 라고 혼자 멋대로 생각했었다. 어쩌면 죽기 전에는 좀 더 빨랐을지도 모르지만, 이미 죽은 지금도 상당했다.

눈 깜짝할 사이에 거리가 좁혀졌다.

하루히로는 정말로 “앗”이라는 목소리를 내고 말았다.

몸이 순간적으로 반응해서 두 자루의 언월도를 단검으로 쳐내 옆으로 흘렸는데, 도대체 어떻게 한 건지 자기도 전혀 몰랐다.

좀비는 계속해서 공격해왔다.

위험해, 위험해, 위험해, 위험해, 너무 위험해, 위험해.

하루히로는 검신이 불꽃처럼 물결치는 또 한 자루의 단검도 뽑았다. 좀비의 언월도를 튕겨낸다. 아슬아슬하게 튕겨낸다. 하면 되는 거구나… 하고 내심 놀라면서, 튕겨낸다.

그런데, 갑자기 좀비가 눈앞에서 사라졌다.

"어…."

왼쪽이다.

감인지 뭔지, 머릿속에서 목소리가 들려 하루히로는 왼쪽으로 시선을 옮겼다.

있다.

좀비다.

순간 이동한 것인가? 말도 안 돼. 큰일 났다. 언월도가. 피할 수 없어. 튕겨내는 것도 무리다. 시간상 맞지 않아.

"빛이여, 루미아리스의 이름 아래…."

메리가 태클하는 기세로 좀비에게 육박했다.

실은 노리던 대로였다. 아니, 미리 계획했던 것은 아니고, 위험한 순간이긴 했지만, 하루히로가 미끼가 되어 좀비를 유인하고 메리가 마법으로 정화한다는 흐름은 의도했던 것이었다.

"디스펠…!"

빛이 퍼져 나와 좀비를 휘감는다.

좀비가 무너지자 데이몬도 사라졌다.

"하루!" 메리는 엄청나게 심각한 얼굴로 달려왔다. "다친 데는?!"

"아… 응." 하루히로는 메리가 팔을 덥석 잡고 얼굴을 들이대는 바람에 약간 놀랐다. "괜찮아…. 고마워."

메리는 한숨을 쉬었다. "다행이다."

"이놈이 소문으로 듣던 좀비라는 놈인가?" 닐은 엎어진 상태로 쓰러진 좀비를 발로 차서 뒤집으려고 했다.

"그만둬." 안토니가 닐을 말렸다. "그는 저주로 조종당했던 것뿐이다."

닐은 핫 하고 비웃었다. "그? 저주인지 뭔지는 이미 풀렸잖아. 그냥 시체잖아."

"본토인은 죽은 자에게 경의를 표하지 않는 건가?"

"변경에서는 어떤지 모르지만, 스컬헬의 신도는 뒈져도 경멸당하는 것이 보통이다. 이놈들은 사악하니까."

"보기에 그는 암흑 기사 길드의 로드(도사)인 것 같다. 오르타나에 남아 마지막까지 적과 싸우다가 여기에서 힘이 다한 것이 틀림없다. 뭐가 사악하다는 거야?"

닐은 귀찮다는 듯이 손을 흔들어 문답을 끝냈다.

메리는 죽은 자 옆에서 무릎을 꿇고 기도를 올렸다. 안토니도 묵도했다.

하루히로는 두 사람을 따라 하려고 했다. 그러나 애도하는 마음이 딱히 없는데 건성으로 그러는 척하는 건 의미가 없겠지.

"동류네?" 닐이 함부로 등을 두드렸다.

과연 그럴까? 하루히로는 그런 생각을 했지만, 잠자코 있었다. 닐은 좋아질 것 같지 않다. 실은 꽤 싫어하는지도 모르겠다.

"가자." 안토니는 바닥에 놓아뒀던 랜턴을 집어 들었다. "볼일이 있는 건 도적 길드다. 같은 니시초니까, 멀지 않아."

암흑 기사 길드는 당장이라도 붕괴할 것 같은 폐허 지하에 있다.

지상 부분의 폐가는 얼핏 보기에는 다 쓰러져가는 것 같았지만, 골격은 튼튼하고 복도는 복잡한 구조라 작은 방이 많이 있었다. 비밀 방도 여러 개 있는데, 그중 하나에서 지하로 내려갈 수 있게 되어 있다.

저 로드는 전투에서 큰 부상을 입고 암흑 기사 길드로 도망쳤지만, 결국 그대로 숨을 거두고 만 것이겠지.

하지만, 적은 오르타나 점령 후에도 암흑 기사 길드를 발견하지 못했다. 만약을 대비해서 지하도 지상도 다 수색해봤지만, 생존자는 고사하고 저 로드 이외의 좀비는, 그리고 시체조차도 발견할 수 없었다.

저 로드는 지하에서 오로지 혼자 노 라이프 킹의 저주로 움직이는 시체가 되었고, 지상에서 배회하는 일 없이, 결과적으로는 하루히로 일행을 기다리고 있었다는 말이 된다.

"우리는 광명신 루미아리스의 신도로서 선행을 쌓아왔단 말이다." 닐은 뻔뻔하게 말했다. "암흑신 스컬헬을 섬기는 사교도에, 게다가 생명의 섭리를 어기는 좀비로 전락했다. 반드시 멸해야만 하는 사악한 존재다. 루미아리스도 아마 기뻐하겠지."

"입 다물어주겠나?" 안토니가 닐을 노려본다. "지금 기척은 느껴지지 않지만, 적이 없다는 보장은 없다."

닐은 희미한 웃음을 띠고 두 손을 들어 보였다.

주변은 어슴푸레하다. 일출이 가깝다.

니시초는 빈민가로, 낡고 스러져가거나, 무너질 것 같거나, 대부분 무너졌거나, 수리해서 간신히 유지되는 건물들밖에 없었다.

지상으로 나오고 나서 그들은 아직 한 번도 고블린의 모습을 보지 못했다.

니시초에 고블린은 없는 건가? 아니다. 건물 안에서 자고 있는 것뿐이겠지. 고블린들이 깨기 전에 목적지에 도착했으면 좋겠다.

"……이 부근이 맞을 텐데." 안토니는 하루히로를 봤다. "왜 도달하지 못하지?"

나한테 물어봤자… 라는 게 속마음이지만, 하루히로는 도적이다. 도적 길드의 장소를 모른다고 솔직하게 고백할 수는 없는 노릇이다.

"도적 길드… 니까?" 하루히로는 말해봤다.

"아침…… 이니까?" 메리는 도와주려는 것일까? 도움이 된 건지 아닌지.

하루히로는 짐짓 얼굴을 찡그렸다. "좀… 그럭저럭, 꽤, 오랜만이라거나 해서…."

닐은 주변을 둘러보았다. "상당히 수상한 장소이긴 하군."

하루히로 일행은 석조 부분과 목조 부분이 복잡하게 뒤엉킨 것 같은 건물을 점찍고 출입구를 찾기 위해 한 바퀴 빙 돌아보려고 했다.

그런데, 그럴 수가 없다.

돌 벽과 울타리 등의 장애물에 가로막혀, 그 건물의 옆이나 뒤로는 도저히 돌아갈 수가 없었다.

건물 주변의 골목으로 들어가보기도 했지만, 역시 빠져나갈 수가 없어 되돌아오고 말았다.

"그보다…."

길을 잃은 것 아닌가?

목적지인 건물에 면한 좁은 길 위에 있다는 사실은 틀림없지만, 현재 위치를 정확히 알 수가 없다.

예를 들어, 여기서부터 암흑 기사 길드까지 되돌아갈 수 있는지를 묻는다면, 의외로 어려울 것 같다.

적어도 쉽사리 갈 수는 없겠지.

안토니는 한숨을 쉬었다. "난처하네."

이러고 있는 동안에도 시간은 흘러간다. 하루히로는 귓불을 잡아당겼다. 안토니 못지않게 하루히로도 초조하긴 했으나, 안달하면 할수록 뭔가 놓치게 되거나 사고력이 저하되거나 하므로, 이럴 때에는 진정해야 한다.

그때 갑자기 "무슨 볼일이지? 당신들"이라고 뒤에서 목소리가 들려 진심으로 놀랐다.

여성의 목소리다.

뒤라는 것은, 하루히로 일행이 방금 지나온 좁은 길에 그 여성이 있는 것이겠지. 어느 틈에? 어디에서 나타난 건가? 전혀 알아차리지 못했다. 하루히로는 돌아봤다.

역시 여성이었다. 인간으로밖에 보이지 않는다. 긴 머리카락으로 얼굴을 반쯤 덮었다.

몸은 별로 가리지 않았다. 옷을 안 입은 것은 아니지만, 좀 더 가리는 면적을 넓게 하는 게 적절하지 않을까? 맨살을 지나치게 노출한 차림이다.

"오호…." 닐이 숨을 내쉬었다.

안토니는 숨을 멈춘다. "…읏…."

메리가 뭔가 목소리를 내려고 했지만, 그전에 여자가 말했다.

"올드 캣"이라고.

여자는 눈을 크게 뜨고서 하루히로를 응시하고 있다. 놀란 모양이다.

깜짝 놀란 것은 오히려 이쪽인데.

"…어?" 하루히로는 자기 자신을 가리켰다. "…올? 캣…."

여자는 머리카락을 쓸어 올리더니 한숨을 쉬었다. "살아 있었나? 너."

"살아…."

올 캣, 아니, 올드 캣인가? 그것이 무엇을 가리키는 건지는 알 수 없지만, 그녀는 분명히 하루히로를 알고 있다.

그러나 하루히로는 그녀를 모른다. 기억나지 않는다.

"살아 있…." 하루히로는 고개를 숙였다. "…그야 뭐…."

일단 쓸데없는 말은 하지 않는 게 좋다. 한편으로는, 뭔가 숨기거나 거짓말하고 있다는 인상을 주는 것도 좋지는 않을 것 같다.

"간신히, 덕분에…."

"행방불명이라는 말을 풍문으로 들어서, 혹시나 했는데."

"…여러 가지 일이 있어서."

"나는 아라바키아 왕국 변경군 제1여단 전사 연대장 안토니 저스틴이다." 안토니가 이름을 댔다. "도적 길드 인간이겠지? 무사했나…?"

"무사… 라……." 여자는 과연, 글쎄? 라고 중얼거리면서 팔짱을 꼈다. "바르바라다. 나는 도적이니까 어디까지나 예명이지만."

메리가 하루히로에게 가까이 쓱 다가와 귓속말을 했다. “저 사람…… 선생님인 것 같아. 하루가 그렇게 불렀었어. 확실하지는 않지만.”

“선생님….”

점점 더 영문을 모르겠다.

바르바라는 또 하루히로를 보고 있다. 너무 쭈뼛거리거나 눈을 피하거나 하면 의심받을지도 모르지만, 도저히 직시할 수가 없다.

하루히로의 선생님이라는 여자 도적 바르바라는 왜 제대로 된 옷을 입지 않은 걸까?

하루히로는 그녀에게서 무엇을 배웠던 것일까?

의문투성이다.

11. 숨겨진 의미

암흑 기사 길드의 구조도 상당히 독특했지만, 도적 길드는 어떤 의미에서는 좀 더 희한했다.

바르바라의 안내로 도착한 출입구는, 극단적으로 낮고 녹이 슨 철문이었다.

문 중앙에 새겨진, 손바닥에 열쇠 구멍이 달린 도안은 도적 길드의 문장이겠지.

바르바라가 손잡이를 당기거나 밀거나 하지 않아도 그 문은 잠금장치가 풀려 저절로 열렸다. 어떻게 된 시스템인지 전혀 모르겠다.

열린 문으로 들어가자 양쪽이 선반으로 된 좁은 복도가 뻗어 있고, 꺾어지면 더욱 좁아져 몸을 옆으로 돌리지 않으면 지나갈 수 없다. 그 앞은 막다른 곳인데, 밧줄을 타고 천장 위로 올라갈 수가 있다. 거미줄투성이인 낮은 다락을 기어 다른 복도로 내려가, 계단을 올라가기도 하고 내려가기도 하다가 간신히 들어간 방에는 바닥이 없었다. 아니, 없는 것은 아니지만, 바닥은 한참 아래에 있다. 뛰어내리는 것은 망설여지는 높이다. 사실 잘 보니 사다리가 놓여 있어서 그것을 통해 바닥까지 내려갈 수가 있었다.

“대충 앉아.” 바르바라는 어두운 방에 몇 개 있는 긴 의자가 아니라 책상에 걸터앉아 다리를 꼬았다. “우리 도적 길드는 오르타나 함락을 기념해서 약간 리모델링을 한 것이라서. 다소 불편해도 지내다 보면 익숙해져.”

“몇 명 남아 있지?” 안토니는 앉지 않고 바르바라를 다그쳤다. “도적 길드 인간 이외에 살아남은 자는 있는 건가? 변경군은 어떻게 되었나? 그래험 라센트라 장군은? 변경백은 무사히 피신했나? 의용병들은…?"

"갑자기 질문 공세인가? 무슨 일에든 전희라는 것은 필요하지?"

"저, 전희라니." 안토니는 당황하며 뒷걸음질 쳤다. "…미안하게 됐네. 그렇지, 전희는… 아니, 순서랄까, 중요하다, 물론. 단지, 나는 마음이 급해서…."

"귀엽잖아." 바르바라는 후훗 웃고 다리를 반대로 꼬았다. "변경백은 천망루에 사로잡혀 있는 모양이지만, 확인은 할 수 없어. 라센트라 장군은 잠보라는 오크와 결투를 하다 죽었지. 변경군은 괴멸. 오르타나는 고블린투성이. 불황인지라 욕구 불만이거든. 이따가 나하고 한판 해보겠어?"

"그, 그건…." 안토니는 긴 의자에 앉아 있는 하루히로 일행을 힐끔 보더니 아니, 아니지 하는 듯이 고개를 저었다. "기꺼이 응하고 싶지만, 그건 아닌… 것 같은…."

"여자와 남자가 정을 나누며 서로를 탐하는 것은 지극히 자연스러운 일 아닌가? 뭘 주저할 게 있는 거지?"

"그건 분명히, 그렇지만… 그런, 건가?"

"할 거야, 말 거야? 남자잖아, 분명히 해!"

"아, 알겠다. 하겠다."

"잠깐만 기다려!" 닐이 긴 의자에서 힘차게 일어섰다. "그런 애송이 녀석보다, 나랑 하자!"

"누가 애송이야!" 안토니는 고함쳤다.

"당신이랑 말이야?" 바르바라는 닐을 흘낏 보더니 입술을 핥았다. "내 취향은 아니지만, 오히려 그런 것도 타오르긴 하네."

"오직 나만 원하는 몸이 되게 해주지."

"의욕은 평가해주겠는데, 입만 산 남자는 대개 실망시키거든. 경험상. 당신도 그러지 않으면 좋으련만."

이 사람들은 아까부터 무슨 이야기를 하는 건가? 뭐, 뭐랄까, 거시기 이야기를 하는 모양인데, 어째서 일이 이렇게 된 거지? 바르바라가 하루히로의 선생이었다는데, 도대체 어떤 지도를 받았던 것일까?

"저기." 메리가 손을 들었다.

바르바라와 안토니, 닐이 일제히 메리를 봤다.

메리는 희미한 웃음까지 띠면서 세 사람의 시선을 받았다. "욕구불만을 해소하고 싶다면 좋을 대로 하시죠. 단, 나중에요. 우리는 오르타나를 탈환하기 위해서, 될 수 있는 대로 정확한 정보를 수집하기 위해 일부러 여기까지 온 겁니다."

안토니와 닐은 아무 말도 하지 못했지만, 머쓱한 것 같았다.

"좋네." 바르바라 선생은 메리에게 싱긋 웃어 보였다. "아주 좋아해, 나. 당신 같은 아이…… 라고나 할까, 당신이 제일 내 취향인지도. 나랑 즐길까?"

메리는 바르바라를 노려보면서 즉답했다. "절대로, 싫어."

"아잉…." 바르바라는 몸을 뒤틀었다. "그러니까 더 끌리는데."

메리는 눈살을 찌푸리며 머리를 흔들었다. "도대체 뭐야…."

그러게. 하루히로는 동의하고 싶었지만, 제자로서 스승에게 비난 같은 말을 하는 건 불손하지 않을까? 기억을 잃기 전의 사제 관계를 알 수 없으니 역시 입을 다물고 있는 게 좋겠지.

"뭐, 농담은 그쯤 해둘까." 바르바라는 책상에서 사뿐히 뛰어내려 하루히로에게 손짓을 했다. "올드 캣, 이리 좀 와봐. 당신들의 볼일을 끝내기 전에 확인해두고 싶은 게 있어."

"…저? 말입니까?"

"그래. 스승과 제자가 오랜만에 재회한 거야. 너도 나한테 해야 할 이야기가 한두 개쯤은 있겠지?"

"아니, 개인적으로는 별로……."

하루히로는 곁눈으로 메리를 봤다.

바르바라한테 해야만 할 말 같은 건 없다. 있을 리가 없다.

어쩌지?

메리도 곤혹스러운 듯, 살짝 고개를 갸웃거린다.

어쩔 수 없다.

하루히로는 일어섰다. "네… 바르바라 선생님."

"좋았어. 이쪽이야. 알지?"

바르바라는 벽 쪽까지 걸어갔다.

갑자기, 사라졌다.

그렇게 보였다.

"엇…."

하루히로는 바르바라를 쫓아갔다. 벽을 만져보니 벽이 아니었다. 보기에는 판자를 댄 벽이지만, 아니었다. 부드럽다. 천인가? 벽으로 보이게끔 가공한 것이다.

벽 같은 천을 들치고 걸어가보니 작은 방으로 나왔다. 벽에 램프가 붙어 있다. 그것 말고는 아무것도 없다. 바르바라도 없다.

"젠장…. 뭐야."

분명 무슨 장치가 있다. 이것저것 시험해본 끝에, 벽 한 면 전체가 빙글 돌아가는 곳을 발견했다. 그 뒤쪽은 캄캄한 어둠이었다.

"이건…."

"올드 캣." 바로 옆에서 바르바라의 목소리가 들렸다.

바르바라는 바로 옆에 있었다.

"서, 선생님…."

"너, 진짜 올드 캣인가?"

"…무슨 의미입니까?"

"나를, 모르지?"

"무… 무슨 말도 안 되는."

"처음 만났을 때에는, 도저히 오래 살지 못할 걸로 생각했어."

바르바라는 닿을 정도로 가까이에 있는 것 같기도, 멀리 있는 것처럼도 느껴진다. 이동하고 있는 건가? 어느 쪽이지? 모르겠다.

"점점, 의외로 가능성이 있지 않을까 하는 생각이 들었어. 네가 원더 홀에서 뒈졌을지도 모른다는 말을 들었을 때에는 나답지도 않게 실망했지."

"…죄송합니다."

"그것도 벌써 4년도 전 일이야."

"4년…."

"그 뒤에 '타이푼 록스'가 너희와 마주쳤다는 말을 얼핏 들었지만, 소식도 없었고. 역시 죽었다고 생각하는 수밖에 없잖아."

"그러… 네요."

"혹시, 기억하지 못하는 건가?"

"…네?"

"솔직하게 말해봐."

뭔가가 목에 감겼다.

손이다.

차갑다.

바르바라의 손이겠지.

"무슨 일이 있었어? 아니… 무슨 일이 있어서 나를 기억하지 못한다. 그렇거나, 내용물은 다른 사람이거나."

이 사람은 뭔가 알고 있는 건가? 짚이는 게 있는 것 아닐까? 그런 게 아니라면, 기억나지 않는다, 기억이 없다… 는 발상은 나오지 않지 않을까?

"여, 열리지 않는 탑에서." 하루히로가 말하자마자 바르바라의 손에 힘이 들어갔다.

하루히로가 "흡" 하고 숨을 멈추자 바르바라는 바로 손가락 힘을 뺐다.

"계속해."

"……눈을, 떴는데. 열리지 않는 탑의, 지하에서. 그때에는, 이름 말고는, 기억나지 않아서. 메리와 다른 사람들과… 동료와, 그리고, 이오도, 함께."

"이오. 새벽 연대의?"

"…저는, 기억나지 않지만요. 그리고, 히요무라는…."

"아아. …그 젊은 척하는 여자 말이군."

"히요무도, 있었고. 그 녀석도, 기억이 없는 척을, 했었지만, 거짓말이었고. …뭔가, 우리를 속이려고 했던… 것 같았고."

"속이려고 했다?"

"…히요무랄까, 그 녀석의 주인? 이던가. 주인님… 이라고 불렀는데요. 그 녀석이, 우리한테서 기억을 빼앗은 모양이고. 이것저것 알고 싶다면 자기들 말을 들으라고."

"기억을… 빼앗는다. 어떻게 그런 일이? 렐릭인가? 하지만…."

"아, 참고로, 같이 온 메리만은, 기억, 잃지 않아서. 그 이유도 있어서, 이오와 고미, 타스케테 세 사람 말고는 히요무의… 유혹? 협박이나 마찬가지라고 생각하지만, 아무튼, 거절하고."

"그래서, 우여곡절 끝에 지금 나와 재회했다는 건가?"

"…그러, 네요. …재회라고 해도, 선생님 말씀대로, 기억나지 않지만요."

"안토니라는 남자는 변경군인가?"

"사자를 호위해서 본토에 갔었다고 했습니다."

"닐은?"

"본토에서 온 원군… 원정군의, 척후병이라고."

"그 원정군인지 뭔지가 오르타나를 탈환하려고 한다고?"

"그런 것 같습니다."

"나는 솔직히 기대하지 않았지만, 일단은 예정대로 본토 쪽은 움직이고 있었군. 올드 캣."

"네. …저기."

"뭐야?"

"그, 올드 캣이라는 건, 뭡니까?"

"도적은 별명으로 서로를 불러. 규칙 같은 거지. 네 별명은 교육계였던 내가 지어줬어."

"올드 캣…."

"늙은 고양이 같은 눈을 하고 있으니까."

"아아…."

"오래 살아온 고양이는 빈틈이 없어. 무슨 일이 있어도 흔들리지 않고 유유자적 살아가지. 살아남아서 그런 도적이 되어주었으면 하는 바람을 담았다. 이건 처음 말하는 거지만."

하루히로는 아무것도 기억나지 않기 때문에 그런 말을 들어봤자 마음이 움직일 리가 없는데도, 어째서인지 움직였다.

감정에 휩쓸리면 판단을 그르칠 것 같아서 무섭지만, 이 사람은 틀림없이 내 스승이다. 은사인 것이다.

바르바라는 그제야 하루히로의 목에서 손을 떼고 볼을 어루만졌다.

"내가 하나부터 열까지 도적의 기본기를 가르친 제자들, 이제는 몇 명이나 남아 있는지."

"의용병은, 저기… 어떻게 되었습니까?"

"그 일 말인데."

"네."

"…이건 생각을 좀 해봐야 할 부분이네. 본토를 믿어도 될지. 원정군과 본토의 속내가 일치하는지 아닌지도 모르고."

하루히로의 스승은 조심성이 많고 사려 깊은 사람인 모양이다. 몇 살 정도인지. 잘은 모르겠지만, 하루히로보다 훨씬 연상이라는 것은 틀림없다.

아마도 여러 가지 의미로 경험이 풍부할 테고, 하루히로 일행이 모르는, 혹은 알 수 없는 정보를 많이 갖고 있을 것이다.

망설임이 없다고 하면 거짓말이 되겠지만, 이 사람을 의지해야 한다.

"선생님."

"응?"

"원정군이 오르타나든 리버사이드 철골 요새든 되찾지 못한다면, 본토는 지룡대동맥도를 막을 생각인 것 같다고, 원정군 장군이 말했습니다."

"결국, 본토와 원정군은 한마음 한뜻이 아니라는 건가?"

"장군이 사실을 말한 거라는 보장은 없기 때문에 단언은 할 수 없어요. 단, 원정군의 질이나 사기가 낮다는 점, 게다가 본토에 갔었던 안토니한테서 들은 내용을 고려해봐도, 그게 맞지 않을까 하고."

"본토는 변경을 잃고 싶지 않다. 하지만, 위험 부담을 무릅쓰고 온갖 희생을 치르면서까지 변경에 집착할 마음은 없다…."

"원정군 병사는 탈주병이나 건달 출신이 많은 것 같고요."

"골칫거리를 치워버리겠다 이건가? 원정군의 지휘관은 어떤 녀석?"

"…지금, 여기에서 전부 다 말하는 게 좋을까요?"

"물론이야. 자세히, 상세하게, 전부 다 말해봐. 미리 말을 맞춰놓을 필요도 있으니."

"그건 좋지만… 하나부터 열까지 다 설명하려면 제법 시간이 걸릴 텐데. 이상하게 생각하지는 않을지…."

"스승과 제자가 오랜만에 뜨거운 한판을 치른 걸로 하면 되잖아."

"그런 식으로 생각할까 봐, 제가 우려하는 부분이 바로 그건데요."

"아아, 메리라고 했나? 그 아이, 네 여자야?"

"아닙니다. 어울리지도 않고요. 나 같은 거랑은. 딱 봐도."

"바보네."

갑자기 턱과 입술 사이 부근에 뭔가 부드러운 물체가 닿더니, 쪽 하는 소리가 났다.

"뭐, 무슨…?"

하루히로는 그 부분을 만졌다.

살짝 축축했다.

"…뭐, 뭐 하시는 겁니까? 선생님, 갑자기…."

"물론, 외모는 좋을수록 좋지만. 남자는 얼굴이 다가 아니야."

"…얼굴 말고도, 좋지는 않지 않나요? 기억도 없고."

"너를 좋게 볼지 말지는 네가 정하는 게 아니야. 상대 나름이지. 예를 들면, 나는 여기에서 너를 한번 맛보고 싶어."

"또 농담… 이시죠?"

"그렇게 생각해?"

바르바라 선생의 본심과 그 후에 제자와의 사이에서 무슨 일이 벌어졌는지에 관해서는 상상에 맡기는 수밖에 없겠다.

사실이 어떻든, 제3자는 멋대로 상상의 날개를 펴고 자기 나름대로 진짜처럼 느껴지는 사건을 머릿속에서 만들어간다.

잠깐 동안, 아니, 잠깐이라고는 다소 말하기 힘든 시간이 경과하고 나서 하루히로와 바르바라는 세 사람이 기다리는 방으로 돌아갔다.

분위기가 엄청나게 이상했다.

"…늦었네."

안토니는 그것밖에 말하지 않았지만, 책상에 엉덩이를 걸치고 뭔가 못마땅한 것처럼 보이기도 했다.

긴 의자에 다리를 벌리고 앉아 팔꿈치를 무릎에 대고 있던 닐은, 뚜렷하게 들리도록 혀를 찼다.

“딱 봐도 두세 판은 끝내고 온 얼굴을 하고 자빠졌네. 자기들만 개운해지면 다냐고. 농담이 아니라고. 못 해 먹겠네.”

메리는 닐과는 다른 의자에 앉아, 진정이 안 되는 듯한 태도로 두 손을 맞대고서 문지르고 있다. 하루히로의 얼굴을 보더니 바로 고개를 숙였다.

“…어, 저기… 하루.”

“왜, 뭐?”

“나, 뭐랄까….”

“으, 응.”

“어린애가 아니니까, 우리는, 이제.”

“그건… 그러, 네. 어린애가… 응?”

“어른이니까. 말하지 않을게. 아무한테도. 쓸데없는 이야기는. 그러니까… 걱정 마.”

오해하고 있다. 메리까지 상상력의 노예가 되어, 있지도 않은 일을 있었다고 믿고 있는 것 같다.

“아니, 엇?! 아닌데?!”

“말은 그렇게 하겠지.” 닐은 헷, 침이라도 뱉는 것처럼 웃었다. “말만은. 진짜인지 아닌지는 전혀 별문제지만 말이야.”

안토니는 짜증스럽게 책상을 때렸다. “도적끼리 뭘 하든 상관없어. 상관없는 일이다.”

하루히로는 어깨를 축 늘어뜨렸다. “상관없지 않은데….”

“사정은 대충 들었어.” 바르바라는 하루히로의 머리를 쓱쓱 쓰다

듣었다. "마이 보이한테서. 꼼꼼하게 말이야."

"선생님…."

"왜애?" 바르바라는 어리광부리는 듯한 달콤한 목소리를 냈다. "아직 부족해? 못 말리는 아이네."

희한하게 즐거워 보인다.

완전히 날 갖고 놀고 있다.

스스로를 납득시키려는 것처럼 작은 목소리로 중얼거리면서 몇 번이나 몇 번이나 고개를 끄덕이고 있는 메리의 오해를, 어떻게 해서 풀어야 하는가?

하루히로는 중얼거렸다. "…무리 아닐까?"

머리가 아프다.

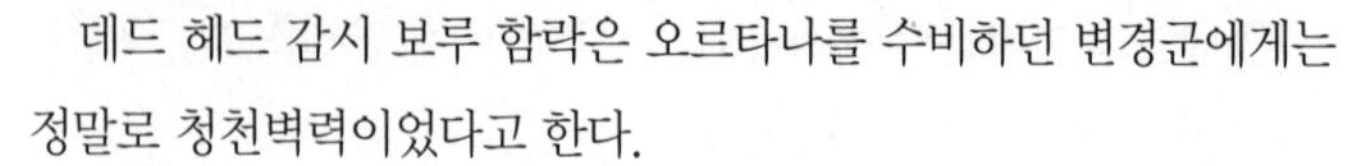

12. 제비뽑기의 비결은 뽑지 않는 것

데드 헤드 감시 보루 함락은 오르타나를 수비하던 변경군에게는 정말로 청천벽력이었다고 한다.

사실 의용병들 사이에서는 이미 흉흉한 소문이 떠돌고 있었다.

소문에 따르면, 과거에 아라바키아 왕국 수도였던 로디키아는 현재는 그로즈덴달이라고 불리는 모양인데, 그리로 각지에서 오크와 언데드가 모여들고 있다는 것이다.

이런 소문도 있다. 그로즈덴달 남쪽에서 행진하는 오크, 혹은 언데드의 대집단, 아니, 대군세를 목격한 자가 있다던가 없다던가.

또 다른 소문으로는, 엘프들이 사는 그림자 숲에서 검은 연기가 올라갔다. 대규모 산불이 일어난 모양이다. 아니, 그냥 화재가 아니다. 그림자 숲은 누가 불을 지른 것 아닐까? 라는.

변경군도 척후병을 보내는 등 정황을 파악하려고 애쓴 모양이지만, 결과적으로는 성과가 없었다는 뜻이겠지.

데드 헤드 감시 보루가 함락될 때까지 변경군은 제왕 연합의 침공을 알아차리지 못했다.

단, 그 단계에서 변경군의 지휘관 그래험 라센트라 장군은 상당한 위기감을 느꼈던 모양이다. 감시 보루 함락 소식을 들은 직후에 본토에 원군을 요청하기로 결단을 내린 걸 봐서도 알 수 있다.

그러나, 때는 이미 늦은 뒤였다.

데드 헤드 감시 보루가 함락된 다다음 날에는 오르타나에 적들이 밀어닥쳤다.

게다가 나름대로 수비를 굳히고 있었음에도 오르타나의 방벽은 쉽사리 돌파당했다. 적은 상상을 초월할 정도로 많고 기세가 맹렬했다. 변경군만이 아니라 때마침 오르타나에 있던 의용병들도 필사적으로 저항했지만, 적의 기세를 막을 수는 없었다.

적은 눈 깜짝할 사이에 변경백 가란 베도이의 거성인 천망루를 포위했다.

보아하니 그래험 라센트라 장군은 정예 부대를 이끌고 천망루로 들어가려고 했던 모양이다.

그러나 뜻을 이루지 못하고, 잠보라는 이름의 적군 장수와 결투를 하다가 패해서 무참하게 죽고 말았다.

천망루는 공략당했고 변경백 본인 외에는 한 명도 남지 않고 모조리 죽임을 당했다고 한다.

변경군 이안 라티 준장, 조르드 혼 준장도 전사했다고 전해진다.

준장, 즉 큰 부대를 지휘할 권한을 장군에게서 부여받은 자는 변경군에 세 명 있었다. 나머지 한 명인 렌 워터 준장은 생사 불명인데, 간신히 목숨을 건져 오르타나를 탈출했거나 혹은 탈출하는 도중에 공격당한 것으로 추측된다.

의용병들은, 의용병단 사무소 브리트니 소장의 지휘 아래, 일부에서는 적을 물리치려고 힘을 다해 싸웠다고 한다.

특히 하루히로의 동기인 렌지의 활약은 눈부셨는데, 혼자서 엄청난 수의 적을 무찔렀다.

그러나 다무로에서 고블린의 대군세가 몰려오자, 의용병들은 떠내려가듯이 밀려났다.

결판은 하룻밤 만에 났다.

전투 종결 후에도 바르바라는 약속대로 오르타나에 남았다. 정보

수집을 하면서 생존자를 수색했으나, 안타깝게도 성과는 없었다.

바르바라에 따르면, 적군의 반은 오르타나 함락 후 며칠 만에 떠나버렸다고 한다.

그 후에는 고블린들이 오르타나의 주인이 되었다.

고블린들의 인간 사냥, 토벌 작전은 치열하고 철저했다.

실은, 진퇴양난의 상황에 건물에 틀어박혀 있던 자나, 아까 그 암흑 기사 길드의 로드처럼 중상을 입고 몸을 숨긴 자도 다소는 있었다. 그 로드는 예외의 경우이며 대부분은 발각되어 끌려 나가 참혹히 살해당했다.

고블린들은 엄청난 숫자의 인간의 시체를 천망루 앞 광장에 나란히 놓고 위로 높이 쌓아 올려 제례 같은 의식을 치렀다고 한다.

또한, 사람들의 시체는 그냥 전시만 한 것이 아니었다.

바르바라는, 시체를 적당한 길이로 썰고, 굽고, 삶는 등 조리하는 장면을 멀리에서이긴 했지만 확인했다고 한다.

당연하다고나 할까, 고블린들이 그것을 먹는 장면도.

단, 고블린은 인간 이외의 다른 종족도 마찬가지로 다뤘다. 정확히 말하자면 분노를 쏟아내는 것처럼, 혹은 모욕, 조롱하는 것처럼 훼손하는 것은 인간의 유해뿐이었지만, 동족까지도 식재료로 썼다. 따라서 고블린에게는 지극히 보통의 일상적인 행위이며 습성일 것이다.

인간은 오르타나에서 소탕당했다고 생각할 수밖에 없었다.

고블린도 그렇게 인식한 모양이다.

처음에는 오르타나의 고블린은 키가 약 150센티미터 정도나 되는, 그들치고는 특별히 큰 어떤 개체를 중심으로 모여 있었다. 바르바라는 그 고블린을 왕이라고 불렀다.

실제로 모든 고블린들이 왕 앞에서는 예를 갖추는 정도가 아니라 거의 바닥을 기었다. 왕이 뭔가 명령하면 고블린들은 일제히 움직이기 시작하기도 하고 정지하기도 했다.

왕은 마치 인간 같은 차림을 하고, 붉은빛이 도는 금속 석장을 들고, 같은 재질의 왕관까지 쓰고 있었다.

고블린들이 왕 앞에 무릎을 꿇고 '모가도, 모가도 과가진'이라고 연호하는 모습을 바르바라는 목격했다. 왕의 이름이거나 존칭일 것이다.

또한, 붉은 금속 갑옷을 장착한 덩치 큰 고블린들이 왕의 곁을 보필하기도 하고 다른 고블린들에게 지시를 내리기도 했다. 분명히 왕의 측근으로 보이는 그런 고블린이 100마리 정도 있어서, 바르바라는 그들을 백걸(百傑)이라 칭했다.

인간 사냥에 이어 악몽 같은 제례와 광기의 연회가 끝나자 왕은 만족한 듯이 백걸의 반 이상을 이끌고 오르타나를 떠났다.

어쩌면 2인자인 듯한, 왕처럼 차리고는 있지만 왕관을 쓰지는 않은 고블린이 후임으로 그 자리에 앉았다.

바르바라는, 고블린들이 그 개체를 모도 보고, 혹은 모도라고 부른다는 것을 확인했다.

아마도 '모도'는 경칭이나 지위를 나타내는 말이고 '보고'는 개체명이 아닐까 추측된다. 보고가 왕의 뒤를 이은 자라면, 일단 부왕(副王)쯤으로 보면 되겠지.

오르타나에는 부왕 보고와 약 20마리의 백걸들이 관리하는 수천 마리의 고블린들이 눌러살고 있다.

부왕 보고는 천망루에서 지내는 모양이다. 백걸들도 천망루에서 숙식하며 일이 있을 때에는 밖으로 나오는 것 같다.

바르바라는 사슬에 묶인 변경백을 딱 한 번 목격했다.

변경백은 광장을 끌려다녔고, 고블린들이 그를 조롱하고 침을 뱉고는 천망루 안으로 끌고 들어갔다고 한다. 현재도 생존해 있다고는 단언할 수 없지만, 죽일 거였으면 그때 처리할 수도 있었을 것이다. 어쩌면 변경백은 어떤 이유가 있어서 붙잡아두고 있는 건지도 모른다.

오르타나를 나간 고블린은 없지만 그 반대는 있다. 분명 다무로에서 온 것이겠지. 고블린의 숫자는 서서히 늘어나고 있다.

주변에서 흔히 볼 수 있는 고블린은 무장했으며, 이들은 전부 수컷인 모양이다.

아내가 있는 고블린은 많지 않은 모양이다. 오르타나에 있는 고블린 중에서는 부왕, 백걸 등의 유력한 수컷이, 아주 드물게 암컷으로 짐작되는 고블린을 동반하고 행동하는 경우가 있다.

암컷 고블린은 머리가 작고 유방이 발달했으며 배가 나왔다. 어쩌면 임신한 것일까? 보아하니 유력한 수컷은 여러 마리의 암컷을 취하는 것이 고블린 사회의 표준인 모양이다.

어쨌든, 고블린의 왕 모가도 과가진을 대신해서 오르타나를 통치하는 부왕과 백걸, 그들의 아내들의 생활공간은 천망루다.

유사시에는 천망루로 전령이 달려가고, 대개는 대응하기 위해 백걸이 출동한다.

천망루는 공략당했다. 그때 파괴된 정문은 철거되고 바리케이드가 설치되었다. 바리케이드에는 항상 수십 마리의 고블린이 배치되었고, 그중에 백걸이 섞여 있는 경우도 있는 것 같다.

"잘만하면 함락할 수 있겠군." 진 모기스 장군은 중얼거렸고 탁한 눈동자가 무겁게 빛났다. "양동 작전을 펼쳐, 경비가 허술해진 천망루로 쳐들어가, 부왕인지 뭔지의 목을 따는 방식으로 하면 될까."

하루히로 일행은 바르바라를 동반하고 모기스 장군이 있는 곳으로 돌아왔다.

건너건너 정보를 전하는 것보다는 바르바라가 직접 말하는 것이 알기 쉽다는 것은 표면적인 이유였다. 장군에게 어디까지 속내를 밝혀야 할지를 하루히로보다 바르바라가 판단하는 게 좋다. 바르바라로서도 장군의 사람됨을 판단한 후에 움직이는 것과 그렇지 않은 것과는 큰 차이겠지.

모기스 장군은 원정군 야영지 안쪽에 본진… 이라고 하면 좋을까? 천막을 치고 책상을 놓고 의자를 배치해서 군사 회의 같은 것을 할 수 있을 만한 공간을 설치해뒀다.

어둑어둑해지는 본진에는 모기스 장군과 그의 심복으로 보이는 무사가 세 명, 척후병 닐, 안토니, 하루히로와 메리, 그리고 바르바라가 나란히 있었다.

실은 의자가 하나 부족해서 하루히로는 서 있지만.

"지도가 필요해." 장군은 바르바라를 쳐다봤다. "빠져나갈 구멍까지 기록한, 상세한 지도다. 준비할 수 있나?"

"가능합니다만." 바르바라는 미소 지었다. "우리가 작성한 오르타나 구역 지도를 베껴서 넘겨드리는 모양새가 될 것 같군요. 다소 시간을 주셔야 할 것 같고요."

장군은 책상 위에 손을 놓고 눈을 날카롭게 빛냈다. “원본 그대로 넘겨라.”

바르바라의 웃음이 깊어졌다. “곤란합니다.”

“어째서냐?” 장군은 곧바로 물었다.

“지저분하거든.” 바르바라는 입술을 핥고 크큭, 낮게 웃었다. “공교롭게도 저희만 알 수 있게 그린 것이라서요.”

“저희 같은 척후병들이 지도를 그릴 때에는 독자적인 방식이 있습니다.” 닐이 끼어들었다. “보는 법을 모르면 의미 불명이겠지요. 변경의 도적도 비슷한 방식으로 그리는 것이 분명합니다. 저라면 알아볼 수 있겠지만요.”

바르바라는 놀리는 것처럼 쯧, 쯧, 혀를 찼다. “변경에는 변경의 방식이라는 게 있어. 당신은 알아볼 수 없어.”

닐은 어깻짓을 했다. “그럴지도 모르지.”

“3일 안에 지도를 준비해라.” 장군은 단조로운 말투로 바르바라에게 요구했다. “그 이상은 기다리지 않겠다.”

“어머나.” 바르바라는 아직도 웃고 있다. “애태우는 건 싫어하시나 봐요? 하지만, 기다리지 않겠다면, 어떻게 하실 셈인가요?”

“우리 군에게 협력적이지 않은 자는 장애물로 간주한다.”

“억지스럽네요. 개인적으로는 싫지 않아요. 남자로서는.”

“나도 너처럼 만만치 않은 여자가 취향이다. 나도 모르게 잡아먹고 싶어지지.”

진심인지 협박인지 아니면 농담인지. 뭐든 간에, 진지한 얼굴로 그런 말을 태연하게 내뱉는 장군은 적어도 평균적인 정신 구조의 소유자는 아닐 것이다.

그렇기는 해도, 한 발자국도 물러서지 않는 바르바라 선생님도 보통은 아니다.

"저는 먹히는 것보다 먹는 쪽이 취향이랍니다. 지도를 준비한다고 치면, 오르타나에 몇 명이 들어갈 계획인지요?"

"50에서 최대 100명쯤이다. 나머지는 밖에서 공격한다."

"오르타나를 함락시키면 그 후에는 어떻게 하실 건가요?"

"자네가 관여할 일이 아니다."

"주위는 적투성이랍니다, 장군 각하. 오르타나 바로 북쪽에 있는 데드 헤드 감시 보루에도 몇백이나 되는 오크가 있지요."

"파악하고 있다."

"고블린과 오크의 관계는 양호하다고는 말할 수 없겠지만, 그러나…." 안토니는 주저하면서 말했다.

"오르타나는 아라바키아 왕국의 희망이다." 장군은 그 자리에 있는 전원을 둘러보았다. "원정군은 오르타나를 탈환해야만 한다. 그것이 우리에게 주어진 사명이니까."

반론할 여지를 주지 않는다. 누가 뭐라 하든 장군이 방침을 변경하는 일은 없을 것 같다.

바르바라는 하늘을 우러러보며 한숨을 쉬었다.

그리고, 자기 턱을 잡고 생각에 잠기더니 잠시 후에 장군을 쳐다봤다.

"지도를 만들고, 병사를 오르타나에 들여보내고, 배치한다, 준비에 10일은 필요하겠지요."

"5일이다." 장군은 말했다.

바르바라는 아주 약간 고개를 옆으로 기울였다.

"8일은 어떤가요?"

"7일."

"다 끝나가는 오늘을 포함해서, 8일이면?"

"좋다."

"그럼, 오늘을 포함해서 8일 안에 준비하고 9일 후에 결행하는 걸로."

장군은 말없이 고개를 끄덕였다.

"뭐." 바르바라는 요염하게 웃었다. "아슬아슬하게, 어떻게 될 것 같기도 하네요."

"너는 도적보다 포주 쪽이 맞을 것 같다." 장군은 감정 없는 어조로 말했다.

"돈 계산보다는 멋진 남자나 여자를 안는 쪽이 저에게는 맞습니다."

"나는." 장군은 희미하게, 보일락 말락 한 웃음을 입가에 띠었다. "남자든 여자든, 야만족이든 짐승, 괴물이든, 유린하는 쪽이 취향에 맞는다."

여전히 진 모기스의 속내는 전혀 보이지 않는다. 단, 유린하는, 짓밟는 것이 취향이라는 발언은 진짜 속마음 아닐까?

아무튼, 대화는 끝났다.

9일 후에 원정군은 오르타나 탈환 작전을 결행한다.

바르바라가 처음에 요구한 10일에는 미치지 못하지만, 그런대로 여유가 주어졌다.

지도 등 준비를 진행하고자 오르타나로 돌아가는 바르바라한테는 닐이 동행하기로 했다. 일단 조력한다는 명목이긴 하지만, 요컨대 감시역이겠지.

하루히로와 메리는 동료들이 기다리는 천막으로 갔다. 꼭 해둬야 말이 엄청 많았지만, 척후병은 닐만이 아니다. 모기스 장군, 혹은 닐의 입김이 닿은 자가 귀를 쫑긋 세우고 있을지도 모를 일이니 정보 공유는 신중하게 해야 한다. 시간은 그리 많지 않을지도 모르지만, 얼마간은 있다. 조바심내지 않아도 된다.

다음 날 장군은 전군에게 고했다.

"8일 후 우리 원정군은 명예로운 중대한 작전에 임한다. 이에 관해서 위험한 임무를 맡을 결사대를 모집한다. 더욱이 지원자가 정원인 50명에 달할 때까지, 군의 규율을 어기는 자 중에서 매일 한 명을 나, 진 모기스가 직접 처형한다."

상식을 초월했다고나 할까, 어떤 종류의 광기조차 느껴지는 통달이었다.

장군은 분명 진심일 것이라고 하루히로는 생각했지만, 병사 대부분은 그렇게 받아들이지 않는 것 같았다.

첫날의 지원군은 제로였다.

해가 저문 직후에 장군은 진영을 보며 돌아다녔다.

병사들은 장군을 무서워하면서도 히죽거리기도 하고, 아랑곳하지 않고 누워 있는 자도 꽤 있었다.

장군은 갑자기 발을 멈추더니 땅바닥에 앉아 고개를 다른 쪽으로 돌리고 있는 한 병사에게 "일어나"라고 명령했다.

병사는 결코 담담한 느낌은 아니었고 그런대로 재빨리 일어났다. 아마도 스무 살 남짓할 젊은 병사였다.

"…왜 그러십니까?"

"너는 지금까지 규칙을 어긴 적이 있나?"

"없다… 고 생각합니다."

"정말인가?"

"없습니다."

"네 상관은?" 장군은 고개를 돌려 주위를 보았다.

가까이에 앉아 있던 나이가 좀 있는 병사가 일어나며 "접니다"라고 말했다.

"이자는 규칙을 어겼나?" 장군은 물었다.

"…딱히 규칙을 어긴 적은 없다고 생각합니다만." 나이 든 병사는 대답했다.

"그럼, 너희는 여기에 앉아 있어도 좋다는 명령을 받았나?"

"아뇨." 나이 든 병사는 안절부절못하기 시작했다. "명령받지… 않았습니다."

"그렇다. 나는 앉으라고 명령하지 않았다. 내 명령에 없는 일을 하는 것은 규칙 위반이다."

장군은 갑자기 검을 뽑아 젊은 병사의 목을 쳤다.

모가지가 바닥을 구르고 젊은 병사의 몸이 무너지는 것처럼 쓰러졌다.

진영은 쥐 죽은 듯 조용해졌다.

장군은 태연히 검에 묻은 피를 검은색 모피 외투로 닦아 칼집에 넣더니, 나이 든 병사에게 "치워"라고 거만하게 명령했다.

"네, 네!" 나이 든 병사는 몇 번이나 고개를 끄덕였다.

"어디." 장군은 병사들을 둘러봤다.

"우리 원정군에 규칙을 깬 적이 없는 자가 있을까? 나는 앞으로 몇 명을 죽여야만 하는 걸까? 성가신 일이다."

이렇게 되자 병사들은 고민하기 시작했다.

진 모기스 장군이 굳이 결사대라고 이름 붙일 정도다. 그 임무는 가혹한 것이겠지. 죽음을 각오하고 싸우고, 그리고 실제로 죽음의 꽃을 피우게 될 것이 틀림없다. 지원한 자는, 확실하다고까지는 말할 수 없어도, 높은 확률로 죽겠지.

지원하면 작전 수행 중 죽을지도 모르지만, 규칙 위반으로 처형당할 일은 없다.

더욱이 지원자가 완벽하게 50명에 달하면, 작전이 시작될 때까지는 아무도 장군에게 죽임을 당하지 않게 된다.

단, 원정군에 병사가 천 명 있다고 치면, 내일 당장 자기가 장군에게 처형당할 확률은 천 분의 일이다. 어지간히 운이 나쁘지 않은 한, 당첨을, 아니, 꽝이라고 해야 할까, 자기가 그 제비를 뽑을 일은 없다.

병사들은 혼자 생각에 잠기기도 하고, 친한 사람들끼리 의논하기도 하고, 인상이 험악한 자에게 지원하라고 강요하기도 하고, 언쟁을 벌이기도 하고, 중재하기도 하고, 시끄럽다고 비난하기도 하고, 치고받고 싸우기도 하며 잠들 수 없는 밤을 지새웠다.

하루히로 일행은 처형당하지는 않겠지만, 살기등등한 진영은 불편했다.

한밤중에 천막 앞에 모여, 병사들과 마찬가지로 도저히 잠이 들지 않아서 그러는 것인 양 밀담을 나누고 있노라니 안토니가 다가왔다.

"말했지? 장군은 보통이 아니라고. 그렇기는 해도, 어떻게 해서

이 군을 싸우게 할 것인가? 능력을 보고 싶다는 마음도 내 마음속에 없지는 않았다. …하지만, 설마 그런 방법을 쓸 줄이야."

"모일까요? 50명." 쿠자크가 혐오감을 은근히 드러내며 물었다.

안토니는 "글쎄"라고 중얼거릴 뿐, 제대로 대답하지 않고 쿠자크 옆에 앉았다. 쿠자크는 명백하게 불편한 내색을 했다.

아무래도 안토니에게는 본토인과 변경인이라는 구분이 가장 중요한 모양이다. 하루히로 팀은 변경인에 포함시켰기 때문에 본토인보다는 친근감을 갖는 것 같다.

"장군이 나한테 말해준 본토의 실상." 안토니는 목소리를 낮추며 말했다. "전부 진실이라고 생각해?"

"우리가 판단할 수 있을 리가 없다." 세토라는 쌀쌀맞았다.

안토니는 고개를 숙였다. "그렇군."

"우리는 뭐, 할 일을 하는 것뿐이니까." 쿠자크가 수습하려는 것처럼 말했다.

"그야말로 아무것도 생각하지 않는 자가 내뱉을 만한 말이다."

"또 세토라 씨는, 걸핏하면 그런 말을 한다니까."

"좋겠다, 너희는." 안토니는 중얼거리듯 말을 흘린다. "부럽네."

뭐가 부러운지 잘 모르겠지만, 메리 이외에는 기억을 잃었다는 것을 알아도 안토니는 같은 생각을 했을까?

어쩌면 오히려 더 하루히로 일행을 부러워할지도 모른다.

계속 마음에 걸려 있는 뭔가가 많으면 많을수록, 움직일 수가 없게 된다.

오르타나에서 돌아온 이후로 하루히로는 시호루와 변변히 말을 나누지 않았다. 왠지 태도가 차갑다고나 할까, 그를 피하는 것 같은 느낌도 든다.

10미터쯤 앞에 바르바라가 서 있다.

하루히로의 바로 정면이다.

숲속이지만, 두 사람 사이에 시야를 가로막는 나무는 없다. 바닥도 거의 평평하다.

바르바라는 어렴풋이 웃고 있는 것처럼 보이기도 했지만, 무표정에 가깝다.

인간을 포함해서 동물이 움직이기 시작하기 전에 일어난다… 고 할까, 요컨대 근육이나 힘줄, 그리고 살갗 등의 긴장이겠지만, 그런 현상이 전해지는 기척 같은 것이 있다.

바르바라한테서는 그런 것이 전혀 느껴지지 않는다.

유난히 맨살을 많이 노출한 차림을 했고, 몸매나 용모가 특별히 요염하기 때문에 바르바라는 상당히 눈에 띈다. 그런데도, 어째서인지 지금은 존재감이 희박하다.

그저 서 있다. 바르바라의 형태를 한 식물 같다. 살아 있는 것으로 보이지도 않는다.

하루히로는 눈을 깜빡였다. 무의식이었다.

그 순간, 맞은편 오른쪽 방향에서 무슨 소리가 났다.

하루히로는 소리에 정신이 팔렸다. 그새 바르바라가 사라졌다.

순식간에 사람 한 명이 사라진다. 이런 일이 있을 수 있는 건가?

있을 수 있다. 하루히로는 그 트릭을 알고 있었다.

눈을 깜빡이느라 눈을 감는 것은 한순간밖에 안 된다. 그새 몸을 숨기는 것은 불가능하지만, 뭔가를 던지는 등 해서 소리를 내는 것은 가능하다. 갑자기 소리가 나면, 반사적으로 그쪽으로 주의가 쏠리게 된다. 이 시점에서 바르바라는 모습을 지울 시간을 번 것이다.

심장 박동 수가 급격히 올라가고, 머리에 피가 몰린다. 아차. 당했다. 아무래도 동요하게 되어버리지만, 냉정함을 유지할 수 없게 된다면 바르바라가 노리는 대로 된다.

한 번 숨을 내쉰다. 어느 틈엔가 구부러져 있던 무릎을 뻗는다. 굳어 있던 어깨와 팔, 손에서 힘을 뺀다.

그럴 만하다…… 고 받아들인다. 바르바라 쪽이 한 수, 두 수, 아니, 그 이상 실력이 위니까, 이렇게 된 것은 당연하다.

바르바라는 어디에 몸을 숨기고 있는 것일까? 예측하는 건 쉽지 않다. 하지만, 예측에만 사로잡혀 현혹되어서는 안 된다.

하루히로는 정면의 한 점을 눈으로 응시한 채 주위를 넓게 살펴봤다.

귀를 기울인다. 나뭇잎이 흔들리고 서로 부대끼는 소리, 벌레 소리, 새소리. 그런 것들 사이에 교묘히 섞여 있는 다른 소리는 없나? 자기 숨소리가 방해된다. 가급적 천천히 숨을 쉰다.

질끈, 눈을 감아본다.

아무것도 파악할 수 없는 채로 시간이 흐른다.

아니, 아무것도… 라는 일은 결코 없다. 하루히로는 서서히 그 일대의 숲을 생생하게 느낄 수 있게 되어갔다.

눈을 뜬다.

이제 보이지 않는 부분까지 느껴진다.

왼쪽 방향에 뭔가 위화감 같은 것이 느껴진다.

하루히로한테서 약 7미터 떨어진 장소에 메밀잣밤나무 같은 나무가 있다.

거기인가? 생각하자마자 거기다, 틀림없이 거기야, 결정했고, 예측은 확신으로 바뀐다. 거기에 있다는 것을 확인해야 해서 발을 내디딘다.

하루히로는 걸었다.

큰 나무 뒤쪽으로 돌아간다.

없다.

그럴 가능성도 머릿속에 있었다. 바르바라라면, 하루히로의 예측을 예상하고 의표를 찌르는 건 간단한 일이겠지.

바르바라는, 어떠한 방법을 써서 여기에 자기 기척을 남기고 나서 은밀하게 이동하는 정도는 해낼 수 있다.

지금 바르바라는 어디에 있는 건가?

바로 근처다.

하루히로는 돌아보려고 했다.

아니다, 뒤가 아니야,

펄쩍 뛰어 물러서자, 나무 위에서 뭔가가 떨어졌다. 뒤가 아니라 위였던 것이다.

"정답."

바르바라는 착지하자마자 단검을 뽑아 덤벼든다. 하루히로도 단검을 뽑아 튕겨내려고 했는데, 그 바르바라의 단검이 쓱 도망간다. 하루히로는 곧바로 반격으로 이행했는데, 이것은 내 의지인가? 아니면, 반격하게끔 유도당한 것일까? 어디를 어느 각도에서 공격해도 바르바라는 슬쩍슬쩍 피한다. 전혀 감촉이 없다. 뭐야? 이거.

공격할 수가 없다. 그렇게 하루히로가 느끼자마자, 공수 교대…

라는 듯이 바르바라가 공격으로 전환한다. 단검의 궤도도 구불구불해서 파악하기 힘든데, 바르바라는 빈번하게 거리를 좁히기도 하고 떨어지기도 하고, 다리를 걸려고 하기도 하고, 단검을 들지 않은 쪽 손으로 하루히로의 팔을 쓱 밀기도 하고, 정말로 싸우기 힘들었다.

힘든 상황에서 그나마 할 수 있는 일, 할 수 있을 만한 일을 모조리 시험해보고 있다. 단, 하루히로가 뭘 해도 바르바라는 완전히 간파한 모양이다. 전부 예측하고 있다. 분명 바르바라한테는 하루히로의 심장 고동 소리까지 들리겠지.

웃음이 나올 정도로 속수무책이다.

하루히로는 숨이 차고 움직임이 둔해졌고 마지막에는 단검을 쥔 오른손 손목을 꺾였다. 곧바로 단검을 손에서 놓쳐버리고, 그 직후에 집어 던져져 눈 깜짝할 사이에 밑에 깔렸다.

"항복인가?" 바르바라는 하루히로 위에서 말했다.

하루히로는 곁누르기 기술에 걸린 것 같은 형태로 바르바라에게 깔려 있었다.

"…졌습니다. 아프고, 괴로워요."

"기분 좋다는 걸 잘못 말한 거 아니야?"

"아뇨, 보통으로 괴롭습니다…."

"기억이 없어져도 여전하네."

바르바라는 하루히로를 해방시켜주었으나, 일어서지는 않고 한쪽 무릎만 세워 땅바닥에 앉았다.

선생이 하는 것을 따라 하루히로도 일어나서 양반다리를 하고 땅바닥에 앉았다.

"상태가 어떻습니까? 저는."

"감은 돌아온 것 아닐까? 네 몸은 분명히 나를 기억하는 모양이야."

하루히로는 쓴웃음 지었다. 그 표현은 좀 이상하다고 생각하지만, 확실히 바르바라에게서 배운 도적의 기술은 하루히로의 육체에 새겨져 사라지지는 않은 것 같았다.

내일 동트기 전에 원정군은 오르타나 탈환 작전을 결행한다.

오르타나와 바깥을 연결하는 통로는 여러 개 있다. 또한, 통로끼리 이어져 있기도 하다.

아마도 결사대 54명을 포함한 80명 남짓의 병사가, 오르타나 니시초의 암흑 기사 길드, 남구에 있는 전사 길드의 지하, 북구 루미아리스 신전의, 이 또한 지하에 잠복해 있다.

결사대 지원자는 둘째 날 밤 단계에서 48명이었는데, 장군이 처형할 군 규칙 위반자를 찾기 시작하자 여섯 명이 일제히 손을 들었다. 정원 초과였지만, 장군이 "그렇게까지 의욕이 넘친다면 죽게 해주지"라며 48명에 6명을 더해 결사대 결성을 선언한 것도 지금에 와서는 좋은 추억이다.

작전을 대충 말해보자면, 먼저 모기스 장군이 이끄는 원정군 본대가 밖에서 오르타나 남문을 공격한다.

고블린들이 방어하기 시작하면, 결사대 54명이 행동을 개시한다. 결사대의 임무는 오르타나 남문을 안쪽에서 여는 것이다. 설령 열지 못한다 해도, 열려고 하는 인간들이 오르타나 안에 있다는 것만으로도 의미가 있다.

밖과 안, 양쪽에서 공격하면 고블린들은 당황할 것이다.

혼란을 틈타 장군이 신뢰하는 자들과 안토니 저스틴과 그의 부하, 그리고 하루히로 팀이 천망루에 돌입해서 부왕 보고를 해치운다.

하루히로 팀은 상당히 중요한 임무를 맡게 되고 말았다.

쿠자크는 현 상태로도 싸울 수 있다. 세토라도 무기만 있으면 어떻게 할 수 있을 것이다. 키이치도 있다. 시호루는 다크 마법을 쓸 수 있게 되었다. 메리는 말할 것도 없이 문제없다.

그런데 하루히로는 과연 괜찮을까? 불안이 없지는 않았기 때문에, 바르바라 선생한테 재교육을 겸해서 검증을 받기로 한 것이다.

"…그럼, 일단, 합격이라는 걸로?" 하루히로는 스승에게 물었다.

"너."

"네?"

바르바라는 하루히로의 머리를 움켜잡더니, 머리카락을 거칠게 헝클어뜨렸다.

"뭐, 뭐 하는 겁니까?"

"잠시 못 본 사이에 꽤 성장했네."

"…그런… 가요? 기억이 나지 않으니, 저는 뭐라 말해야 할지."

"그래도, 상대가 나라서 힘을 뺀 거겠지?"

"그럴 마음은. 힘을 뺄 정도로 여유도 없었고…."

"구성이 나빴어. 너, 나를 죽일 각오로 하지 않았잖아."

"어? 아니… 당연하잖아요?"

"정말로 잡아먹느냐 먹히느냐의 싸움에 임하는 자세가 아니야." 말하면서, 바르바라는 하루히로의 가랑이에 달린 것을 움켜쥐려고 했다.

하루히로는 아슬아슬하게 저지했다. "그 말은 그 뉘앙스가 아니잖아요?!"

"그야 뭐." 바르바라는 웃더니 하루히로의 머리를 끌어안았다. 하루히로는 물론 놀랐지만, 어째서인지 저항할 수 없었다.

"잘 들어, 올드 캣. 중요한 것은 적절한 목표를 설정하는 일이야."

바르바라는 하루히로를 쓰다듬기도 하고, 이마에 입을 맞추기도 하면서, 간절하게 깨우쳐준다.

"그 목표에서 역산해서 전략을 세우는 거야. 당연히 여러 가지 일이 일어날 테니까, 임기응변으로 행동하지 않으면 안 돼. 그래도, 목표를 잘못 정하면 어떤 전략도 무의미한 거야. 나와 대결할 때에는, 비록 연습이라고 해도 죽여야만 해. 목표를 그걸로 잡지 않으면 안 돼. 결과적으로는 죽이지 않는다고 해도 말이야. 알겠어?"

"…네, 선생님."

하루히로는 꽤 부끄러워서 도망치고 싶었는데도 어째서 바르바라를 뿌리치지 않았을까? 바르바라 선생은 거역할 수 없다. 몸에 그렇게 새겨져 있는 걸까?

"너는 어디로 가는 건지도 모르는 채로 그저 무작정 달렸어. 그래서는 이길 수 없어. 사실 반드시 이기고야 말겠다는 의식조차 없었겠지. 너는 질 만해서 진 거야."

혹시나 부끄럽기는 해도, 솔직히, 기분이 좋았던 걸까?

"올드 캣. 너는 말이야, 시야가 넓고 웬만해서는 동요하지 않아. 머리 회전은 보통이지만. 과신하지 않고, 어떤 일이든 꾸준히 계속해낼 만한 끈기가 있어. 그런 점은 기억을 잃었다 해도 변하지 않을 거야. 너는 하면 할 수 있는 아이가 아니야. 할 수 있을 때까지 해내는 아이야. 그러니까, 지금 이것도 저것도 다 못 하는 것은 좋은 일

이야. 너는 언젠가는 그것들을 할 수 있게 될 테니까."

기억을 잃기 전의 나는 아무래도 상당히 운이 좋았던 모양이다. 하루히로는 그렇게 생각하지 않을 수가 없었다.

바르바라 선생 왈, 처음 만났을 때에는 도저히 오래 살 수 있을 것 같지 않았던 하루히로가 오늘까지 살아남은 것이다.

하루히로 나름대로 최선을 다했겠지. 적어도 최선을 다하려고는 했을 것이다. 하지만 무엇보다도, 동료들이나 선생님 등 주위 사람들 덕분이 틀림없다. 그들이 없었다면 하루히로는 진작 목숨을 잃지 않았을까?

내일은 어떻게 될까? 불투명하달까, 전망이 밝다고는 말하기 힘들지만.

바르바라는 오르타나로 돌아갔다. 감시역인 닐도 함께.

하루히로 팀을 포함한 천망루 돌입 부대는 해가 지면 출발한다. 저녁 무렵에 잠깐 잠을 청하기로 했다.

하루히로는 천막 안에 누워봤지만 잠이 올 것 같지 않았다. 옆에서 쿠자크가 숨소리를 내며 잠들어 있다. 잘 수 있을 리가 없다고 말했던 것치고는 순식간에 잠들었다. 쿠자크의 이런 점은 진심으로 꽤 부럽다.

알고 있던 일이기는 하지만, 무리다. 잘 수 있을 리가 없다. 하루히로는 포기하고 천막에서 나왔다.

메리와 시호루가 나란히 앉아 있었다.

두 사람은 하루히로를 봤다.

"하루."

"…하루히로 군."

아니, 나란히가 아니다. 두 사람은 1미터 정도 떨어져 있다.

물론 마주 보고 있지 않고, 평행도 아니다. 약간 대각선이지만, 눈이 마주칠 만한 위치 관계는 아니고, 대화하고 있었던 것 같은 기색도 아니었다.

"응…." 하루히로는 모호하게 고개를 끄덕였다.

망설여지는 부분이다.

미묘한 거리감이라서, 두 사람 사이에 앉는 것도 이상하달까, 앉지 못할 건 없지만, 비좁게 끼여 앉아야 한다. 패스. 하루히로는 생각한다. 그 선택지는 없다.

잠시 고민한 끝에 하루히로는 메리, 시호루, 그리고 본인이 정삼각형의 꼭짓점이 되는 위치에 앉았다.

금방 후회했다.

어떻게 해도 두 사람의 시선을 동시에, 한 몸에 받게 되어버렸다.

어색했지만, 이제 와서 자리를 옮기는 것도 이상하니 견디는 수밖에 없다.

"어, 저기, 세토라는…?" 물어보고 나서 거듭 후회했다.

"키이치랑, 자." 메리가 대답했다.

"그런가…." 하루히로는 그렇지… 하고 작은 목소리로 중얼거리고 나서, 눈언저리를 주물렀다.

좀 더 이어나가기 쉬운 화제를 선택했어야 했다.

"아…." 시호루가 입을 열었다.

"응?" 하루히로는 말했다.

시호루는 고개를 숙였다. "…내일, 이지. 드디어, 랄까…."

"아아, 응. 그러네." 하루히로는 조바심이 났다. 모처럼 시호루가 대화의 실마리를 만들어줬으니 어떻게든 살리고 싶다. "뭐… 어쩌다 보니 일이 이렇게 되어버려서 좀 거시기한데. 좀 더… 뭐랄까, 잘했어야 했다고나 할까, 모두를 위험에 빠뜨리지 않는 방향으로, 어떻게 할 수는 없었을까 하고, 그런 생각이 안 드는 것도 아니라거나…."

"하루 탓이 아니야." 메리가 말했다.

"나, 나도!" 시호루는 힘주어 동의했다. "…그렇게, 생각해. 하루히로 군은, 정말로, 무척… 애써주고, 있어, 우리를 위해서…."

시호루는 약간 하루히로를 피하는 것처럼 느꼈었으나, 어쩌면 그건 기분 탓이었는지도 모른다. 하루히로는 안도했다.

"…아니, 모두를 위해서라고 하면, 뭔가 거창해 보인달까. 그런, 대단한 일이 아니라. 정말. 응…."

메리는 미소지었다. "하루는 계속 그랬었어."

시호루가 곁눈으로 메리를 흘낏 보더니 바로 고개를 숙였다.

메리는 시호루를 쳐다보고, 눈을 내리깔고, 아랫입술 끝을 아주 약간이지만 꼭 깨물었다.

그러고는 두 사람은 입을 다물어버렸다.

어째서?

어라, 어라, 어라?

왜 이 대목에서 입을 다무는 건가? 하루히로는 짐작도 할 수 없었다.

이런 것은 곤란하달까, 힘들어서 개선하고 싶다, 해결해야 할 문제가 있는 거라면 해결하고 싶고, 그 일에 관해서 의논하고 싶지만, 괜찮은 걸까? 기탄없는 의견을 물어보고 나서 건설적인 논의를 하고 싶다… 고 제안하고 싶은 마음은 굴뚝같지만, 도저히 말을 꺼내지 못하는 채로 그저 침묵만이 이어졌다.

그 끝에서 간신히 하루히로는 입을 여는 데 성공했다.

“히, 힘내자.”

그러자 두 사람이 숨을 멈추고 하루히로를 봤다.

뭔가 기대하고 있는 것 같다. 두 사람 다 그런 얼굴을 하고 있다.

없… 는데?

기대해봤자 더는 나올 게 없는데.

“…내일은, 다 같이. …힘을, 합치는 방향으로….”

그 말만 덧붙이는 것이 하루히로가 할 수 있는 한계였다.

“응.” 메리는 고개를 끄덕였다. “물론.”

시호루는 살짝 웃었다. 적어도 웃으려고 해주었다. “…응.”

일몰 전에는 쿠자크와 세토라, 키이치도 천막에서 나왔다.

“이야, 잠을 못 잘 거라고 말해놓고서, 비교적 푹 자버렸네요.”

“나는 눈을 감고 쉬고 있던 것뿐이지만.”

“냐아.”

“세토라 씨는 참, 그 허세에 무슨 의미가 있는 거지?”

“허세가 아니다. 나는 사실을 말한 것뿐이다.”

“의외로 그런 면이 있단 말이야, 세토라 씨는.”

“어떤 면?”

천망루 돌입 부대 대장은 다이란 스톤이라는 모기스 장군의 심복이었고, 부대장은 안토니 저스틴이 맡았다. 안토니의 부하인 변경군 전사 연대의 전사 다섯 명, 원정군 병사 여덟 명, 하루히로 팀 다섯 명과 키이치, 총 스무 명과 한 마리다.

다이란 대장은 40대쯤의 음침한 인상에 코가 크고 수염이 무성한 남자로, 장군과 마찬가지로 검은 모피 외투를 입은 걸 봐도 알 수 있듯이 블랙 하운드 출신이라고 한다.

입버릇은 똥 덩어리. 뒈져라 등등의 말을 자주 한다.

참고로, 원정군 병사 여덟 명은 전원이 검은 모피 외투를 걸쳤다. 장군은 천망루 돌입 부대에 신뢰할 수 있는 정예들을 배치했다. 그렇게 생각해도 좋을 만한 인선이었다.

돌입 부대는 날이 저물자 바로 출발했고, 밤중에는 비밀 통로를 통해 오르타나에 침입해서, 니시초의 암흑 기사 길드에서 척후병 닐과 합류했다. 닐에게서 계속 감시당하고 있던 바르바라 선생은 지금쯤 천망루 보초를 서고 있을 것이다.

암흑 기사 길드는 결사대 20명의 대기 장소이기도 하다. 모기스 장군이 이끄는 원정군 본대가 공격을 개시하면, 결사대는 곧바로 오르타나 남문을 향해서 돌격해야 한다.

돌입 부대의 다이란 대장이 결사대를 격려했다.

"어차피 뒈질 거라 생각하면 뒈져도 별것 아니다. 만에 하나 살아남는다면 이득인 셈이다. 우리는 한 번밖에 뒈질 수 없고, 모두 언젠가는 뒈진다. 먼저 뒈지고 와라, 똥 덩어리들아."

다이란 대장은 굳이 결사대 대원 한 명 한 명과 악수를 했다. 그 나름대로 격려할 생각이었겠지. 단, 대원들이 그 덕분에 용기가 났을 거라고는 생각할 수 없다. 오히려 생기가 없어진 것 아닐까?

다이란 대장은 말수는 적지만, 한 번씩 뭔가 말하면 그때마다 주위를 의기소침하게 만든다. 잠자코 있어도 거기에 있는 것만으로도 왠지 다른 사람을 피곤하게 만드는 분위기를 풍겨서, 별로 가까이

가고 싶지 않다.

하루히로와 닐은 지상으로 나가 상황을 살피게 되었다. 원정군 본대가 남문을 공격하기 시작하면, 결사대와 돌입 부대에 그 내용을 보고해야 한다.

동트기 전의 니시초는 쥐새끼 한 마리, 아니, 고블린 한 마리 없이 조용했다.

두 사람은 니시초를 나가 의용병 숙소였다는 건물 지붕으로 외벽을 타고 올라갔다.

하루히로 팀은 예전에 이 숙소에서 지냈다고 하는데, 전혀 기억나지 않는다.

"재난이네." 닐은 낮게 웃으면서 하루히로에게 속삭였다. "다이란 놈은 사신이다. 놈이 이끈 부대는 사람이 많이 뒈져. 반드시 살아남는 건 그놈뿐이다."

"당신도 같이 돌입하는 거 아닌가?"

"그럴 리가. 나는 척후다. 너희의 활약을 멀리서 지켜보고 장군에게 보고해야 하니까."

"아아, 그렇습니까…?"

"가르쳐주지. 다이란 스톤은 타인을 방패 삼는 걸 잘하는 악질이다. 자기 말고는 죽든 살든 상관없어. 장군은 그런 부류의 사내를 좋아하거든."

"장군은 당신을 신용하는 것 같은데요."

"나를 신용한다고?"

닐은 허락도 없이 하루히로의 어깨에 팔을 두르려고 했다.

하루히로가 슬쩍 몸을 피하자 닐은 유난스럽게 얼굴을 찡그렸다.

"장군은 아무도 믿지 않아. 꼬리를 흔들며 말을 잘 듣는 개인지 아닌지 그것만 보는 거다. 나는 장군을 배신하지 않아. 명령에 따른다. 그러는 게 득이니까."

뒤집어 말하자면, 자기한테 이득이 되지 않는다면, 닐은 장군의 명령을 따르지 않을 것이고 배신도 못 할 것 없다는 뜻이 아닐까?

윗물이 맑아야 아랫물도 맑다고 하던가. 이런 패거리와 목숨을 건 큰일에 임해야만 한다. 임하는 정도가 아니라, 하루히로 팀은 이런 놈들과 한 팀이 된 것이다.

일련탁생(一蓮托生)이다.

불쾌하기 짝이 없지만, 하는 수밖에 없다.

동이 틀 때까지는 아직 시간이 있지만, 동쪽 하늘이 하얗게 물들기 시작했다.

"슬슬 때가 되었군." 닐은 코를 훌쩍였다. "운명이 정해지는 날이다."

거창한 표현이지만 반드시 과장이라고 할 수도 없다. 남쪽에서 우오에아아아오오오오… 라는 탁한 목소리가 들려왔다.

징, 징, 징, 징 소리인지 뭔가를 두드리는 소리가 그 뒤를 이었다.

"가라." 닐이 하루히로의 등을 두드렸다. "죽지 마라."

그런 말을 들을 것이라고는 생각하지 않았었다. 하루히로가 살짝 놀라 쳐다보니 닐은 히죽거리고 있었다. 모기스 장군의 부하 중에 변변한 자는 없다.

"닐 씨도." 하루히로도 마음에도 없는 말을 내뱉고 서둘러 의용병 숙소 지붕에서 내려갔다.

골목으로 뛰어 들어가 달린다. 전에 하루히로 일행이 오르타나에 접근했다가 쫓겨날 때와는 소란스러움이 다르다. 사방에서 징 소리와 종소리가 울려 퍼지고, 고블린들이 고함을 질러대고 있다. 건물 안에서 자던 고블린들도 놀라 벌떡 일어나 황급히 밖으로 나오려고 하겠지. 아니, 나오려고 하는 정도가 아니라 길거리는 이미 고블린 투성이다.

하루히로는 몇 번인가 고블린과 마주칠 뻔했으나, 바르바라의 지도가 머릿속에 입력되어 있기 때문인지 간신히 잘 피해 다니며 뒷길을 빠져나가 암흑 기사 길드에 도착할 수가 있었다.

하루히로의 보고를 듣고, 다이란 대장은 지하의 암흑 기사 길드에 있는 전원에게 지상 부분의 폐가로 올라오도록 명령했다.

지상 부분의 폐가는 복잡한 구조에 복도도 좁고, 방이 몇 개나 있긴 하지만 하나같이 크기가 작다.

"자, 뒈지기 좋은 날이다. 뒈지고 와라, 똥 덩어리들아."

다이란 대장은 거의 쫓아내는 것처럼 결사대를 내보내더니, 다섯 명이 들어가면 꽉 찰 것 같은 작은 방에 혼자 들어가 받침대처럼 엉성한 의자에 앉았다.

"…우리는?" 하루히로는 작은 방 밖에서 물었다.

"대기다." 다이란 대장은 지시하고는 팔짱을 끼고 눈을 감았다.

하루히로는 다른 방으로 동료들을 모았다. 폐가 출입구 근처다. 옆방에는 안토니 일행이 있다. 그러나 이 방도 역시 비좁다.

"아아…." 쿠자크가 크게 기지개를 켜다가 세토라에게 손이 닿을 뻔했다.

"어이." 세토라는 쿠자크를 노려봤다. 키이치도 하악… 쿠자크를 위협했다.

쿠자크는 헤헤 웃고는 "미안. 긴장해서"라고 말하면서 하품을 했다.

"……도대체 뭐야? 이 녀석은." 세토라는 어이없어한다.

"긴장하면 졸리거나 하품이 나오는 경우도 있는 모양이야." 메리가 도와준다.

"맞아, 그거." 쿠자크가 신이 나서 말했다. "그거야. 틀림없이, 그거."

시호루는 위를 쳐다보며 몇 번이나 후우, 후우, 숨을 내쉬고 있다.

"괜찮아?" 하루히로는 물었다.

시호루는 하루히로에게 몸을 돌리고는 약간 어색한 웃음을 지었다. "…다들, 같이 있으니까."

"그러네"라고밖에는 대답하지 못하고, 뭔가 좀 더 그럴싸한 말을 할 수는 없느냐고 하루히로는 자문했다.

기본적으로 나는 '그러네' 빈도가 높지 않은가? '그러네'보다는 '그렇구나'가 많나? 매한가지인가? 매한가지다.

왠지 붕 뜬 느낌이다.

쿠자크만큼은 아니지만, 긴장한 건지도 몰라.

아니, 당연히 긴장했을 것이다. 자기가 침착하다고 생각한다면, 그것은 착각 이외의 그 무엇도 아니겠지.

"저, 메리…." 시호루가 말을 걸었다.

메리는 의표를 찔린 것처럼 눈을 크게 떴다. "엇…?"

두 사람은 서로 마주 본다.

그때 분명하게 하루히로는 자각했다. 역시 나는 긴장하고 있어. 뭐랄까, 이 기이한 긴박감은 무엇인가? 일촉즉발 같은?

시호루가 고개를 숙였다. "…부탁, 해요."

메리는 시호루의 진의를 파악하지 못하는 듯, 뭔가 하려던 말도 하지 못하고 입만 뻐끔거린다.

시호루는 고개를 들고 상냥하게 웃는 표정을 지으려고 한 모양이다. 그 노력의 흔적은 보기에도 확연했으나, 결과적으로는 울 것 같은 얼굴이 되었다.

메리는 웃음을 터뜨리더니 입을 가리고, 다시 웃고, 고개를 숙였다. "미안해…."

시호루는 도리질했다. "…나야말로, 미안해…."

왠지 메리와 시호루 사이에 부드러운 공기가 흐르는 것 같은 느낌도 드는데, 도대체 이것은 어떻게 된 일일까? 하루히로는 도움을 청하며 세토라를 쳐다봤다.

세토라는 키이치를 안고, 모르는 척 시침을 떼고 있다.

"그렇지!" 쿠자크가 만면에 웃음을 띠고 하루히로에게 말하며 엄지를 척 세워 보였다.

뭐가 그렇지… 인데?

그때 누군가가 폐가의 문을 여는 소리가 나지 않았다면, 하루히로는 쿠자크를 다그쳤을지도 모른다.

"천망루에서 움직임이 있었어! 부왕 보고가….!"

바르바라의 목소리였다. 하루히로는 방에서 뛰어나가려고 했다.

"기다려!" 메리가 말렸다. 손가락을 이마에 대고 육망성을 그린다. "빛이여, 루미아리스의 가호 아래… 프로텍션(빛의 수호)."

하루히로 팀의 왼쪽 손목에 빛나는 육망성이 떠올랐다.

메리는 계속해서 다른 축사를 읊는다.

"…어시스트(수호자의 빛)."

하루히로 팀의 왼쪽 손목에 다른 색의 작은 육망성 두 개가 지펴졌다.

쿠자크가 펄쩍 뛰더니 웃는다. "가벼워, 가벼워."

프로텍션은 신체 능력이나 자연 치유력을 큰 폭까지는 아니지만 확실히 다소는 향상시켜주는 광마법이다. 어시스트는 온갖 내성을 끌어올려준다.

"고마워." 하루히로는 메리에게 말했다.

메리는 고개를 젓는다.

"효과가 떨어지면 다시 걸게. 가급적 내가 먼저 알아차릴 수 있도록 할 거지만, 육망성이 사라지면 알려줘."

하루히로는 고개를 끄덕이고 나서 동료들의 얼굴을 둘러봤다.

"가자."

14. 늙은 고양이가 되는 길

바르바라의 급보를 전해 듣고 다이란 스톤 대장은 곧바로 명령을 내렸다.

"나가자, 똥 덩어리들!"

돌입 부대는 분주하게 암흑 기사 길드를 나섰다.

지리를 잘 아는 부대장 안토니가 인도하는 역할을 명령받았고 그의 부하와 하루히로 팀, 그리고 다이란 대장 이하 검은 외투의 병사들이 뒤를 따르는 형태가 되었다.

바르바라는 하루히로와 나란히 달리고 있다.

"천망루에서 부왕 보고가 나와줄 줄이야! 이건 천재일우의 기회라는 거지!"

암흑 기사 길드를 벗어나서 금방 고블린에게 들켰다. 그 고블린은 뭔가 외치면서 도망쳤다.

"쫓아갈까요?!" 안토니가 큰 소리로 물었다.

"바보 녀석!" 다이란 대장은 뒤에서 고래고래 소리를 질렀다. "별 볼 일 없는 똥 덩어리다! 내버려둬! 갈 길을 서두른다, 똥 덩어리!"

다이란 대장한테는 적이건 아군이건 다 똥 덩어리다. 제일 똥 덩어리는 당신이잖아… 그 비슷한 말을 쿠자크가 살그머니 했는데, 하루히로도 솔직히 그렇게 생각한다.

아무튼, 돌입 부대는 고블린을 무시하고 진격했다.

바르바라의 말에 따르면, 원정군 본대의 공격이 시작되고 얼마 안 되어 천망루에서 백걸 고블린 네다섯 마리가 나와 수십 마리의 고블린을 이끌고 남문으로 갔다고 한다. 그 뒤에 전령으로 보이는 고블린이 천망루로 뛰어 들어갔다. 그러자 열 마리 정도의 백걸을 거느린 부왕 보고가 모습을 드러냈다.

백걸은 사방으로 흩어졌고 부왕 보고는 광장에 남았다.

부왕 보고는 수하의 병사들을 불러 모아 남문으로 향하려는 것 같다는 것이 바르바라의 견해다.

천망루는 상당히 높은 건물이지만, 넓은 곳은 로비와 연회실이 있는 1층과 2층뿐으로, 그보다 위는 나선형 계단과 복도, 자잘하게 나뉜 방들로 구성되어 있다. 만일의 경우에 방어하기 쉽게끔 만든 것이다.

돌입 부대는 천망루에 쳐들어가 부왕 보고를 해치울 예정이었지만, 밖에서 잡을 수 있다면 그보다 좋은 일은 없다.

단, 야외는 야외대로 위험하다.

숫자는 고블린 쪽이 압도적으로 많다는 걸 전제해야 한다. 건물 안처럼 좁은 장소라면, 스무 명 대 천 마리라는, 극단적인 수적 불리에 빠지지는 않을 것이다. 그러나 야외라면, 최악의 경우, 사방에서 고블린이 밀려올지도 모른다.

니시초를 나가 남구로 들어갔을 때 열 마리 정도의 고블린이 돌입 부대의 앞을 막아섰다.

"돌파한다!" 안토니가 외쳤다. "변경의 전사들, 긍지를 보여라……!"

안토니와 다섯 명의 전사는 주저하지 않고 고블린의 대열을 향해 돌진했다.

단번에 쓸어버렸다고 말해도 과언은 아닐 것이다.

안토니 부대는, 정면으로 다가가 검을 한 번 휘두르는 것만으로도 네다섯 마리의 고블린을 베어버리거나 혹은 날려버렸다.

칼을 맞지 않았거나 자세가 흐트러지기만 했던 고블린은 재빨리 도망쳤다.

“저 사람들, 세잖아!” 쿠자크는 높은 톤으로 말했다.

“상대가 약한 것뿐이야.” 바르바라는 비웃었다.

“올드 캣, 나는 먼저 가서 상황을 보고 오겠다.”

“네, 선생님!”

“좋은 대답이다.”

바르바라는 손으로 키스를 날리고 돌입 부대를 벗어났다.

돌입 부대는 계속 전진한다. 목적지는 천망루 앞의 광장이다.

“안토니 씨!” 하루히로는 소리쳤다.

“뭐냐?!” 안토니는 돌아보지 않았다.

“속도를 좀, 늦춰요! 너무 빨라, 벌써, 숨이, 찹니다!”

“…그렇군! 알겠다!”

“쓸데없는 말을 하지 마라, 똥 덩어리!” 다이란 대장이 꾸짖었으나, 그 이상은 아무 말도 하지 않았기 때문에 하루히로는 신경 쓰지 않았다.

나는 지금, 냉정한 건가? 당황하고 있는 것은 아니라고 생각한다. 꽤 주변이 잘 보인다. 그런 기분이 드는 것뿐인지도 몰라.

아니, 보이는 것이 아니라, 보고 있는 것이다.

시야가 넓다고 바르바라가 말해줬었다.

하루히로는 자기도 모르게 고개를 돌리고, 안구를 움직이고, 끊임없이 주변을 신경 썼다. 그러는 습관이 몸에 밴 것 같다.

덕분에… 라고 해야 할까? 후방에서 돌입 부대를 향해 다가오려는 고블린 무리를 누구보다도 먼저 알아차린 것은 하루히로였다.

숫자는 열다섯 마리 정도지만, 모든 고블린들이 둥근 방패와 창을 들고 있다. 장비에 통일감이 있는 것만이 아니다. 움직임도 질서 정연하다.

뒤에… 라고 하루히로는 외치려고 했다.

길가에 면한 2층 건물 옥상에도 고블린이 있었다. 그놈이 마침 붉은 빛이 도는 검을 뽑았을 때였다.

백걸… 이라는 놈인가?

순간적인 판단이었다.

"시호루…!" 하루히로는 2층 건물 위의 백걸을 가리켰다.

곧바로 시호루는 발을 멈추고 백걸 쪽을 향해 두 손바닥을 내밀었다. "다크…!"

그것은 보이지 않는 문을 밀어 열고 나오는 것처럼 나타났다. 거무스름한 긴 실이 뒤엉키며 사람 같은 형태를 만든다.

다크는 슈부우우오오오오오… 라는 기이한 소리를 발하면서 백걸을 향해서 날아갔다.

백걸은 "끼?!" 놀라면서도 다크를 검으로 베려고 했다. 그러나 다크는 그 검을 슬쩍 피하더니 백걸의 뒤로 돌아갔다.

백걸은 다크를 찾으려고 뒤를 돌아봤다. 그때에는 이미 다크는 백걸의 사각지대에 들어가 있었다.

"다이란 대장님!" 하루히로는 외쳤다. "적이 뒤에서!"

"똥 덩어리!" 다이란 대장은 내뱉으면서 검을 뽑았다. "모조리 죽인다!"

"우욱…." 안토니의 부하 한 명이 쓰러졌다.

화살이다. 백걸이 있는 2층 건물과는 다른 건물 옥상에 대여섯 마리의 고블린이 있었다. 석궁을 겨누고 있다. 놈들이 일제히 사격을 했고 그 화살 중 한 대인가 두 대가 안토니의 부하에게 맞은 것이다.

"치료를!" 메리가 달려간다.

뒤에서 다가오는 고블린들은, 보아하니 다이란 대장에게 맡겨도 될 듯하다.

백걸은 다크에게 농락당하면서도 붉은 검을 휘두르고는 있지만, 그래봤자 끝이 나지 않는다는 것을 깨달은 것인지 옥상에서 몸을 날렸다.

"안토니! 쿠자쿳!" 하루히로는 자기도 모르게 안토니를 '씨'도 붙이지 않은 채 이름을 부르고 말았다.

길가에 착지한 백걸이 붉은 검을 치켜들고 짖자 이 골목 저 골목에서 속속들이 고블린들이 튀어나왔다.

안토니 부대가 포효를 내지르며 돌격한다.

쿠자크는 맹렬하게 백걸에게 덤벼들었다.

메리는 다친 안토니의 부하를 일으켜주려고 했다.

"세토라! 메리를…!"

"알았어!"

"시호루는 내 뒤로!"

"네…!"

고블린의 석궁 부대가 화살을 겨누려고 했다. 하루히로가, 놈들을…… 이라고 지시하기도 전에 시호루가 다크를 석궁 부대 쪽으로 날렸다.

안토니 부대가 놓친 고블린이 달려온다. 창이다. 찔린다. 하루히로는 시호루를 등 뒤에 보호하고 있다. 물러설 수가 없다.

창끝은 하루히로의 명치께를 노리고 있다. 하루히로는 아슬아슬한 타이밍에 왼쪽 어깨를 앞으로 내밀며 몸을 반만 움직였다. 그냥 피하기만 했다가는 창이 뒤에 있는 시호루를 위협하게 된다. 그래서 하루히로는 왼손으로 창 자루를 바깥쪽으로 밀어냈다. 고블린은 투구를 썼다. 머리를 완전히 덮었고, 차양과 안면 보호구의 간격이 아주 가늘게 뚫려 있는, 시야 확보는 잘 안 될 것으로 보이고, 소리도 듣기 힘들겠지만, 튼튼한 투구다. 체인 메일을 입었고 가슴 보호대까지 찼다.

하루히로는 고블린에게 덤벼들었다.

주춤거리는 고블린의 오른발 발등을 오른발로 힘껏 밟았다. 투구에 갑옷까지 장착했으면서 그 고블린은 맨발이었다. 하반신도 가죽인지 뭔지로 된 바지만 입었다.

하루히로는 고블린의 오른쪽 무릎 바로 위에 단검을 박았다. 고블린은 캬앗 외치고는 몸을 뒤로 젖혔다.

왼손으로 고블린의 턱을 움켜잡고, 비틀면서 넘어뜨렸다. 위에 올라타, 양쪽 무릎에 체중을 싣고 더욱 고블린의 턱을 짓눌렀다.

"아캇!" 필사적으로 저항하려는 고블린의 투구 안면 보호구를 차양과 함께 재빨리 날려버린다.

뚫린 부분에서 고블린의 얼굴이 드러났다.

그 왼쪽 눈에, 하루히로는 오른손으로 거꾸로 쥔 단검을 쑤셔 박았다.

깊이, 깊이 찌르고 한 번 비튼다.

고블린은 "고아곳…" 하고 목소리를 흘리더니 축 늘어졌다.

숨통을 끊었다고 생각하는 것보다도 더 빨리, 고블린의 몸 위에서 벌떡 일어나 떨어진다.

"이대로 진격한다!" 다이란 대장이 고함쳤다.

"하지만…!" 하루히로도 고함치며 대답했다. "우리는 노출되었습니다! 백걸이 우릴 막으러 온 거야!"

"이제 와서 어떻게 중지해? 똥 덩어리 놈! 전원 뒈지는 한이 있어도 임무를 완수한다!"

그런 말을 하고서는 자기만 살아남을 속셈이겠지. 당신이야말로 틀림없는 똥 덩어리다… 이런 생각을 하지 않을 수가 없었다.

"꼭 중지하라는 게 아니라! 무턱대고 돌진하지 말고…."

"으랴아아아아아아아앗…!" 쿠자크가 백걸을 힘차게 베었다.

"…손해가…." 하루히로는 도중에 할 말을 잃었다.

고블린들이 갈팡질팡한다.

"똥 덩어리들은 상관하지 마!" 다이란 대장이 부추겼다. "똥 덩어리의 모가지만 따버리면 된다! 나가라! 똥 덩어리, 전진하라!"

"어느 똥 덩어리야? 똥 덩어리!" 안토니는 거의 자동으로 욕설을 퍼부어대는 것 같았다. 검을 휘두르며 뛰어나갔다. "간다, 돌입 부대! 나를 따르라!"

메리에게서 치료받은 안토니의 부하도 일어나서 그 뒤를 따랐다.

정신이 없어서 따라갈 수가 없는 건… 아니다. 전환해… 라고 자신을 질타할 필요도 없이, 하루히로는 흐름을 타려고 했었다. 다이란 대장의 거친 주장에도 일리는 있다. 돌입 부대에 있어서 속도는 무엇보다도 중시해야 할 요소다.

"시호루, 세토라! 메리! 쿠자크! 키이치도!" 하루히로는 한순간 생각해봤으나, 결국 아무 생각도 떠오르지 않아서 "…가자!"라고만 말했다.

"넵!" "그래!" "응!" "냐아!" "네…!"

이제 페이스 배분을 생각할 여유는 없다. 빨리. 빨리. 탈락자가 생기지 않는 범위 내에서, 될 수 있는 대로 빨리. 그러지 않으면 포위당하고 말지도 몰라. 그럼에도 때때로 고블린이 덤벼들어서, 다이란 대장은 상관하지 말라고 말했지만, 밀어내고 쫓아버리지 않으면 앞으로 나아갈 수 없는 국면도 있었다.

하루히로는 달리고, 보고, 듣고, 판단하고, 쿠자크와 세토라에게 지시를 내리고, 안토니에게 주의를 촉구하고, 고블린한테 발차기를 날린다. 폐가 아프다. 목구멍도. 시호루가 힘들어 보인다. 열심히 따라온다.

"광장이다!" 안토니가 외쳤다.

길이 커브 길이 되고 그 앞은 트인 곳이었다.

바르바라 선생님은…. 갑자기 하루히로는 생각한다. 어떻게 된 걸까? 먼저 가서 상황을 보겠다고 말했었다.

아니, 그게 아니다.

보러 간다… 가 아니라, 상황을 보고 오겠다고, 바르바라는 말한 것이다.

돌입 부대는 드디어 광장으로 들어섰다.

여기는 돌바닥의, 아무것도 없는, 그저 넓기만 한 광장이었다고 한다. 현재는 아니다. 목재나 석재로 조립하고 가죽과 천, 금속 부품, 뼈인지 뭔지, 그리고 검게 바랜 정체 모를 도료로 칠한, 음산하고 거대한 오브제 같은, 망루인지 오두막인지 혹은 제단인지 아무튼 그런 것들이 여기저기에 설치되어 있다. 단, 중앙부에서 천망루까지는 의도적으로 비워놓은 것 같다. 그 일대는 말 그대로 광장으로 사용되거나 아니면 지나다니는 길목이라거나 하겠지.

그 길목에 고블린 패거리가 있다는 것은 멀리서도 확인할 수 있었다. 보아하니 천망루를 향해서 이동하는 것 같다.

숫자는, 얼마나 되지? 거대 오브제 같은 물체가 가려서 잘은 보이지 않지만, 수백 마리까지는 아니더라도 30~40마리는 있다. 그 30~40마리는 창을 들고 행진하고 있었기 때문에 멀리서도 알 수 있었고 대충 눈어림할 수 있다.

창끝에 뭔가 꽂혀 있는 것 같다.

"저건가?!" 안토니가 말하더니 거대 오브제 비슷한 물체 그늘에서 뛰쳐나온 고블린을 찔러 쓰러뜨렸다.

"똥 덩어리들, 여기서 뒈져라!" 다이란 대장이 외쳤다. 아마도 저것은 부왕 보고의 대열이 틀림없으므로, 돌입 부대는 총력을 다해서라도 반드시 여기에서 무찔러야 한다고 말하고 싶은 것이겠지.

상대는 고블린이라고는 해도 백걸이 몇 마리 섞여 있을 가능성도 있다. 부왕 보고 자체도 분명히 실력자다. 더욱이 중과부적(주3)이니 간단하지가 않다. 간단하지 않은 정도가 아니라 지극히 어려운 일이다. 급습해서 난전으로 몰고 가 혼란을 틈타, 하지만 그 와중에도 될 수 있는 대로 재빨리 부왕 보고의 목을 친다. 그것 말고는 없다.

안토니는 부왕 보고의 대열을 향해 똑바로 가는 것이 아니라, 천망루 가까운 쪽으로 진로를 잡았다. 안토니의 부하 한 명이 거대 오브제 같은 물체에 부딪쳐 넘어졌지만, 아무도 일으켜주지 않는다.

주3) 중과부적: 衆寡不敵. 적은 수로 많은 수를 대적하지 못한다는 뜻.

하루히로도 무시하고 달렸다. 잠시 후면 자력으로 따라오겠지.

부왕 보고의 창 부대에 제법 접근했다.

저 창에는 뭐가 꽂혀 있는 걸까? 어째서 그것이 이토록 신경 쓰이는 걸까?

또렷하게 보이는 것은 아니라서, 틀림없다고는 말할 수 없지만, 분명 어떤 특정한 것이 아닐까 하고 하루히로는 처음부터 생각했다. 그런데도 그것에 관해서 깊이 생각하지 않았다.

생각하려고 하지 않았다기보다도, 생각하고 있을 때가 아니었다.

무엇보다도, 생각하고 싶지 않았다.

그러나, 이 정도 거리까지 접근하면, 창은 피에 젖어 있고 그 끝에 꽂힌 것은 역시 동물의 사지나 동체 등 절단된 부위 같다는 사실을 더 이상 외면할 수 없다. 모든 창에 다 꽂혀 있는 것이 아니다. 전부 서른 개부터 마흔 개 정도 있는 창 중에서 반도 못 미치는, 고작해야 열 개라고 해야겠지.

짐승을 일부러 제물처럼 창끝에 걸어놓는 짓을 이 상황에서 고블린들이 할까? 우선 그럴 것 같지는 않다. 그럼, 동족인가? 부왕의 명령을 따르지 않은 고블린을 처형했을 가능성도 생각하지 못할 것은 없지만, 아무래도 그건 아니겠지.

저것은 인간 아닐까?

즉, 고블린들은 토막 난 사람의 시체를 창에 꽂아 높이 들고 있는 것이 아닐까 하고, 하루히로는 분명 처음부터 의심했었다.

하지만, 오르타나 안에 인간은 없다.

거의 없을 터이지만, 전혀 없는 것은 아니고, 현재 하루히로를 포함한 돌입 부대가 이렇게 부왕 보고의 대열에게 접근하려 하고 있다. 무엇보다도 돌입 부대 이외의 인간을 들자면, 범위는 상당히 제한된다.

상황을 보고 온다고, 바르바라는 말했다.

아직 돌아오지 않았다.

부왕 보고의 창 부대가 멈췄다. 돌입 부대가 다가가는 것을 알아차린 건가?

안토니 앞에 있는 거대 오브제 같은 물체 너머가 길목이다. 거기에 부왕 보고의 창 부대가 있다.

돌입 부대는 거대 오브제 같은 물체를 돌아 길목으로 우르르 몰려갔다.

하루히로도 길가로 뛰어나갔다. 이미 안토니 일행은 창 부대와 교전하고 있다. 창 부대의 고블린들은 창으로 찌르는 것이 아니라, 창을 내리쳐 안토니 부대를 때려눕히려고 했다. 안토니 부대는 그것을 검과 투구로 막아내면서 전진하려고 한다.

창에 꽂힌 것이 창끝에서 빠져 날아갔다.

그것은 인간의 팔이었다. 오른팔이다. 왼팔도 있었다. 다리도.

오른쪽 다리. 왼쪽 다리. 동체는 몇 개로 나뉘었고 내장이 흘러나와 있다. 그리고, 머리가 하루히로의 발밑에 떨어져, 굴렀다.

머리카락이 길다. 여성이다. 하루히로는 자기도 모르게 그만 그녀를 보고 말았다. 그녀의 얼굴을 확인하려고 한다. 그러지 않을 수가 없었다.

"하루히로?!" 쿠자크가 밀쳤다.

왜 밀친 건지, 그런 건 생각하지 않았다. 돌바닥에 쓰러진 하루히로 바로 앞에, 말 그대로 코앞에, 그녀가 있었다.

그녀의 오른쪽 눈은 감겼고 왼쪽 눈은 약간 뜬 상태였다. 입술도 약간 벌어져 있었다. 그녀는 돌바닥에 오른뺨을 대고 있는 것 같았다. 덕분에 전체적으로 그녀의 안면은 오른쪽을 향해서 쏠려 있었다. 그녀의 얼굴에는 상처가 몇 개나 있었다. 피로 더러워지기도 했다.

좋은 대답이다 하며 손 키스를 날렸던 때의 그녀와는 다른 사람 같았다.

어떤 의미에서는, 다른 사람이겠지.

다른 것, 이라고 해야 할지도 몰라.

그것은 이미 분명히 생명 활동이 정지했고, 과거에 바르바라의 일부였다고 해도, 바르바라는 아니다.

그렇기는 해도, 이대로 둘 수는 없다… 는 심정이 하루히로를 격렬하게 뒤흔들었다. 한편으로는, 지금은 그럴 때가 아니야… 라는 것도 너무나 잘 알고 있었다.

만약 바르바라가 살아 있었다면, 어이, 뭐 하는 거야? 올드 캣… 이라며 꾸짖었겠지.

그러나, 선생님은 이제, 하루히로를 꾸짖어주지 않는다.

기억을 잃지 않았다면 선생님과의 인연을 더욱 강하게 느낄 수 있었을 것이다. 선생님과의 추억이 좀 더 많이 있었다면, 더욱 견디기 힘들고, 발광했을지도 모른다.

하루히로는 벌떡 일어났다. 바르바라를 보지 않으려고 했다.

"이야아아아아아아아아아아아아앗…!" 쿠자크가 대검을 휘둘러 창 부대의 창 대여섯 개를 한꺼번에 베어버렸을 때였다.

창 부대 안에 붉은 창을 든 백걸 고블린이 있었다. 세토라는 그

창을 피하고, 짓밟아서 빼앗고는 창 자루로 백걸을 구타했다. 창 부대의 태세가 무너졌을 때, 안토니 부대가 돌진했다.

"다크…!"

시호루가 다크를 내보내 창 부대를 향해서 돌진하게 했다. 다크는 슈부오오오오오오오오오 하고 창 부대 사이를 날아다니며 휘저었다. 메리는 시호루 옆에 딱 달라붙어 있었다. 하루히로도 창 부대로 돌격하려고 했다. 그런데, 왜 창 부대밖에 없는 것일까?

바르바라는 하루히로의 스승이다. 방심하고 있었던 것은 아닐 것이다. 기척을 지우고 상황을 살피고 있던 바르바라를 발견해내고 붙잡아서 죽였다. 하루히로 팀이 상대하고 있는 고블린은 그 정도의 상대인 것이다.

얕보고 있던 것이 아닐까?

고블린은 인간보다 몸이 작다. 인간이 보기에 추악하기도 하다. 그런 생물이 인간보다 뛰어날 리가 없다. 동등하지조차 않아. 당연히 열등할 것이다. 그런 의식이 없었다고 말할 수 있을까?

하루히로는 돌아보고, 전율했다.

다이란 대장의 수하인 검은 모피 외투를 걸친 병사들에게, 후방, 비스듬히 뒤쪽, 더욱이 좌우 양쪽의, 거대 오브제 같은 물체 그늘에서 튀어나온 수많은 고블린들이 지금 그야말로 밀려들려고 했다.

그중에는 붉은 무기를 든 고블린이 여럿 있었다. 다이란 대장 부대는 전혀 그것을 알아차리지 못하는 듯, 그저 오로지 전진하려고 했다. 다이란 대장은, 아니, 돌입 부대는 완전히 허점을 찔린 것이다. 당했다. 함정이었다.

창 부대는 함정이었던 것이다. 돌입 부대를 유인하기 위한 미끼였다.

"다이란…."

하루히로는 대장님, 까지는 말할 수 없었다. 그전에, 빨간 갑옷을 입은 고블린이 뒤에서 다이란 대장에게 덤벼들어 왼손으로 머리카락을 움켜잡았다. 오른손에는 빨간, 단검이라기보다 나이프를 쥐고 있다.

다이란 대장은 무저항이었다. 저항할 틈도 주지 않고, 빨간 갑옷의 고블린은 다이란 대장의 머리와 동체를 빨간 나이프로 쉽사리 분리해버렸다. 휘릭휘릭 물결무늬를 그리는 것 같은 독특한 손놀림이었고, 상당히 능숙하다는 걸 느끼게 했다. 분명 저 고블린은 저런 식으로 몇 번이나, 몇십 번이나 목을 자른 경험이 있는 것이다. 어쩌면 바르바라도 저 고블린에게 당한 건지도 모른다.

빨간 갑옷의 고블린은, 다이란 대장의 목 아래쪽 몸을 짓밟고 자기 머리 위에서 자른 목을 빙빙 돌리고 있었다.

"아아앗! 갸아앗! 하아아아아아아앗…!"

다이란 대장은 사신이다. 척후병 닐이 그렇게 말했었다.

부하를 아무리 죽게 만들어도, 자기만은 살아남는다. 황당한 사내지만, 그의 부하들 입장에서 보면, 무슨 일이 있어도 우리 대장님만은 괜찮을 거라는 일그러진 신뢰감, 안도감이 있었던 게 아닐까?

그 지지대가, 의지하던 게 산산이 박살이 나버리면 누구나 서 있을 수 없게 된다.

검은 모피 외투를 입은 병사들은 이제 아무도 제대로 반격하지 못했다. 아직 서너 명은 숨이 붙어 있는 것 같지만, 고블린들이 덤벼들어 뭇매질하고 있다.

하루히로도 몸에 힘이 들어가지 않았다. 초점이 맞지 않고 시야가 흐릿하다.

안 된다. 끝까지 포기하지 마. 그렇게 자기 자신을 분투시키고 싶지만, 이것은 이미 정신론으로 뒤집을 만한 정세가 아니다.

높이 100미터의 단애 절벽에서 몸을 던져 어떻게든 살아남으라고 해봤자 그건 무리한 요구다. 안 되는 건 안 된다.

어떻게도 할 수 없는 일은 있다. 받아들이는 수밖에 없다.

하루히로 혼자라면 받아들일 수 있다. 문제는, 동료가 있다는 것이다. 내가 죽는 것은 뭐 어쩔 수 없다고 해도, 동료가 바르바라와 같은 말로를 겪는 것은 피하고 싶다. 어떻게 안 되는 것일까?

그나저나, 어쨌든 잘 보인다. 끊임없이 고개를 돌리고, 안구를 움직이고, 보고 있다…… 는 것과는 다르다. 마치 자기 자신의 몸에서 빠져나가, 상공이라고 하면 과장이겠지만, 비스듬히 위에서 주변 일대를 부감하는 것처럼 내려다보는 것 같다.

빨간 갑옷의 고블린을 포함한 고블린들과 쿠자크와 동료들, 안토니 부대의 움직임이, 보인다는 것은 아닌지도 모르지만, 느껴진다. 각자 멋대로 뒤죽박죽 제각각 움직이고 있는데, 그 하나하나를 왠지 알 수 있다.

그 안에 하루히로는 매몰되어 있다.

어찌 된 영문인지, 지금, 이 순간, 고블린도, 동료들도 하루히로에게 주의를 기울이지 않는다. 하루히로는 틀림없이 여기에 있는데도, 어디에도 없는 것 같다.

이 피비린내 나는 거친, 지독하게 살기 띤 전장에서, 하루히로만은 죽은 자와 같을 정도로 존재감이 희박하다. 덕분에 아무도 알아차리지 못한다.

바르바라 선생님도 그랬었던가? 하루히로는 떠올렸다.

그것은 숲속이었기 때문일까? 바르바라가 식물처럼 느껴졌었다. 아니, 분명히 거기에 있는 바르바라를 느낄 수가 없었기 때문에, 아무래도 이상하다고, 식물 같다고, 하루히로의 머리가 해석한 것이었다.

바르바라 선생님, 이런 건가요?

선생님이 그때 보여준 것은, 이것이었다. 그것이 선생님이 남기신 마지막 선물이었다니.

빨간 갑옷의 고블린은 딱 봐도 다른 놈들과 비교해서 몸놀림이 좋았고, 체격도 머리 하나만큼 더 크다. 놈이 부왕 보고겠지.

보고는 다이란 대장의 목을 내던지더니, 구가이 구가이 가이가잇 … 그런 비슷한 소리를 내고 나서 나이프를 허리의 칼집에 넣고 등에 차고 있던 검을 뽑았다. 그 검의 날도 역시 빨갛다.

검정 외투의 병사들은 모두 숨이 끊어졌다. 보고가 이끄는 고블린들이, 창 부대와 싸우고 있는 나머지 돌입 부대를 향해서 진군을 개시한다.

두 마리, 세 마리, 바로 옆을 고블린이 뛰어서 지나가도 하루히로는 움직이지 않았다. 어깨를 늘어뜨리고, 약간 등을 굽히고, 무릎을 살짝 구부린 자세로 서 있었다.

아무도 하루히로를 알아차리지 못한다. 중요한 것은 목표다. 적절한 목표를 설정한다.

보고가 똑바로 달려온다. 이대로 있으면 부딪칠지도 모른다. 그래도 하루히로는 가만히 있었다. 보고를 죽인다. 그것이 목표다.

보고는 약 50센티미터, 팔을 뻗으면 닿을 거리까지 하루히로에게 다가왔고, 그제야 거기에 뭔가가 있다는 사실을 인식한 것 같았다.

"쿳…." 보고가 급히 멈춰 서더니 빨간 검을 두 손으로 잡고 치켜들었다.

하루히로는 앞으로 나섰다.

빨간 검이 비스듬히 내려온다.

하루히로는 몸을 왼쪽 방향으로 기울이면서 움직였다.

이마 왼쪽 위에서 미간, 오른쪽 눈 밑에 걸쳐, 결코 얕지 않게, 쓱 베였지만, 개의치 않았다.

하루히로는 보고의 옆을 빠져나간다.

스쳐 지나가면서, 오른손에 거꾸로 쥔 단검을 뒤쪽으로 내밀어 찔렀다.

맨얼굴을 드러내는 것이 무슨 의미가 있는 건지, 보고는 투구를 쓰지 않았다.

하루히로의 단검은 보고의 뒤통수에, 박히지는 않았다.

박히기 직전 아슬아슬하게 보고는 몸을 틀었다. 피한 것이다.

아니, 피하려고 하긴 했으나, 완전히 피할 수는 없었다.

날 끝으로 딱딱한 물건을 파헤치는 감촉이 있었다. 하루히로의 단검은 보고의 두개골을 깎아냈다.

그것뿐이었다. 해치우지 못했다.

된다고 생각했는데. 아쉬워하고 있어봤자 소용없다. 여러 가지 일이 일어난다. 임기응변이다. 하루히로는 아직 목표에 도달하지 않았다. 더 있다.

하루히로는 돌아봤다.

보고는 두 눈을 크게 뜨고 하루히로를 노려보며 왼손으로 자기 뒤통수를 누르고 있었다.

“우긋, 가아아아앗…!”

격분한 것 같지만, 그보다 더 보고는 동요하고 있다. 하루히로가 갑자기 눈앞에 나타난 것 같은 상황, 게다가 치명상을 입을 뻔한 것이다. 놀라 자빠지지 않는 게 이상하다.

돌입 부대를 공격하려던 다른 고블린들도 무슨 일인가 하고 놀라고 있다.

단, 하루히로는 보고와 그의 수하 고블린들에게 포위당한 셈이니까, 여기서 대응을 잘못하면 끝이다. 어째서 그 한 방으로 끝내지 못했을까? 그런 실망과 분함은 역시 있다. 불안도, 공포도 있다. 그것들을 억누르고, 선수를 빼앗기면 안 된다.

“쿠자… 크! 안토니…! 부왕 보고가 여기 있다…!”

하루히로는 외치자마자 단검을 한 개 더 뽑아 보고에게 덤벼들었다. 보고는 물러섰다.

뒤로 물러서면서 검으로 하루히로의 단검을 막는다. 하루히로는 쌍검이고 사정거리가 가깝다. 안 그래도 동요하고 있는 보고는 검의 가드 부분으로 단검을 막는 것이 고작이었다. 이렇게 지근거리에서 칼을 맞부딪치고 있으면, 고블린들이 도우러 끼어들 수도 없다.

하루히로는 끝까지 밀어붙일 수 있다고는 생각하지 않았다. 물론 밀어붙여서, 이 맞대결로 결판을 내버리고 싶지만, 지나친 바람은 헛손질을, 쓸데없는 허세를, 조바심을 만들어낸다.

게다가 보고는 맷집이 있다. 그 육체는 강인하고 검을 다루는 것도 능숙하다. 정면 승부로 갑자기 치명상을 입히는 것은 어렵겠지. 목표는 보고를 죽이는 것이지만, 그 목표에 도달하기 위해서 하루히로는 몇 가지 절차를 밟을 필요가 있다.

십여 번째인가, 보고가 검 가드로 하루히로의 단검을 튕겨냈다.

튕겨난 것은 왼손의, 불꽃 단검이었다.

그 순간, 하루히로는 오른손에 쥔 단검을 내질렀다.

보고는 검을 두 손으로 쥐고 있다. 그 왼손 손가락을, 하루히로의 단검이 도려내는 것처럼 베어버렸다. 손가락 두 개, 새끼손가락과 약지는 확실하게 절단했다.

"닷츳…." 그런 비슷한 소리를 내며 보고는 왼손을 검 가드에서 떼었다.

이제 한 손으로 검을 쥔 자세다. 보고의 힘은 확실히 약해진다. 하루히로는 목표를 향해서 한 걸음 전진했다. 단숨에 결판을 내려고는 생각하지 않았다. 그것이 다행이었는지 아니었는지. 그건 모르겠지만, 아무튼 하루히로는 보고의 행동을 예상할 수 없었다.

보고는 손가락 두 개를 잃은 왼손으로 나이프를 뽑은 동시에 던진 것이다.

"읏…!"

하루히로는 반사적으로 몸을 틀어 피했다. 그러지 않았다면, 보고의 나이프는 하루히로의 안면을 직격했을 것이다. 그래서 어쩔 수 없었던 거지만, 속아 넘어갔다. 보고는 나이프를 투척하자마자 몸을 돌렸다.

"응갸가앗…!"

그리고, 퇴각을 명령한 건가?

보고는 도망쳤다. 순식간이었다. 보고는 거대 오브제 같은 물체 뒤로 뛰어들어 보이지 않게 되어버렸다.

놓칠 줄 알고… 라고 입으로 말하는 시간도 아까워서, 하루히로는 즉각 보고를 쫓아갔다. 시야가 좁아진 것을 깨닫고, 고개를 돌리고 안구를 움직인다. 고블린들은 두말없이 퇴각하고 있다. 안토니 부대는 어찌 된 건지 모르겠지만, 쿠자크의 "으랴아앗!"이라는 소리가 들렸다. 비교적 가까웠다. 보고의 모습은 여전히 보이지 않는다. 하지만, 어디로 갔는지는 짐작 가는 바가 있다. 십중팔구 천망루다.

하루히로는 금방 보고의 뒷모습을 발견했다. 예상대로다. 보고는 천망루로 향하고 있다. 다른 데에 한눈을 팔 생각은 없는 모양이다. 멀리 돌아가지도 않는다. 그야 그렇겠지. 여기는 천망루 앞 광장이다. 보고는 길목으로 나갔다. 천망루는 이제 바로 코앞이다.

천망루 정문 앞에 놓인 바리케이드는, 녹채(주4)…… 라고 하는 건가? 끝을 뾰족하게 만든 목재나 철봉을 바깥쪽을 향해서 나란히 놓고, 그것들을 끈이나 철사로 묶은 것을 기본 구조로 해서 방패나 철판, 짐승 가죽 등으로 보강한 것이다. 보기에는 난잡한 인상이지만, 제대로 인원을 배치해서 잘만 이용하면 그 방어 효과는 만만치 않을 것이다.

보고는 그 녹채까지 15미터 정도 떨어진 위치에 있고 하루히로는 18미터쯤 되는 곳인가? 약 3미터의 이 거리는 큰 것 같으면서도 작고, 작은 것 같으면서도 큰 것이기도 하다.

보고가 힐끔 뒤를, 즉, 하루히로 쪽을 봤다. 의외로 하루히로가

주4) 녹채: 나뭇가지 등을 사슴뿔처럼 얼기설기 놓아서 적을 막는 장애물.

가까이 있어서 놀랐다는 기색은 아니었다. 그저 확인한 것뿐이고, 뭔가 속셈이 있는 것 같기도 했다.

하루히로의 목표는 보고를 죽이는 것이다. 보고는 어떨까? 천망루로 도망쳐 들어가는 것이 보고의 목표일까? 그게 아니지 않을까?

"하루히로!" 뒤에서 쿠자크가 불렀다.

굳이 돌아보지 않아도, 쿠자크만이 아니라 몇 명인가 동료들이 하루히로를 따라오고 있다는 것을 알았다.

보고가 "히갸아핫!"이라고 외쳤다. 뭔가 명령한 건가?

녹채 위에서 여러 마리의 고블린이 얼굴을 내밀었다. 숨어 있던 것이다. 뭔가 손에 들고 있다.

보고는 녹채 바로 앞에서 돌바닥에 미끄러지듯이 자세를 낮췄다.

녹채 위의 고블린들이 들고 있던 것은 석궁이었다. 고블린은 열 마리 이상 있다.

"엎드렷…." 말하면서 하루히로는 엎드렸다.

녹채 위의 고블린들이 석궁으로 화살을 발사한다. 하루히로는 엎드린 채로 고개를 뒤로 돌렸다. 쿠자크가 있다. 선두다. 세토라도, 키이치도, 그리고 메리, 시호루도 있다. 안토니 부대도. 화살이 날아오는 것을 모두, 이미 알아차렸다. 세토라는 쪼그려 앉으려고 한다. 메리와 시호루는 멈춰 서서 눈을 크게 뜨고 있다. "오옷." 안토니가 말한다. 쿠자크는 무슨 생각을 한 건지, 두 팔을 벌린다. 오른손으로 대검을 꽉 쥔 채로, 발을 어깨 폭 정도 넓이로 벌리고, 가슴을 내밀고, 마치 여기는 못 지나간다는 듯이 쿠자크는, 그렇다, 듯이… 가 아니다. 말 그대로 못 넘어가게 한다. 이 뒤로는 화살 한 발 못 넘어가게 하겠다고, 쿠자크는 그런 행동을 하는 것이겠지. 왜냐

하면, 쿠자크 뒤에는 동료들이 있기 때문이다. 화살이 몇 개가 날아오든 자기 몸으로 전부 막아내서, 쿠자크는 동료를 지키려고 했다. 나, 크니까, 체격이 너무 커서, 가끔씩 거치적거릴지도 모르지만, 이런 때에는 도움이 되기도 하잖아 하고, 쿠자크라면 웃으면서 말할 것 같다.

너의 그런 면이, 나는… 하루히로는 생각한다. 쿠자크의 가슴과 어깨, 배에, 석궁 화살이 잇달아 박힌다. 이래도 안 비키냐는 듯이, 다섯 개인가 여섯 개, 아니, 그보다 더 많은 화살이, 쿠자크의 갑옷을 쉽사리 관통한다. 너는 가끔씩, 지나치게 멋있어서.

안토니도 오른쪽 가슴에 화살 한 개를 맞고 "컥" 신음하더니, 고꾸라지는 것처럼 무릎을 꿇었다.

쿠자크는 서 있는 채였다. 직립 부동… 까지는 못하고 푸웃, 피를 토하고 한 번, 두 번, 눈을 깜빡인다. 더는 피를 토하고 싶지 않은 건지 입을 꽉 다물고, 그러나 쿨럭거릴 때마다 콧구멍에서 피가, 푸숙, 푸숙, 분출한다.

어쩌지? 하루히로는 생각한다. 지금, 무엇을 우선시해야 할까? 목표를 향해 가야 한다는 것은 알고 있지만, 그것이 정말로 중요한 건가?

"쿠자크…!" 세토라가, "쿠자크 군…!" 시호루가 동료의 이름을 부른다. 메리는 쿠자크에게 달려가려고 한다.

하루히로는 벌떡 일어나서 되돌아간다. 안 돼. 쿠자크. 아아. 안 돼. 안 되잖아, 그건. 안 된다니까. 죄송해요, 바르바라 선생님, 저, 이제, 안 돼. 쿠자크. 쿠자크가 마침내 더는 서 있을 수 없게 된다. 애초에 서 있을 수 있을 만한 상처가 아니라니까. 무리라니까. 무모하잖아. 쿠자크가 뒤로 쓰러진다. 메리가 끌어안았지만, 쿠자크는 무겁다. 그대로 넘어지려고 한다. 하루히로는 간신히 늦지 않게, 쿠자크를 메리와 함께 안아서 받쳐줄 수가 있었다.

"또…!" 세토라가 날카롭게 알려준다.

하루히로는 녹채 쪽으로 시선을 향했다. 녹채에서 고블린들이 얼굴을 내밀고 있다.

보고는 녹채 너머에 있다. 뭔가 단상 같은 것에 올라가 거기에서 지휘하는 모양이다.

녹채 위의 고블린들은 석궁을 들고 있다.

벌써 화살을 메긴 건가? 어쩌면 미리 화살을 메겨놓은 예비 석궁을 준비해뒀던 것인지도 모른다.

"메리!" 말하면서 하루히로는 쿠자크를 옆구리에 끼고 길목 옆으로 급히 뛰었다. 화살이 날아오는 와중에 메리와 둘이서 쿠자크를 질질 끌고 거대 오브제 같은 물체 그늘로 뛰어든다.

"…하루히로." 쿠자크가 말한다.

쿠자크는 축 늘어져 있다. 대검은 언제 떨어뜨렸는지 들고 있지 않았다. 쿠자크의 가슴에는 세 개, 오른쪽 어깨에 한 개, 왼팔에 한 개, 복부에도 두 개의 화살이 깊숙이 박혀 있다. 눈을 감았다 떴다 하면서, 끊어질 듯한 의식을 붙잡으려고 하는 건가? 쿠자크는 가냘픈 목소리로, "하루히로…"라고 되풀이 말했다.

"응? 왜? 왜 그래? 쿠자크…." 하루히로는 쿠자크에게 얼굴을 가까이 대고, 어라? 뭔가, 이거? 라고 생각한다.

기억에 있는 것… 같은.

쿠자크는 오른손으로 하루히로의 왼팔을, 의외라고 느껴질 정도로 세게 꽉 움켜쥔다.

“미… 아… 안….”

“응? 뭐? 미, 미안? 왜? 뭐가….”

전에도 이런 일이, 있었던 것 같은.

쿠자크의 얼굴은 지독한 색이었다. 핏기가 전혀 없고, 하얗다거나 파랗다거나 그런 게 아니라, 흙빛이다.

쿠자크, 가 아니야.

다른 누군가다.

“…마나토.” 하루히로는 중얼거렸다.

그렇다.

마나토처럼, 쿠자크가 죽어버린다. 안 된다.

“안 된다니까, 쿠자크!”

“…미… 안….”

그래서 쿠자크는 사과하는 건가? 나, 이제 죽나 봐. 죽어서, 미안, 이라고.

“바보 같은 소리, 하지 마!”

“비켜!” 메리가 하루히로를 쿠자크에게서 떼어놓았다.

메리는 쿠자크의 어깨에 오른손을 댔다. 왼손으로 재빨리 쿠자크에게 박힌 화살을 확인하고, 그리고, “아직 살 수 있어!”라고 단언했다.

“화살을 뽑아! 가능한 한 빨리! 전부 뽑는 거야! 이대로는 마법으로 치료해도 무의미하니까! 하루! 세토라! 시호루도 도와줘!”

그때까지 하루히로는 바로 옆에 세토라와 시호루, 키이치가 있다는 사실을 알아차리지 못했었다. 안토니 부대는 어떻게 되었을까?

그런 생각이 한순간 머리를 스쳤지만, 우선은 쿠자크다. 살 수 있다고 메리는 단언했다. 마법. 그렇다. 메리는 광마법으로 상처를 치료할 수 있다. 그러나, 화살이 박힌 채로 상처를 덮을 수는 없다. 화살을 뽑자마자 분명 많은 양의 피를 흘릴 테고, 위험하긴 하지만, 하는 거다. 화살을 한꺼번에 뽑아내고 곧바로 메리가 마법을 쓴다. 하는 수밖에 없다. 화살은 일곱 개. 메리에게는 마법을 준비해두고 있어달라고 했다. 하루히로가 두 개, 세토라가 두 개, 시호루도 두 개, 그리고 나머지 한 개는 키이치 몫이다. 키이치도 거들게 한다. 쿠자크는 이미 응답이 없고, 감긴 눈꺼풀이 움찔움찔한다. 얼마나 버틸지 모르고, 시간이 없다. 다른 수단이 없다. 하지만, 할 수 있을까?

"괜찮아!" 세토라가 보장해준다.

메리는 이마에 손가락을 댔고 하루히로와 다른 동료들은 각각 화살을 움켜잡았다.

"빛이여, 루미아리스의 가호 아래…." 메리가 주문을 읊었다.

"하나… 둘…!" 하루히로가 구령을 외친다.

하루히로가, 세토라가, 시호루가, 키이치가, 호흡을 맞춰 쿠자크의 몸에서 화살을 뽑았다.

메리는 두 손을 쿠자크에게 향했다. "새크라멘토(빛의 기적)…!"

그 강렬한 빛을 직시해버린 탓에 하루히로는 눈이 부셔 어지러웠다.

"…아싸!" 쿠자크의 목소리가 들렸고, 이 판국에 아싸는 무슨, 얼어 죽을… 이라고 하루히로는 생각했다.

눈을 비빈다. 쿠자크는 벌써 일어서 있었다.

"부, 화알…! 여러분, 안녕하심까!"

"…부활이라니." 메리가 어이없다는 듯이 말한다. "죽은 것도 아닌데."

"자잘한 건 신경 쓰지 않는 방향으로!" 쿠자크는 웃어 보였다.

하루히로는 계속 눈을 비볐다. "정말이지, 너는…."

"어라? 하루히로, 우는 거야…?" 쿠자크는 쓸데없는 말을 했다.

"안 울어!" 대답하고, 하루히로는 거대 오브제 같은 물체 뒤로 얼굴을 내밀고 녹채 쪽을 봤다. 보고가 단상 위에서 빨간 검을 휘두르며 소리치고 있었다. 녹채 위의 고블린들은 뭔가 작업 중이다. 아마도 석궁에 화살을 메기려는 것이겠지.

안토니는 길목을 사이에 끼고 바로 건너편의 거대 오브제 같은 물체 뒤로 피난해 있었다. 안토니뿐이다. 길목에 안토니의 부하 두 명이 쓰러져 있다. 안토니도 오른쪽 가슴에 화살을 맞았으니 제대로 움직이지 못하겠지. 메리의 마법으로 안토니를 치료해주는 것은, 미안하지만 나중으로 미뤄야겠다.

"쿠자크, 정면으로 돌격해! 다 같이 쿠자크를 엄호하고!"

"넵!" 쿠자크는 호쾌하게 입맛을 다신다. "즉사만 하지 않으면 괜찮다는 걸 알게 되니, 장난 아니게 용기가 차오르는데!"

"바보!" 세토라가 쿠자크의 뒤통수를 때렸다. "다음번에는 반생반사(주5)도 용서 못 한다!"

"심장에 나쁘다니까!" 시호루치고는 보기 드물게 질책하는 말투로 말한다.

쿠자크는 에헷, 멋쩍은 웃음을 짓더니 고개를 숙였다.

"죄송함다…."

"내가 최후의 선은 넘도록 두지 않아!" 메리가 힘차게 말했다.

주5) 반생반사: 半生半死. 거의 죽게 되어서 죽을지 살지 알 수 없는 지경에 이름.

그리고 하루히로를 본다.

웃음을 머금은 씩씩한 그 표정은 눈에 익은 것이다.

때때로 메리는 너무 지나칠 정도로 예뻐서 이 세상 사람이라고는 여겨지지 않는다.

"부탁해!"라는 말만 남기고 하루히로는 달려 나갔다.

안 봐도 안다. 쿠자크는 길목으로 뛰어나와 대검을 집어 들고 녹채로 돌격하겠지. 동료들이 쿠자크의 뒤를 따라가고 있을 것이다. 시호루는 다크를 내보낸다. 메리는 시호루를 지키고, 세토라와 키이치는 쿠자크를 엄호한다.

하루히로는 혼자, 길목이 아니라 거대 오브제 같은 물체 사이를 잇는 것처럼 오로지 달려 천망루로 향한다.

"으랴아아아! 이야압……!"

길목에서 쿠자크가 적을 도발하고 있다.

녹채의 고블린들은 아직 석궁에 화살을 다 메기지 않은 모양이다. 그렇지 않았다면 이미 반격했을 것이다.

쿠자크와 동료들은 분명 잘해낼 것이다. 반드시 적의 주의를 끌어줄 것이다.

하루히로는 측면에서 천망루 앞의 녹채로 접근한다.

가라앉혀.

가라앉혀라. 내 기척을. 나라는 존재를.

아니, 가라앉히는 것이 아니다.

가라앉는다.

쓱 가라앉아버린다.

보고가 단상 위에서 고블린의 등을 발로 찬다. 빨리 해, 굼벵이

놈, 이라는 듯이 욕하며 재촉하고 있다.

녹채의 고블린들은 화살을 메기는 것은 단념하고서 석궁을 버리고 긴 창을 손에 든다. 녹채 너머로 창을 내지르며 쿠자크를 견제하려는 것이겠지. 그래봤자 소용없다는 듯이 쿠자크는 "으랴아앗! 에잇!" 대검을 휘둘러 몇 개나 되는 창을 한꺼번에 베어버린다.

보고는 녹채의 고블린들은 가망이 없다고 판단했는지, 단상에서 뛰어내렸다. 문짝이 달리지 않은 정문을 통해 천망루 안으로 뛰어들어가려고 한다. 틀림없이 보고는 의심조차 하지 않았다.

바로 옆에 하루히로가 몰래 다가와 있다는 것을.

하루히로는 소리도 없이 녹채를 넘어 보고의 뒤에서 달라붙었다. 보고가 하루히로를 인식한 것은 그 순간일 것이다. 하루히로는 단검으로 보고의 목덜미를 잘랐다. 밀착된 이 상태에서는 실패하기가 오히려 힘들다. 보고는 저주의 말 한두 마디쯤은 남기고 싶었는지도 모르지만, 기관이 잘려 나갔다. 이제 목소리를 낼 수는 없다.

하루히로는 보고를 깔아 눕히고 왼손으로 머리를 찍어 눌렀다. 오른손 단검으로 목뼈를 제외한 부분을 재빨리 절단한다. 목뼈는 힘으로 비틀어 부러뜨렸다.

전혀, 아주 조금도 감정적이 되지 않았다면 거짓말이 되겠지만, 최대한 억제할 수 있었다고 생각한다. 사실은 지금 당장 보고의 시체를 난도질하고, 발로 차고, 엉망진창으로 박살을 내버리고 싶었지만, 저기 말이야, 그런 짓을 해봤자 도대체 뭐가 어떻게 된다는 거야? 그게 아니잖아, 올드 캣… 이라고 바르바라 선생님이라면 야유하듯이 웃으시겠지.

하루히로는 웬만해서는 동요하지 않는다. 하면 할 수 있는 아이는 아니지만, 할 수 있을 때까지 해내는 아이라고, 바르바라 선생님이 말씀해주셨다. 그렇다면, 분명 그 말이 틀림없을 것이고, 불초의 제자로서는 그러고 싶다.

빈틈이 없고 무슨 일이 있어도 흔들리지 않고 유유자적 살아가는, 오래 살아온 고양이 같은 도적이 되면 조금은 은혜를 갚는 게 되는 걸까?

하루히로는 보고의 머리를 왼손으로 움켜쥐고 일어섰다.

우리의 승리다. 그렇게 생각만 했고 입으로는 말하지 않았다. 나이 많은 고양이처럼 졸린 눈을 한 나에게 그런 종류의 대사는 어울리지 않는다.

부왕 보고의 죽음을 알게 되자 오르타나의 고블린들은 순식간에 전의를 상실했다. 힘겹게 전멸을 면한 결사대가 남문을 열었고 원정군 본대가 오르타나로 밀려들어 갔다. 하루히로 팀은 진 모기스 장군의 작전에 따라 북문을 열었다. 계획대로 일이 진행되었다. 북문으로 도망치려고 몰려드는 고블린들에게 원정군 본대가 따라붙어 닥치는 대로 살육했다. 그 틈에 하루히로 일행은 바르바라와 안토니 저스틴의 부하들, 그리고 다이란 스톤 대장의 유해를 천망루 안으로 옮겼다. 이미 대세는 정해졌다. 모기스 장군도 측근에게 토벌전 지휘를 맡기고 천망루로 왔다.

천망루에는 암컷 고블린들이 살고 있었으나, 그들도 이미 도망쳤거나 도망치는 도중에 죽임당한 것이리라. 안으로 한 걸음 발을 들여놓았을 때 이미 여기에는 쥐새끼 한 마리, 아니, 고블린 한 마리 없겠구나… 라고 판단을 내리고 싶어질 만한 상황이었다.

모기스 장군은 로비에 눕혀진 다이란 대장의 시체를 보더니 손가락으로 육망성을 그리는 동작을 하고 나서 슬그머니 웃었다.

"…뭐가 우스운 겁니까?" 안토니가 목소리를 떨며 물었다.

실은 하루히로도 같은 질문을 장군에게 던지고 싶었기 때문에, 대신 물어봐주니 고마웠다. 하지만 장군이 제대로 대답할 거라고는 생각할 수 없었다. 예상대로였다.

장군은 안토니의 어깨에 손을 올렸다. "답사해봐야겠지. 우리 성을. 따라와."

탁한 눈동자는 인공물처럼 아무것도 비추지 않는 것 같았다. 이 남자는 신경이 어떻게 생겨먹은 걸까? 다른 종족인 고블린보다도 더 마음을 읽어낼 수가 없다. 그래서 바르바라 선생님도 장군을 수상히 여겼고 신용하지 않았던 것이다.

하루히로 팀과 안토니는 장군을 따라 로비와 저장고 등이 있는 1층부터 메인 홀과 응접실, 주방 등등이 배치된 2층까지를 둘러보았다. 훼손된 흔적은 없는 것을 보니, 부왕 보고 이하 상류 계급 고블린들은 여기에서 그들 나름대로 인간식 생활을 즐기고 있었던 것인지도 모른다.

나선형 계단으로 3층으로 올라가자 희미한 목소리가 들렸다.

"어어… 이. …어… 이. …누구… 없소…? …도와줘…."

분명히 그것은 인간의 목소리였다.

그야말로 영주의 저택다운 분위기인 1층과 2층과는 달리 3층부터 위쪽은 완전히 탑의 양상을 보인다. 계단과 복도가 각층 면적의 반 이상을 차지하고, 결코 넓지는 않은 방 서너 개밖에 없다. 방문은 닫혀 있는 것도 있고 열린 것도 있었다.

3층에 아무런 이상은 보이지 않았고, 4층으로 올라가자 목소리가 커졌다.

"어이…. 어… 어이. 누구 없어? 여기야…. 좀 와줘…. 어이…."

하루히로는 4층의 한 방으로 들어갔다. 그 방문은 열려 있었다.

"…이크."

아마도 신분이 높은 자의 침실이었겠지. 그러나, 멋들어진 침대는 벽에 세워져 있었고, 그 대신이라고 해도 될지는 모르겠으나, 방 중앙에 쇠창살로 만든 동물 우리 같은 것이 놓여 있었다. 우리에 갇혀 있는 것은 인간 남성이겠지. 전라였으니 틀림없다.

"누, 누구야? 뭐 하는 자냐?! 아니, 누구든 좋아. 살려줘!" 전라의 남자는 창살에 콧잔등을 밀어붙이며 외쳤다. "나는 이 오르타나의 왕이며, 변경에서 아라바키아 왕국 대리인 역할을 하는 인물이다! 변경백 가란 베도이의 이름을 모른다고는 못 하겠지! 자! 어서 여기에서 꺼내줘!"

남자는 비쩍 말랐고, 머리카락과 수염도 덥수룩하고, 온몸에 때가 잔뜩 끼어 있었다. 눈에는 핏발이 섰고 국부조차 가리려고 하지 않는다. 우리 안 한쪽 구석에, 아마 용변을 해결하기 위한 것으로 보이는 단지가 놓여 있다. 뚜껑을 덮긴 했지만 그래도 야생의 냄새가 풀풀 풍겨, 이쯤 되면 상대가 누구든 불쌍해서 꺼내주고 싶어지기는 했다.

그렇기는 해도 막상 주춤거리게 되는 것도 사실이었다. 하루히로만이 아니다. 뒤이어 방으로 들어온 쿠자크도 "우왓…." 뒷걸음질 쳤고, 키이치를 어깨에 태운 세토라는 "읏" 하고 숨을 멈췄으며, 메리와 시호루는 짧은 비명을 질렀고, 변경백을 섬기는 입장인지도 모를 안토니조차 "이것은…"이라며 말문이 막힌 듯해서, 결과적으로는 모기스 장군이 하루히로를 밀어제치고 앞으로 나섰다.

"오옷!" 변경백은 눈을 까뒤집었다. "그 외투! 블랙 하운드! 본토 인간인가?"

"진 모기스입니다, 변경백." 장군은 자기 이름을 대면서 어째서인지 칼자루에 손을 댔다.

"그런가! 진 모기스인지 하는 자! 누군지 잘은 모르지만 나를 꺼내다오! 명령이다!"

"변경에서 아라바키아 왕국의 대리인 역할씩이나 맡으신 분이,

비참하군요.”

“다, 닥쳐, 우롱하는 건가! 나는 가란 베도이다!”

“알고 있습니다. 베도이 가문이라고 하면 조지 1세, 즉 시어도어 조지가 아라바키아 왕국을 일으켰을 때 이래로 지속된 명문가지요.”

“과연 변경의 무지몽매한 쓰레기들과는 다르군! 본토 인간이라서 그런지, 내가 고귀한 가운데서도 더욱 고귀한 피를 이어받은 자라는 걸 이해하는 모양이야!”

“고귀한지도 모릅니다만, 네놈은 무능하다.”

“뭣?”

“이종족에게 패하고 혼자 사로잡히는 수모를 감수하며, 짐승처럼 실오라기 하나 걸치지 않고 똥을 싸지르면서, 지금까지 자진하지도 않고 잘도 염치없이 목숨을 부지하고 있구나.”

“…내가! 굴욕을 느끼지 않는 줄 아는가!”

“치욕이라는 걸 안다면 당장 죽어라.”

“무, 무슨.”

“무리겠지. 네놈은 나에게 감사해야 할 것이다.”

“…감사라고?”

“명예를 지켜주겠다는 뜻이다.”

모기스 장군은 검을 뽑았다. 우리에 갇힌 변경백은 도망칠 수 없었다. 아마 그런 일이 일어날 것이라고는 상상조차 하지 못했을지도 모른다. 하루히로는 반쯤 예상했었지만, 말릴 수는 없었다. 장군은 검으로 변경백의 가슴을 찔렀다.

“네놈은 이미 죽었다.”

"이." 변경백은 검이 박힌 자기 가슴을 보고, 장군을 보고, 그렇게 두 번을 반복했다. "…이, 미…."

"내가 생각하건대." 장군은 담담하게 말했다. "긍지 높은 변경백은, 하등한 이종족의 포로로 살아남는 것은 떳떳하지 않다고 여기고 스스로 죽음을 선택한 것이겠지."

"나, 는…."

"살아서 수치스러운 모습을 보이는 것보다 훨씬 낫겠지. 그러니 구원받은 것이다. 가란 베도이!"

변경백은 뭔가 더 말하려고 했던 모양이다. 그러나, 장군이 검을 빼내자 변경백은 창살에 기대더니 그대로 무너졌다. 떨리는 걸 보니 아직 숨이 끊어지지는 않은 모양이지만, 시간문제겠지.

메리가 그리로 달려가려고 하자, 장군이 변경백의 피로 물든 검 끝을 그녀에게 들이댔다.

"변경백을 위해서 기도를 드리고 싶은 건가? 루미아리스의 신관. 그렇다면 서두를 필요는 없다. 아직 숨이 끊어지지 않았어."

물론 메리는 변경백을 치료하려고 했던 것이리라. 하루히로 역시 변경백에게 원한은 없었고, 물어보고 싶은 것도 있다. 장군을 쓰러뜨리고라도 변경백을 구해야 할 것인가?

하루히로는 "메리…"라고 부르고 고개를 저어 그녀를 말렸다.

메리는 고개를 끄덕이고 물러섰다. 어떻게 할 수도 없다. 하루히로가 망설이는 동안에 변경백은 최후의 숨을 내뱉었고, 다시는 움직이지 않게 되었다. 장군은 변경백의 심장을 검으로 관통한 것이겠지. 출혈의 상태나 양을 봐도 어차피 살릴 수는 없었다.

장군은 검정 모피 외투로 검에 묻은 피를 닦아 칼집에 넣었다.

"안토니."

"넷…." 안토니는 고개를 숙이고 대답했다.

"변경백은 변경의 왕이라고도 불렸다고 하던데." 장군은 말했다.

"확실히…." 안토니는 쥐어짜는 것처럼 대답했다. "일부에서는, 그렇게…."

"안타깝게도 변경백은 이미 돌아가셨다." 장군은 우리를 흘낏 봤다. "우선은 내가 오르타나를 다스리게 되었다. 죽은 변경백을 대신해서, 변경의 왕처럼."

하루히로는 마음속으로 선생님… 이라고 바르바라에게 말했다.

역시 모기스 장군은 위험한 남자입니다. 마음대로 하게 내버려뒀다가는 분명 변변한 일은 생기지 않을 것이다.

그렇게 만들지 않기 위해, 선생님께 더 가르침을 받고 싶었다. 힘을 빌리고 싶었다.

하지만, 졸린 눈을 한 올드 캣은 넋두리를 하지 않는다.

모든 것이 이제 막 시작되었다. 절망하기에는 너무 이르다.

비슷한 시각. 격렬한 검풍을, 피 안개를, 단말마의 비명을 일으키며, 그것들을 더욱 찢어발기는 가면의 남자가 있었다던가, 없었다던가.

아니.

가면 사나이는 있었다. 분명히 실제로 존재한다니까.

리버사이드 철골 요새.

코볼트들의 근거지가 되어버린 제트리버 연안의 견고한 군사 거점은 동트기 전부터 맹렬한 공격을 당하고 있었다. 가차 없이 쏟아지는 블래스트(폭발), 데토네이션(대폭굉), 심지어 최상급 아르부매직(화열마법)인 블레이즈 폴(극열파옥, 極熱破獄)이나 선더 볼트(번개 화살), 선더 스톰(폭위뇌전, 暴威雷電), 아이시클 돈(극대빙우, 極大氷雨) 등의 마법의 효과는 절대적이었고, 코볼트들의 사력을 다한 방어전도 허망하게, 단기간에 방벽은 뚫렸다. 그러나 싸움은 오히려 그때부터가 본편이었다.

코볼트의 집단의식은 매우 굳건하다. 특히 사이린 광산 심층부에 서식하던 신분 높은 코볼트가 집단을 이끌기 시작하자, 모든 워커들만이 아니라 그 상급자인 엘더들도 죽음을 두려워하지 않고 분전했다. 요새 안은 순식간에 아비규환의 거리로 변했다. 코볼트는 동족의 시체 위에 시체를 겹겹이 쌓아 자기 자리를 사수하려고 했고, 공격하는 쪽은 그것을 무너뜨리느라 애를 먹는 동안에 코볼트 증원군이 밀어닥쳐 협공당했다.

그러나 사투가 되리란 것은 이미 각오했었고, 이쪽 역시 변경군의 떨거지 병사들과는 전혀 달리, 의용병이 된 그날부터 몸을 사리지 않고 목숨 걸고 살아왔고, 나와 동료들의 힘만으로 공명을 떨쳤다 이거야.

여유 부릴 만한 전투 같은 건 전투라고 부를 수도 없다. 이크, 죽겠다, 젠장, 이걸로 끝인가? 그런 생각을 최소한 백 번 한 적이 없는 자는 사이비다.

무엇을 숨기랴, 아니, 숨길 생각 같은 건 털끝만큼도 없지만. 흥하느냐 망하느냐, 죽느냐 사느냐, 죽이느냐 죽임을 당하느냐. 그런 것이 진짜 의용병의 끝없는 일상인 것이다.

자, 다 함께 레츠, 죽음 안에서 활로를 찾자… 는 듯이, 의용병들은 요새 안 여기저기에서 코볼트를 살육하고, 코볼트에게 죽임을 당할 뻔하고, 움직일 수 있는 상처라면 내버려두고, 위험한 수준의 부상을 입으면 신관의 광마법으로 치료받고, 또 코볼트를 죽이고, 코볼트에게 죽임을 당할 뻔했다. 그렇게, 보통 사람이라면 지긋지긋해지는 정도가 아니라 도저히 정신적으로 버틸 수 없는, 뭐랄까, 이제 무리, 무리, 무리, 차라리 죽어서 끝내고 싶다, 누가 날 죽여줘, 부탁이니까 누가 좀… 이라고 부르짖고 싶어질 만한 상황이라도 의용병들은 좌절하지 않는다.

사실을 말하자면, 의용병 모두가 그렇게까지 터프한 건 아니었다. 그러나 오늘 이 리버사이드 철골 요새 공격에 참여한 의용병의 대부분은 수많은 아수라장을 경험한 진짜배기 용사들이다.

물론 가면 사나이도 그중 한 사람이다.

리버사이드 철골 요새는 전부 합쳐 열네 개에 달하는 탑이 배치되었고 그것들은 연결 다리로 서로 연결되어 전략을 공유할 수 있게끔 설계되었다. 그 때문에 이론상으로는 열네 개의 탑이 전부 공략당할 때까지 방어전을 계속 할 수 있다. 공격수는 수비 측이 전의를 상실할 때까지 탑을 하나씩 함락해가는 수밖에 없다.

가면 사나이는 7번 탑 최상층을 향하고 있었다.

등산으로 치자면, 이제 70퍼센트쯤 올라온 건가? 아니, 아직 50퍼센트인지도 모르고 80퍼센트이거나 혹은 90퍼센트인지도 모른다. 폭이 2미터도 안 되는 계단에 코볼트들이 거의 빽빽하게 끼어 있는 상태로 줄지어 창이며 헌팅 나이프를 들이밀고 있다. 그에 맞서 정면으로 돌진하는 것은 자살 행위다. 누구나 그렇게 생각할 것이다. 그러나 오히려 거기서 확 질러버리는 것이, 가면 사나이의 방식이며 철학이고 살아가는 길이다.

"자기류!"

가면 사나이는 검을 휘두르며 계단을 뛰어 올라간다. 코볼트들이 일제히 짖으며 창이며 헌팅 나이프로 가면 사나이를 꼬치처럼 찌르거나 싹둑싹둑 베어버리려고 했다. 이대로 생각 없이 대책을 세우지 않고 저돌적으로 맹렬히 나아간다면, 제아무리 천하제일의 터프가이 가면 사나이라고 해도 그렇게 당할 것이다.

"성도처범천패왕격(聖稲妻梵天霸王擊)…!"

그러므로 가면 사나이는 그렇게 되기 직전에 점프했다. 왼쪽 방향으로 뛰어 벽을 박차고 번개처럼 오른쪽으로 뛴다. 코볼트들은 "오오옹?!" "우옹?!" "루옹?!" 당황한 목소리를 내면서 창과 헌팅 나이프를 움직인다. 반사적으로 가면 사나이를 쫓아가려고 한다.

소용없다. 가면 사나이는 그야말로 전광석화. 따라잡을 수 있을 리가 없다. 왼쪽 벽을 박차고, 오른쪽 벽을 박차고, 다시 왼쪽 벽을 찬 뒤에야 가면 사나이는 마침내 코볼트들 한복판으로 뛰어들어 슈왁··· 코볼트를 벤다. 쉬익 코볼트를 벤다, 사삭 코볼트를 베고, 처음부터 가면 사나이는 온몸에 코볼트들의 피를 뒤집어써서 흠뻑 젖은 상태였지만, 더욱 지독한 꼴이 되면서도 자르고, 베어 넘기고, 찔러 무너뜨리는 것을 멈추지 않는다. 온몸의 근육이 비명을 지르고 폐는 파열할 것 같았지만, 가면 사나이는 멈추지 않는다. 이 몸은, 이 마음은, 악귀라도 좋아, 나찰이라도 좋아, 마신이라도 좋아.

이러면 좋겠다 저러면 좋겠다 바란다 한들, 가면 사나이는 신이 아니고, 신의 아들도 아니고, 괴물조차 아니다.

코볼트 열다섯 마리, 아니, 열일고여덟 마리의 피를 검에 먹였을 때, 가면 사나이는 갑자기 주저앉을 뻔했다. 이크. 뭐야? 이거. 몸이 말을 듣지 않아. 목소리조차 나오지 않아. 이 시점에 남은 체력 제로라니, 이거 실제 상황인 거야?

코볼트들이, 우오··· 지금이여, 지금이구먼, 해치우랑께··· 라는 듯한 짐승 같은 포효를 지르고, 죽임당한 동료의 시체를 넘거나 걷어차 굴리면서 가면 사나이를 쓰러뜨리려고 다가온다. 가면 사나이도 어떻게든 고개를 치켜들고 그것은 인식하고 있지만, 어떻게 할 수도 없다. 뭐냐고. 이런 곳에서, 나 님씩이나 되는 자가, 뭐 하는 거야? 젠장.

"바보 란탓!"

그때 긴 머리를 땋은 사냥꾼이 뛰어나와 코볼트를 향해 화살을 쐈다. 그녀는 활을 들고 있다. 짧은 활이다. 거기에 화살을 메기고는 쏜다. 엄청난 속도다. 게다가 코볼트들의 안구와 구강에 백발백중으로 명중시킨다. 지근거리라고는 해도, 아니, 가까우면 가까워서 오히려 표적으로부터 밀려오는 압력도 있어 맞히기가 어렵다. 무척 어려운 일을 그 사냥꾼은 가볍게, 쉽사리 해내고 있다.

화살통이 텅 빌 때까지 몇 마리의 코볼트를 해치운 건가? 적어도 일고여덟 마리는 쏴 죽였겠지. 사냥꾼은 "…진짜! 발이 많이 가는 녀석이라니까!"라고 알 듯 말 듯한 말을 하면서 목덜미를 잡더니, 가면 사나이를 질질 끌고는 코볼트들이 밀어닥치기 전에 계단을 내려갔다.

"…크, 숨 막힌다고! 목 조르지 맛, 유메! 야, 인마!"

"바보 란타가 바보라서 무리하니까 그렇지. 괴로운 맛을 좀 봐!"

"이미 괴로운 맛을 보고 있다니까!"

"여러분!" 유메가 신호를 보냈다.

의용병들이 가면 사나이, 즉 란타와 유메를 계속해서 지나쳐 갔는데, 아무래도 좁은 계단이다. 두 사람은 순식간에 북새통에 끼어 "우웃?!" "웅냐?!" 벽 쪽으로 몰렸다. 유메는 벽을 등지고 란타는 그 위에 겹쳐졌다고나 할까, 위에 올라간 건 결코 아니지만, 이렇게 하지 않으면 다소 위험하다거나 할지도 모르잖아?

"너, 너희들…!" 란타가 항의해봤자 아무도 듣지 않는다. 란타가, 그리고 유메도 좀 뚫어놓은 돌파구로 다른 의용병들이 돌입해서 적을 단숨에 분쇄하려고 했다. 다들 제 할 일을 하느라 정신이 없다.

"유, 유메! 말해두는데, 일부러 이러는 게 절대 아니다!"

"뭐가?!"

"뭐긴, 너…."

가면을 써서 다행이라고 란타는 생각한다거나 했다.

두 사람의 몸은 더할 나위 없을 정도로 밀착되었고, 당연히 얼굴

과 얼굴도 접근해 있고, 뭐랄까, 이게, 엄청 창피하다.

나쁘지는, 않지만.

덕분에 약간 기운을 차린 것 같은 느낌도 들고, 그런 점에서는 나쁘지 않다기보다 솔직하게 좋은… 건지도?

여하튼 란타는 앞으로도 힘을 발휘해야 한다.

싸움은 아직 끝나지 않았다.

— 16권에 계속 —

작가 후기

벌써 15권입니다. 아니, 벌써는 아닌가? 체감상으로는 무척 길었고, 1권을 썼던 때가 아주 오래전처럼 느껴집니다.

15권입니다만, 15번째는 아닙니다. 지지난번과 지난번 권인 14+, 14++에는 란타와 유메의 에피소드가 수록되어 있습니다. 권수 표시만 봐도 외전으로 보일지도 모르지만, 내용 면에서는 꼭 그렇지만도 않으므로, 아직 읽지 않으신 분은 그쪽도 함께 읽어주시면 한층 더 재미를 느끼실 수 있지 않을까 생각합니다.

자, 여기서부터는 END GAME 편입니다. 제멋대로 그렇게 부릅니다만, 말 그대로 종반전입니다. 단, 앞으로 몇 권이 나올지 그런 부분은 정하지 않았으니, 하루히로 팀의 여행이 될 수 있는 대로 길어지기를 바랍니다. 응원해주시길 부탁드립니다.

그럼, 담당 편집자이신 하라다 씨와 시라이 에이리 씨, KOME-WORKS의 디자이너님, 그 외 이 작품의 제작 판매에 관여해주신 분들, 그리고 지금 이 작품을 들어주신 여러분들께 진심 어린 감사와 가슴 한가득 사랑을 담고 오늘은 이만 펜을 놓겠습니다. 또 만나뵐 수 있다면 기쁘겠습니다.

주몬지 아오

역자 후기

어른, 아이를 불문하고 전 세계적으로 많은 사람이 고통받거나 불편을 감수해야 하는 시대를 살고 있습니다.

새해 첫날에 세웠던 계획을 포기하거나 연기, 수정하신 분들도 많지 않을까 생각합니다.

외식과 외출을 포기하고, 이웃과도 될 수 있는 대로 마주치지 않도록 하며, 마주치면 인사도 제대로 못 건네고 마스크를 착용한 채 눈인사만 하는 생활을 하는 동안 벌써 계절이 두 번 바뀌었습니다.

그날의 일을 마치면 산책을 하고, 밤에는 간단한 저녁을 겸해 집 근처 음식점에서 맥주 한잔하던 나날들. 주말이면 좀 멀리까지 산책하러 나가기도 하던 그것이 일상이었는데, 그 시절이 아득하게 느껴집니다.

자주 가던 동네 음식점은 한동안 휴업을 했지만 그 시기에도 예전과 다름없이, 아니, 예전보다 더 자주 택배로 물건을 받았습니다. 집 앞 쓰레기 버리는 곳에는 쓰레기가 쌓이는 일 없이 예전처럼 잘 수거해줍니다.

참 많은 분들의 수고 덕분에 이루어지고 돌아가는 세상인데, 저는 그동안 그저 저에게 당연한 듯 주어진 일상인 줄 알고 살아왔습니다.

의료계 종사자분들을 비롯해서, 더 힘들고 더 수고롭게 일하시는 모든 분께 감사드립니다.

집에 있는 시간이 많아지다 보니 스마트폰을 들여다보는 시간이 늘었습니다.

요즘 웹툰을 많이 보는 편입니다.

유료 결제를 하고 보는 소위 '미리보기' 회차를 보다 보면, 댓글란에 몇 주 후 무료로 보게 될 사람들에게 안부를 묻는 댓글들이 더러 보입니다. '3주 후에는 어떤가요?' '지금 거기는 어떤가요?'

이 책이 언제 나오게 될지는 모르지만, 읽어주실 고마운 독자님들께 저도 여쭤봅니다.

지금 그곳은 어떤가요?

조금씩이라도 일상을 되찾아가고 있기를 바랍니다.

2020년 여름

이형진

재와 환상의 그림갈 level. 15
강하고 덧없는 뉴 게임

2021년 1월 8일 초판 인쇄
2021년 1월 15일 초판 발행

저자 · AO JYUMONJI
일러스트 · EIRI SHIRAI
역자 · 이형진
발행인 · 정욱
편집인 · 황민호
콘텐츠4사업본부장 · 박정훈
마케팅 · 조안나 이유진
국제업무 · 이주은 김준혜 장희정 박경진 위지명 김부희
제작 · 심상운 최택순 성시원
한국판 디자인 · 디자인 우리
발행처 · 대원씨아이(주)

서울 특별시 용산구 한강대로 15길 9-12
편집부 : 02-2071-2093 FAX : 02-794-2105
영업부 : 02-2071-2061 FAX : 02-794-7771
1992년 5월 11일 등록 3-563호

http://www.dwci.co.kr/

원제 灰と幻想のグリムガル 15
© 2019 by AO JYUMONJI
First published in Japan in 2019 by OVERLAP, Inc.
Korean translation rights reserved by DAEWON C. I. INC.
Under the license from OVERLAP, Inc., Tokyo JAPAN

한국어 판권은 대원씨아이(주)의 독점 소유입니다.

이 작품은 OVERLAP 문고와 독점계약한 작품이므로 무단복제할 경우 법의 제재를 받습니다.
잘못 만들어진 책은 구입하신 곳에서 교환해 드립니다.
정가는 표지에 명시되어 있습니다.

ISBN 979-11-362-6404-6 04830
ISBN 979-11-5625-426-3 (세트)